PIERRE DE SOUHAIT

LA SÉRIE PIERRE
TOME 4

DAKOTA WILLINK

Traduction par
EVA MERLIN

NOTE DE L'AUTEURE

Chères lectrices, chers lecteurs,

Quatre ans se sont écoulés depuis la sortie de *Gravé dans la Pierre*, le troisième opus de *la Trilogie de Pierre*. Au cours de cette période, de nombreux fans m'ont contactée par e-mail, curieux de savoir si je poursuivrais l'histoire de Krystina et d'Alexander.

L'été dernier, j'ai pris le temps de réfléchir à cette idée et de tracer la suite de leur parcours.
Des questions se sont imposées à moi : Où en sont-ils à présent ? Comment le monde a-t-il évolué pour eux ? Dois-je reprendre leur histoire là où elle s'était interrompue, ou serait-il préférable d'avancer rapidement de quatre ans ?

Les réponses à ces questions me sont apparues de manière évidente : Krystina et Alexander n'avaient jamais vraiment quitté mes pensées, et j'ai toujours su que je n'en avais pas encore fini avec eux.

J'ai finalement décidé de les ramener dans le monde que nous connaissons tous, confrontant leurs défis à ceux de tant d'autres. Après tout, la ville de New York occupe une place cruciale dans leur univers, alors pourquoi pas ? Étant moi-même originaire de New York, j'ai estimé qu'il aurait été négligent de ne pas refléter les expériences de Krystina et d'Alexander à celles de nombreux New-Yorkais.

Après avoir compris les tenants et les aboutissants de leur univers, les « quoi », « quand », « où » et « pourquoi », j'ai réalisé que ce prochain volet de leur histoire serait un peu plus étendu que ce que j'avais initialement prévu. Considérez donc cette histoire comme une préparation fertile pour celle qui reste à venir.

N'ayez crainte : je ne vous laisserai pas dans l'incertitude jusqu'à la sortie du cinquième volet de la série. Attendez-vous à une conclusion heureuse dans *La Pierre de Souhait* !

J'espère que vous apprécierez cette nouvelle aventure !

« Qu'est-ce que Noël ? C'est la tendresse pour le passé, le
courage pour le présent, l'espoir pour l'avenir. »

PROLOGUE

Alexander

« **A**lex, je suis prête. J'aimerais qu'on essaye encore, m'annonçait Krystina.

Mes yeux s'écarquillaient de surprise, et mon estomac se crispa instantanément. Assis au pied du lit king-size que nous avions fait faire sur mesure, je pivotais pour la regarder : ma femme sublime était nue, allongée sur les draps en satin. Ses joues étaient rouges, sa crinière de boucles brunes en bataille parce que nous venions de faire l'amour, mais je n'avais pas le loisir d'admirer son apparence. J'étais bien trop absorbé à essayer d'assimiler le choc que j'avais ressenti en entendant ce qu'elle venait de me dire.

- T'es pas sérieuse ? répliquai-je sans chercher à dissimuler mon incrédulité dans ma voix.

- En fait, j'y ai beaucoup réfléchi. Pendant au moins un

an. Émotionnellement, j'ai eu le temps de guérir. Je n'oublierai jamais ce qui s'est passé, mais je ne me sens plus vulnérable au point de ne pas pouvoir aller de l'avant. Parce que je la veux, cette famille. On la mérite, après tout.

Me détournant d'elle, je regardais par la baie vitrée de la chambre. Le temps de novembre avait commencé de manière clémente, mais là, il se terminait vraiment en trombe : après trois jours de fortes pluies et d'alertes aux inondations, les précipitations s'étaient transformées en pluie verglaçante. Des gouttelettes de glace martelaient la vitre avec colère, reflétant mon humeur sombre. Cependant, rien ne pouvait égaler le flot d'émotions que j'avais ressenti un an plus tôt.

Je secouais la tête comme pour la vider, préférant ne pas ressasser le souvenir des larmes douloureuses de Krystina, sachant que j'y étais en partie responsable. Néanmoins, mes efforts pour bloquer ces souvenirs affligeants étaient vains, et ils se précipitaient.

Un an après notre mariage, Krystina était tombée enceinte à deux reprises. Mais elle avait fait deux fausses couches. Et pourtant, c'était comme si je pouvais lui offrir tout ce que son cœur désirait… sauf une grossesse viable. Et puis, il y a un an, nous avions conçu un enfant pour la troisième fois. Cependant, tout comme les deux premières grossesses, celle-ci n'avait pas dépassé le premier trimestre. La conviction de Krystina à propos de cette troisième grossesse ne faisait qu'accentuer davantage la douleur de la perte.

- Qu'est-ce qui ne va pas chez moi ? demanda-t-elle.

Mon cœur se serrait, incapable d'effacer la fracture dans sa voix lorsqu'elle posa la question, comme si la responsabilité de la perte de notre bébé lui incombait. Pourtant, en réalité, cette perte était de mon fait. Krystina, mon ange parfait, n'avait rien à voir avec tout cela.

Je devrais être plus prudent avec elle par rapport à ça.

Quelques mois plus tard, elle m'avait confié son désir de retenter l'expérience, mais je devais prendre en considération l'évolution des risques. Une pandémie mondiale avait frappé la planète, et je ne pouvais faire abstraction de cette réalité. La crainte de donner naissance à un enfant au cœur du chaos qui nous entourait était accablante, et le timing ne semblait tout simplement pas propice. Au final, j'avais réussi à persuader Krystina de patienter avant de réessayer. Ce choix me satisfaisait, car il me procurait un mince semblant de contrôle à un moment où tout semblait échapper à tout contrôle. Mais maintenant, elle ne voulait plus attendre.

- Krystina, le problème n'est pas là. Tu sais pourquoi nous ne pouvons pas avoir d'enfant. Du moins, pas maintenant. Rien n'est sûr dans le monde dans lequel nous vivons.

- Alex, s'il te plaît, dit-elle doucement. Je ressentis un serrement au cœur en entendant la souffrance dans sa voix. Je ne pense pas que tu comprennes ce que je ressens. Certes, tout était si chaotique au début de la pandémie que je n'avais pas vraiment le temps de penser à grand-chose. Mon unique préoccupation était de mettre en place la transition de Turning Stone Advertising avec une équipe à distance. Une fois que les choses se sont stabilisées et que nous avons établi une routine avec des visioconférences, j'ai appris que Sara Fink, l'une de nos graphistes, était enceinte. Au départ, j'éprouvais des sentiments mitigés, ne sachant pas trop quoi penser par rapport à ça. Mais maintenant, la voir avec son ventre gonflé à travers l'écran d'un ordinateur me rend triste. Une douleur éprouvante au fond du ventre m'atteint chaque fois que je la vois. Même voir un nouveau-né à la télé me retourne l'estomac. Je ne veux plus ressentir ça, Alex.

Mes lèvres se contractèrent en un trait tendu. La douleur qu'elle évoquait était une émotion que je connaissais bien : celle de ne pas obtenir ce que l'on désire le plus au monde. J'aspirais à ce bébé autant qu'elle. L'idée même de créer la vie ensemble me laissait dans un état de stupeur. Cependant, après tout ce que j'avais vécu, je n'étais pas prêt à compromettre sa sécurité ni le bien-être de l'enfant que nous pourrions concevoir sans prendre de précautions supplémentaires. La peur me hantait, et j'en avais pleinement le droit. Krystina ne comprenait pas, ayant été préservée du pire, travaillant depuis chez elle et loin de la population urbaine. Elle n'avait simplement eu qu'un aperçu des informations à la télévision, mais cela n'était rien comparé à la réalité. Si son expérience de cette période difficile avait été différente, elle aurait peut-être partagé mes inquiétudes.

- Mon ange, c'est toi qui ne comprends pas, déclarai-je de manière pragmatique. Tu n'as pas été témoin des choses que j'ai vues et entendues. Toutes ces sirènes hurlant dans les rues désertes… tous ces appels incessants de la part des responsables gouvernementaux cherchant à louer des entrepôts de Stone Enterprise pour y stocker des équipements de protection individuelle. Des EPI. J'avais déjà appris cet acronyme bien avant que toi ou que quiconque.

Elle secoua la tête, et son froncement de sourcils s'accentua.

- C'est à notre tour d'être heureux, Alex. Parce que comme je l'ai déjà dit, on le mérite. Et pour être honnête, je pense que la pire période de la pandémie est derrière nous. La médecine moderne nous a montré la lumière au bout du tunnel. Je crois sincèrement que c'est sûr d'essayer à nouveau.

Je n'étais pas d'accord, mais je connaissais la ténacité inébranlable de Krystina une fois qu'elle avait pris une décision. Me détournant d'elle, je me mis à arpenter la pièce. Une inexplicable angoisse comprimait mon estomac alors que je tentais de repousser les nombreux scénarios cauchemardesques dans lesquels quelque chose de terrible pourrait lui arriver. Depuis notre rencontre, Krystina avait toujours fait preuve d'une indépendance farouche. J'avais essayé de l'influencer, mais en vain. Elle était résolue à obtenir ce qu'elle voulait par ses propres moyens, sans jamais rien me demander. Du moins, jusqu'à maintenant.

Je me retournai pour la fixer. Elle s'était déplacée pour s'asseoir en plaquant le drap sur sa poitrine, le dos calé par des oreillers. La douleur dans ses yeux était évidente, mais sa mâchoire serrée révélait sa détermination. À cet instant précis, je compris qu'elle avait trouvé le moyen d'atteindre ses objectifs. Et à ce stade, tout m'échapperait inévitablement...

Décidément, rien n'avance comme je veux.

Si j'acceptais de céder à ses désirs, il fallait que j'impose mes conditions.

- Si j'accepte, il faudra qu'on établisse certaines règles, commençai-je.

- Très bien. Comme tu voudras, dit-elle sans réfléchir.

- Pas si vite, Krystina. Écoute-moi d'abord, la prévins-je. Imagine : on essaye d'avoir un enfant. Si enfin, ça fonctionne, il te faudra limiter toute exposition publique pendant la durée de ta grossesse. Tu travailles déjà à distance, mais il t'arrive de temps en temps de te rendre au bureau pour des raisons diverses. N'y penses même plus : à partir de maintenant, tu ne travailles qu'à distance.

- Ça ne devrait pas être trop compliqué.

- *Limiter toute exposition publique* signifie également *plus de sorties au restaurant ni de virées shopping en ville.* Personne d'autre ne sera autorisé à pénétrer dans la maison, à l'exception du personnel résidant et moi : pas d'amis, pas de visite de la part de la famille, et surtout pas d'inconnus. Je transmettrai ce protocole de sécurité à notre personnel.

- C'est un peu extrême, tu ne penses pas ?

Je lui lançai un regard insistant.

- Rien n'est trop extrême quand il s'agit de ta sécurité, lui dis-je crûment.

- Donc, ce que tu veux, c'est que je sois enfermée dans une cage dorée, résuma-t-elle en balayant d'un bras l'espace environnant.

Ses lèvres étaient légèrement courbées, et il m'était difficile de dire si elle prenait mes règles au sérieux ou bien si elle les trouvait amusantes. Ma femme était parfois difficile à cerner, comme une énigme, en quelque sorte, et je ne me souvenais pas d'un moment où j'avais eu autant envie de voir dans son esprit qu'à ce moment-là.

- Mon ange, je ne *veux* pas te garder enfermée de manière aussi stricte. J'ai juste besoin de le faire. Tu le sais bien, hein ?

- Je sais, dit-elle avec résignation. Nous avons vécu tellement d'échecs. Tout ce que j'en déduis, c'est que tu viens de m'expliquer comment tu souhaites mettre en œuvre tous les moyens possibles pour réduire les risques de fausse couche - ou je ne sais quelle chose de bien pire.

Me déplaçant vers le lit, je m'asseyais à côté d'elle pour venir presser mon front contre le sien.

- Parfois, j'ai l'impression que le monde est devenu fou, et c'est la seule façon que je connaisse de maintenir un minimum de contrôle au milieu de tout ce chaos. Tu es mon ange, et je ne survivrais jamais s'il t'arrivait quelque chose. Pour moi, la seule manière qui fait que j'accepterais d'essayer à nouveau d'avoir un enfant, ça serait que tu acceptes mes conditions.

Elle inclinait la tête en arrière, révélant des larmes scintillantes dans ses yeux. Sa lèvre inférieure tremblait, et je tentais de calmer sa respiration agitée d'une pression de mes lèvres. Lorsque je mis fin à ce baiser, un sourire se dessinait sur son visage.

- Je ferais n'importe quoi pour que nous puissions enfin avoir une vraie famille. Je t'aime, Alex.

Serrant mon visage entre ses paumes, ce fut elle qui porta ses lèvres contre les miennes, comme pour sceller notre accord une bonne fois pour toutes.

En fin de compte, j'aurais dû me réjouir de cet arrangement. Après tout, j'avais le contrôle, et c'était ce que je désirais depuis le début. Mais pourtant, la seule émotion que je percevais était de l'appréhension.

1

Un an plus tard

Alexander

N *ew York, la ville qui ne dort jamais.*

Plutôt vrai... du moins, dans un autre temps. Aujourd'hui, le tumulte des klaxons de taxis semblait nettement moins fréquent qu'avant. À l'époque, il fallait plus d'une heure pour se frayer un chemin de Soho à Midtown aux heures de pointe, tandis qu'aujourd'hui, il n'était pas rare de parcourir la distance en moins de vingt minutes. Beaucoup de choses avaient évolué en seulement quelques années. J'avais cru être prêt pour cela, mais pourtant, certaines choses demeuraient insondables.

Alors que je sortais du parking de la Cornerstone Tower et que je dirigeais ma Tesla Model S dans les rues du Lower Manhattan, je méditais sur tout ce qui avait changé. Le feu du carrefour suivant passait au rouge, et je ralentissais pour m'arrêter. Lançant un regard par la vitre, j'admirais les décorations de Noël suspendues aux lampadaires : des clochettes argentées ornées de houx les rattachaient aux poteaux. Je scrutais les devantures des magasins qui longeaient la rue. À quelques rues de là se dressait autrefois *Indio Banks*, un magasin de vêtements pour hommes dirigé par un styliste renommé. C'était d'ailleurs chez lui que j'avais fait confectionner le costume que je portais. Cependant, ce jour-là, les vitrines de cette boutique étaient désespérément vides et poussiéreuses, à l'image de nombreux autres commerces et restaurants de cette ville autrefois bouillonnante.

Les devantures laissées à l'abandon faisaient un contraste frappant avec les décorations de Noël qui ornaient le trottoir. La ville de New York souffrait, et je me demandais si elle retrouverait un jour son dynamisme que je connaissais autrefois.

Alors que je longeais l'Hudson River en passant devant le Javits Center[1] et traversais Hell's Kitchen[2], je pensais à ma femme et à la tristesse qù'elle ressentirait sûrement en voyant ce que New York était devenue. Même s'il n'y avait plus de secrets entre Krystina et moi, je n'avais pas le cœur de lui dire comment la ville qu'elle aimait tant avait changé.

Après trois ans et demi de mariage, notre relation était solide et je ferais tout pour qu'elle perdure ainsi. Nous avions surmonté beaucoup d'obstacles, et il y avait des moments où je pensais que nous étions suffisamment forts pour affronter n'importe quoi. Il fallait juste que l'on s'adapte au changement : une procédure que j'accueillais généralement favorablement. Après tout, le progrès n'était pas possible sans ça, et naviguer dans les hauts et les bas de la vie était un défi que j'acceptais volontiers.

Même si cela n'avait pas été facile pour elle, Krystina s'était remarquablement bien adaptée au fait d'être mariée à quelqu'un comme moi. Elle s'était rapidement habituée au besoin de préserver notre intimité et comprenait à quel point nous pouvions devenir une cible pour les tabloïds. La presse s'était toujours intéressée à moi, mais les paparazzis étaient devenus totalement obsédés après mon mariage avec elle. Ils suivaient tous nos faits et gestes, et je détestais penser qu'elle ait dû endurer le pire de tout ça. Tout était scruté en permanence, des vêtements qu'elle portait à la manière dont elle se coiffait. C'était exaspérant. Il y eut même quelques occasions où je faillis en venir aux mains avec des reporters louches qui traînaient, mais je m'étais retenu grâce à Hale Fulton, l'homme en charge de mon équipe de sécurité.

Hale. Ajoutons ça à la liste de tout ce qui avait changé.

Hale et moi avions traversé une période difficile il y a quelques années, mais le temps s'était révélé être un baume efficace pour apaiser la plupart des blessures. Cela faisait depuis des années qu'il était mon agent de protection. Mais en vrai, il était bien plus que ça pour moi. Je l'aimais comme un père. Je ne m'en étais rendu compte que lorsque je m'étais soudainement retrouvé sans l'homme qui avait toujours été là pour moi depuis que j'étais petit. Je savais que le poids de sa trahison pesait toujours lourd sur ses épaules, mais en fin de compte, il n'y était pour rien, dans tout ça. Certes, il m'avait menti, mais je ne pouvais pas lui en vouloir. Il avait agi par loyauté, et j'aurais fait exactement comme lui si j'avais été à sa place. Pourtant, il avait visiblement vieilli après que le réseau des mensonges qui entouraient ma famille s'était effondré. Même s'il était toujours en forme physiquement, ce commandant à la retraite de la Marine commençait à fatiguer. J'avais donc décidé de lui attribuer d'autres fonctions : s'il avait été mon chauffeur et mon garde du corps pendant bien longtemps, j'avais décidé de lui confier il y a quelques années la supervision de toutes les opérations de sécurité, y compris de notre propriété à Westchester, où Krystina et moi avions fait construire notre maison trois ans auparavant. Après le décès de sa mère, je lui avais suggéré de s'installer dans la dépendance située du côté est de la propriété. Après toutes ses années de service, il méritait une maison modeste mais spacieuse. Celle-ci était composée de deux chambres. Aussi, je souhaitais qu'il reste à proximité de la maison pendant que je travaillais en ville. Les paparazzis rôdaient fréquemment aux abords de la propriété, et après qu'une photo de ma femme à moitié nue se prélassant au bord de la piscine ait été étalée dans tous les tabloïds locaux, je tenais à éviter à tout prix que cela ne se reproduise.

Poursuivant mon trajet d'une heure pour rentrer du travail, j'empruntais l'autoroute I-87 en direction du comté de Westchester pour atteindre la longue route sinueuse qui menait chez nous. La neige fraîchement tombée recouvrait le sol et la rue bordée d'arbres. Elle scintillait sur les branches sous le soleil bas. Attrapant mes lunettes de soleil dans la boîte à gants, je me protégeais des rayons lumineux qui rebondissaient sur les minuscules cristaux blancs.

Je ralentissais en approchant de l'accès discret menant

au chemin privé qui conduisait à la propriété. Puis, après avoir effectué un virage à gauche, je m'engageais sur la petite colline permettant d'accéder à notre maison. Après de nombreuses délibérations sur les plans, j'avais cédé aux souhaits de Krystina, qui voulait une maison de style géorgien érigée avec des briques bien spécifiques. Je voulais avant tout la rendre heureuse, et renoncer à mes idées de design contemporain avec de l'acier, du béton et du verre avait été un petit sacrifice à faire. En fin de compte, si notre maison dégageait quelque chose de classique, je m'étais assuré qu'elle comprenne toutes les commodités modernes des plans architecturaux que j'avais commandés au départ.

Des grands pins saupoudrés de neige blanche bordaient les deux côtés de notre maison de Chappaqua[3] de neuf cent trente mètres carrés, ce qui lui donnait l'aspect d'une peinture de Currier and Ives[4]. La cheminée située du côté est de la maison dégageait de la fumée, signe que Viviane, notre gouvernante résidant sur place, y avait allumé un feu.

Je manœuvrais la Tesla autour de l'allée circulaire de l'arrière de la maison. En temps normal, j'aurais simplement garé la voiture devant et aurais laissé Hale ou Samuel Faye, qui travaillait également pour moi an tant qu'agent de sécurité, s'en charger pour la conduire au garage. Sachant qu'ils étaient actuellement en train d'inspecter la propriété à la recherche de tout dommage éventuel sur notre système de sécurité suite à la tempête survenue il y a quelques jours, je décidais de m'en charger moi-même.

Lorsque j'atteignis les portes du garage, je ralentissais

la voiture pour m'arrêter, puis je descendis pour me rendre jusqu'à la boîte à clés fixée sur le mur extérieur. Après avoir inséré ma clé, j'en ouvrais la porte métallique. Cette boîte était équipée d'un clavier à code et d'un scanner biométrique : on n'est jamais assez prudent quand on possède une Ferrari Sergio et une collection d'autres véhicules de luxe d'une valeur suffisante pour subvenir aux besoins d'un petit pays. Posant la main sur l'écran de verre, j'attendais qu'il passe au vert, puis saisissais mon code d'accès.

Après avoir garé la Tesla dans le garage, je préférais faire le tour de la maison pour regagner l'entrée principale plutôt que d'y accéder par l'arrière. Il y avait quelque chose de revigorant dans l'air glacé, quelque chose de purificateur, et je ressentais le besoin de l'apprécier encore un moment.

Mes chaussures crissaient sur la fine couche de neige alors que je me dirigeais vers l'entrée. Lorsque j'en franchissais la porte, je fus accueilli par l'escalier immense, sa rotonde et sa baie vitrée. Certains pourraient considérer cette maison comme ostentatoire. La taille de cette résidence coloniale de sept chambres aurait pu justifier cette perception, mais pourtant, cette dernière ne paraissait jamais vide ni dépourvue de vie grâce aux petits détails que Krystina avait semés dans chaque pièce. L'intérieur de notre maison ne nécessitait pas de décorations de Noël somptueuses comme ces guirlandes végétales en sapin enroulées autour des rampes d'escalier que l'on voyait fréquemment chez les gens lors de la période de l'Avent, ni de couronnes de houx sur les murs censées créer une ambiance féérique. C'était Krystina qui avait transformé notre demeure en un véritable chez-nous, un endroit où je pouvais véritablement me laisser aller.

Je pris une profonde inspiration et l'air empli d'un parfum de pommes chaudes et de cannelle envahit mes poumons.

Viviane doit être en train de cuisiner.

Mon existence était maintenant centrée sur ma vie domestique, et je m'étonnais de la simplicité avec laquelle je m'y étais adapté. Ce qui était encore plus inattendu, c'était combien j'appréciais ce changement. Cette maison symbolisait l'évolution d'un homme. La mienne : je n'étais plus ce petit garçon vivant dans un appartement miteux et délabré, ni l'adolescent désœuvré qui avait grandi pour mener une vie solitaire tout en bâtissant un empire valant des milliards de dollars. J'avais laissé derrière moi le célibat, les clubs échangistes et mon loft sans vie de Manhattan pour embrasser le sentiment d'un vrai chez-moi pour la première fois de ma vie. Sans Krystina, cela n'aurait jamais été possible. Elle était mon point central à tous les niveaux.

Après avoir déposé soigneusement mon manteau dans le placard du hall d'entrée, je jetai un coup d'œil sur ma montre : quinze heures passées. Krystina était certainement toujours en train de travailler. J'avais quitté plus tôt mon bureau de chez Stone Enterprise de Manhattan en espérant lui faire une surprise. D'un pas serein, je traversais l'imposant hall d'entrée et me dirigeais vers son bureau situé au deuxième étage. Ce n'était pas un bureau classique, mais plutôt le deuxième étage de la bibliothèque qu'elle avait converti en espace de travail, également baptisé le *Centre de Commande* de Turning Stone

Advertising. Elle était persuadée que cet espace offrait une superficie plus que confortable pour donner vie à ses projets de conception publicitaire et pour donner forme à ses maquettes tout en travaillant depuis chez nous.

Avec le temps, elle s'était étalée de plus en plus, jusqu'à ce que les maquettes en carton et les chevalets occupent presque toute la bibliothèque. Je détestais le désordre que cela créait. J'avais besoin que tout soit bien rangé et ordonné lorsque je travaillais, mais Krystina était comme un ouragan en mouvement à chaque fois qu'elle se lançait dans un projet, laissant souvent un sillage de destruction derrière elle. La seule raison pour laquelle je ne discutais pas avec elle à propos de tout ce désordre, c'était parce que je savais qu'elle n'était pas enchantée de travailler depuis chez nous. Le travail à distance ne devait être qu'une mesure temporaire, mais un mois s'était transformé en deux, et deux en douze. Ensuite, j'avais mis en place des restrictions alors que nous essayions de concevoir un enfant. Sans espace de travail approprié, le désordre était inévitable. Je veillais simplement à éviter cette zone de la maison autant que possible.

Lorsque j'atteignais le sommet de l'escalier, je traversais le couloir qui menait au deuxième étage de la bibliothèque. En ouvrant les portes coulissantes en acajou qui donnaient accès à la pièce, je constatais qu'elle était vide. Krystina n'était ni à son bureau ni près des chevalets en carton disposés le long du mur du fond.

- Krystina ? Mon ange, je suis de retour !

Face à son absence de réponse, je ressentais instantanément une peur qui me nouait l'estomac. Krystina avait passé beaucoup trop de temps seule cette année, et je savais que cela commençait à peser sur elle. Plusieurs fois au cours de ces dernières semaines, je l'avais surprise en train de pleurer sans raison apparente. Mes inquiétudes se renforçaient, d'autant plus après la situation de la semaine dernière, quand je l'avais trouvée dans un état alarmant. Un frisson me traversait alors que je repensais au moment où je l'avais retrouvée larmoyante dans la chambre qui était destinée à devenir celle de notre futur enfant. Elle était bouleversée par ce qui lui avait injustement été enlevé.

Pourtant, un an après sa mise en confinement, ma femme n'était toujours pas enceinte. Je ne savais pas combien de temps cela allait durer. Je savais que le fait d'être complètement cloîtrée à la maison rendait ses journées interminables, et je commençais à m'inquiéter de son isolement. Je redoutais qu'une dépression puisse aussi affecter sa capacité à concevoir. Si j'avais un vœu à exaucer pour Noël, ce serait de lui donner le bébé qu'elle désirait tant.

Parcourant rapidement le couloir, je m'avançais vers les chambres. En poussant la porte de celle que notre futur enfant allait occuper, j'espérais ne pas la découvrir en larmes une nouvelle fois.

Constatant qu'elle n'était pas là non plus, je poussais un soupir de soulagement audible tout en me demandant où elle pouvait bien être.

Irrité, je me pinçais les lèvres tout en ressentant soudainement pour la première fois depuis des années une nostalgie pour l'espace ouvert de mon loft de Manhattan. Si Krystina et moi avions décidé de le conserver, nous n'y séjournions que de temps à autre lorsque nous restions en ville plus tard que d'habitude. Au moins, là-bas, il était facile de retrouver quelqu'un, alors qu'ici, avec toutes ces pièces et ces couloirs, on pouvait facilement s'y cacher pendant au moins une semaine.

Toujours en quête de ma femme, je redescendais au rez-de-chaussée en explorant au passage le boudoir et le petit salon, deux endroits où elle avait l'habitude de se lover en lisant un roman policier. Pourtant, elle n'était nulle part en vue. En pénétrant dans la cuisine, mes yeux se posaient sur Viviane, debout devant l'imposant îlot central. Sur ce dernier, elle avait érigé plusieurs petits monticules de farine blanche qui formaient de délicats cratères en forme de volcans miniatures. Le mystère de sa préparation culinaire me captivait, et j'étais certain que le résultat serait tout simplement exceptionnel.

- Bonjour, Monsieur Stone. Vous rentrez tôt, aujourd'hui, observa-t-elle en cassant un œuf et en déposant le jaune dans l'un des cratères de farine. J'espère que vous avez faim. Je prépare des raviolis maison pour ce soir, avec une tarte aux pommes pour le dessert.

- Ça a vraiment l'air délicieux, Viviane, répondis-je distraitement. Avez-vous vu Krystina ?

- Oui, Monsieur. Elle est dans le salon. Vu l'état des choses, je pense qu'elle est de très bonne humeur aussi.

- Oh ? Pourquoi ?

- Parce qu'elle a reçu une quelque chose d'assez conséquent, et depuis, elle sourit de toutes ses dents. C'est vraiment agréable de la voir comme ça. Allez voir par vous-même.

Un tantinet perplexe, je décidais de m'en remettre au conseil de Viviane et me dirigeais vers le salon. Lorsque j'atteignis la pièce, je pouvais sentir Krystina avant même de la voir. C'était cette connexion unique que nous partagions, celle qui pouvait faire étinceler tous les endroits de mon être qui avaient été plongés dans l'obscurité la majeure partie de ma vie. Ma femme était la seule personne capable d'illuminer ces zones en moi.

Elle se tenait sur la partie la plus basse d'une échelle, entourée de boîtes, de rubans et d'ornements. Tout était éparpillé alors qu'elle essayait d'assembler un sapin artificiel orné d'une guirlande électrique qui faisait trois fois sa taille. Ses longs cheveux bruns bouclés étaient attachés en une queue de cheval lâche, laissant quelques boucles encadrer son joli visage. Elle portait un pull blanc ample qui lui tombait d'une épaule avec un jean serré, et ses hanches se balançaient au rythme de *Baby, It's Cold Outside* de Dean Martin. Elle ressemblait à un ange, et même si c'était un ange entouré d'un chaos absolu, c'était mon ange à moi. Je ne pus m'empêcher de rire en la voyant.

En m'entendant, elle lança un regard dans ma direction, et son visage s'illumina lorsqu'elle descendit de l'échelle. Son éclat sous les lumières scintillantes du sapin soulignait sa beauté de façon à me laisser sans voix.

Traversant la pièce, je la tirais contre moi et embrassais le sommet de sa tête, m'accrochant à elle plus longtemps que d'habitude. Mon désir pour elle avait toujours été aussi intense que lors de notre première rencontre, mais aujourd'hui, il semblait décuplé.

- Tu es rentré tôt, murmura-t-elle.

- Tu m'as manqué, mon ange, répondis-je en me

penchant vers elle pour presser mes lèvres contre les siennes.

Son corps céda facilement, ses mains remontant pour saisir l'arrière de mon cou. Je grognais de plaisir dans son baiser accueillant alors que mes lèvres se fondaient dans les siennes. Je l'embrassais profondément, nos langues se rejoignant, s'entrelaçant, puis se délectant. Je me sentais vraiment chez moi, dans le goût de ses lèvres, dans la sensation de ses doigts dans mes cheveux. Tout en elle était réel et pressant à chaque fois que nous étions ensemble.

Je m'éloignais d'elle presque à contrecœur et levais la main pour tracer la ligne de sa lèvre inférieure avec un doigt.

- Si j'avais su que j'aurais un accueil comme celui-là, je serais rentré plus tôt.

Elle sourit et me tapota gentiment le bras.

- Je t'embrasse comme ça presque chaque fois que tu rentres à la maison.

- Je sais. Je suis un homme chanceux, dis-je en lui faisant un clin d'œil taquin, puis je fis un geste en direction du désordre qui régnait dans le salon. Alors, dis-moi. C'est quoi, tout ça ?

- Eh bien… je suis passée à une activité plus ludique.

- Je vois ça, mais… marquant une pause, je fronçais les sourcils en réalisant soudain ce qui clochait avec le sapin de Noël. Ce sapin est artificiel ! Pourquoi t'en n'as pas pris un vrai ?

- Parce que je ne pouvais pas sortir pour en choisir un.

Une pointe de culpabilité me piqua la poitrine. Je savais très bien que c'était sa manière subtile de me rappeler les règles que j'avais dictées pour la protéger.

- L'année dernière, on en avait fait livrer un, tu te souviens ? lui rappelai-je. On avait même fait un tour de la propriété pendant que le personnel l'installait à l'intérieur pour éviter tout risque de t'exposer à quoi que ce soit.

- Oh, oui, je m'en souviens très bien. Ce jour-là, Viviane avait couru partout dans la maison en vaporisant du désinfectant. Je l'ai même senti pendant une semaine, dit-elle avec un sourire ironique. Mais pour être honnête, je n'étais pas très contente du sapin de l'année dernière. Il était petit et bancal, et pourtant, on en avait demandé un grand en espérant qu'il atteigne le plafond !

Je serrais les lèvres et fronçais les sourcils en me remémorant la première fois que j'avais vu le sapin de l'année dernière. Krystina avait raison. Il était très tordu et loin de la hauteur qu'il aurait dû avoir. Si j'avais été à la maison quand il était arrivé, je l'aurais renvoyé. Même si elle avait tenté de dissimuler ce qui n'allait pas dans tout ça en le plaçant dans un coin, le résultat était toujours déplorable.

Néanmoins, Krystina adorait Noël, et il y avait des incontournables chaque année. Avoir un vrai sapin en faisait partie.

- Mon ange, tu as toujours insisté pour avoir un vrai sapin. Es-tu sûre de vouloir celui-ci ?

Elle balaya ma question :

- C'est bon. Acheter un faux sapin en ligne était simple et efficace, et comme ça, j'ai pu m'assurer d'obtenir ce que je voulais. Ça me convient parfaitement. En fait, j'en ai pris deux. Un pour ici et un pour le hall d'entrée. En réfléchissant, elle ajouta : Oh ! J'ai aussi acheté ces petits bâtonnets parfumés qui diffuseront de l'odeur de pin de partout.

- Des batônnets parfumés ? m'enquis-je avec scepticisme.

- J'étais sûre que tu allais réagir comme ça. Mais ne me critique pas. Parce que pour tout te dire, j'adorerais avoir un vrai sapin, mais je peux m'en passer pendant un an. Et, aussi bizarre que cela puisse paraître, j'espère vraiment que l'odeur de pin de ces bâtonnets détournera l'attention de la raison pour laquelle je n'ai pas de vrai sapin chez moi cette année. Cette cage dorée, ça commence à bien faire, m'expliqua Krystina en désignant d'un geste de la main la pièce dans laquelle nous nous trouvions.

Son ton était léger, mais je connaissais la vérité derrière tout ça. Elle me regardait avec un petit sourire de réconfort. Et comme elle avait l'air heureuse et vraiment satisfaite de se débrouiller avec les bâtonnets parfumés et tout le reste, je n'osais rien lui dire, ni rien faire, parce que je ne voulais rien gâcher. Elle avait assez souffert au cours de ces deux dernières années. Pressant mes lèvres l'une contre l'autre, je décidais qu'il valait mieux ne pas pousser davantage la question du sapin.

La prenant dans mes bras, je la serrais de nouveau contre moi. J'aurais tout simplement préféré avoir trouvé un autre moyen de la protéger ainsi que le bébé que nous prévoyions d'avoir. Je détestais le fait qu'elle soit coincée à la maison tout le temps - comme elle le disait elle-même - et que cela ait été ma décision de la mettre en cage.

2

Alexander

Je n'étais pas particulièrement fan des fêtes de fin d'année, mais Krystina les adorait. Habituellement, c'était elle qui s'occupait de toute la décoration, mais je me disais que ça ne me tuerait pas de l'aider cette année. Après avoir savouré le repas concocté par Viviane, qui était délicieux et composé de raviolis à la courge accompagnés d'une sauce pesto aux pignons de pin, je décidais donc de lui prêter main forte pour décorer le sapin. Avec sa playlist de Noël en toile de fond, une atmosphère festive s'installait tandis qu'elle partageait certaines de ses anecdotes avec moi.

- Quand j'étais petite, nous avions une tradition la veille du jour de Noël. Mon beau-père et moi l'attendions avec impatience, mais ma mère... elle s'interrompit et se tapota le menton comme si elle essayait de trouver les mots justes.

Eh bien, tu sais à quel point ma mère peut être difficile par moments, même pendant les fêtes de Noël. Si elle acceptait les pitreries de Frank à ce moment-là de l'année, moi, ce que je préférais, c'était le spectacle qu'il nous offrait.

- Quel genre de spectacle ? m'enquis-je en levant un sourcil.

Il m'était difficile d'imaginer le beau-père de Krystina en maître de cérémonie.

- Eh bien... Frank se déguisait en Père Noël avec un costume somptueux orné de boutons dorés. Son apparence était tellement authentique qu'aucun enfant n'aurait osé douter de sa véracité. Il achetait des sacs entiers de bonbons, puis nous nous rendions à la concession automobile, où les membres de la brigade de pompiers volontaires nous attendaient avec leur camion rouge vif. Puis c'était mon moment préféré : celui de monter à bord. Tous les enfants de l'école me trouvaient incroyablement chanceuse de pouvoir monter dans un camion de pompiers avec *le vrai* Père Noël, ajouta-t-elle en riant tout en accrochant une boule argentée sur l'une des branches du sapin.

- J'ai beau essayer, mais je n'arrive pas à imaginer Frank déguisé en Père Noël.

- Pourtant c'est vrai ! Il bourrait même son déguisement en prétendant que son ventre devait trembler comme un bol rempli de gelée. Ensuite, il grimpait en haut du camion, et j'y montais à l'intérieur avec ma mère. Les pompiers mettaient de la musique de Noël et me laissaient actionner le klaxon pendant que le faux Père Noël lançait des bonbons à tous les enfants défavorisés. Pour moi, cette expérience était vraiment magique - ce camion décoré, toute cette musique et le fait de voir tous ces enfants en joie. Ensuite, Frank invitait les pompiers à la concession où un repas gastronomique les attendait dans le showroom géant. Un pudding aux figues fait maison leur était servi. C'était sa façon de les remercier pour leur dévouement en tant que volontaires au service de la communauté.

- Et moi qui croyais que le pudding aux figues n'était qu'une invention pour les chansons de Noël[1]. Il existe vraiment, ce gâteau ?

- En effet, il existe bel et bien. En gros, il s'agit d'un pudding à base de figues et d'autres fruits secs. La mère de Frank était anglaise. Avant qu'elle ne nous quitte, elle avait l'habitude d'en concocter un et de l'apporter pour le réveillon de Noël. Personnellement, je n'en raffolais pas. Et toi ?

- Tu me demandes si j'aime le pudding aux figues ? Je viens de te dire que je ne savais même pas que ce genre de chose existait.

- Non, non. Je ne parlais pas du pudding aux figues. Je parlais des traditions de Noël. As-tu des souvenirs de ces traditions de quand tu étais... euh, plus jeune ? finit-elle avec hésitation, sachant que cette question pouvait être délicate.

Je comprenais sa prudence. Avec mon éducation peu ordinaire, tout était possible.

Haussant les épaules avec indifférence, je lui répondis :

- Je te l'ai déjà expliqué, mon ange. Pour moi, Noël n'a jamais été plus qu'un jour ordinaire. Mon père changeait constamment d'emploi, et notre budget était restreint. Ma mère faisait de son mieux pour ma sœur et moi. Après tout ce qui s'est passé avec mes parents, quand Justine et moi sommes allés vivre chez mes grands-parents, il y avait un peu plus de cadeaux sous le sapin, mais je ne me souviens pas d'avoir eu de traditions spéciales.

En vérité, je n'étais pas surpris de ne pas me rappeler des traditions de Noël, car j'avais enfoui de nombreux souvenirs de mon enfance. Cela était dû à mon syndrome de stress post-traumatique, que je m'efforçais toujours de surmonter.

- Hummm... murmura-t-elle avec recueillement en reculant pour observer le sapin de Noël qui était presque terminé. Peut-être que si je trouvais des livres illustrés de Noël, je pourrais interroger ta mère pour savoir si elle se souvient d'une tradition que vous auriez pu avoir ? S'il y en avait une, peut-être pourrions-nous la réinstaurer - je ne dis pas qu'on ferait ça pour toi, mais au moins pour elle.

Une douleur se serra dans ma poitrine lorsque je pensais à Helena, la femme qui m'avait mis au monde et qui résidait dans la partie ouest de la propriété. Des chambres dotées d'une petite kitchenette avaient été ajoutées à la maison spécialement pour elle et le personnel infirmier qui s'occupait d'elle. Je ne lui avais pas rendu visite aujourd'hui, ce qui était inhabituel. D'habitude, je passais la voir au moins une fois par jour. Même si je veillais à ce que ma mère dispose de toutes les commodités imaginables pour assurer son confort, la douleur que je ressentais chaque fois que je la quittais ne semblait jamais s'atténuer. Même si, avec le temps, elle avait appris à reconnaître l'homme que j'étais maintenant, elle n'avait aucun souvenir de moi avant nos retrouvailles d'il y a quatre ans, et elle ne savait même pas que j'étais son fils. Elle ne se souvenait même pas avoir eu des enfants, et lui dire la vérité ne ferait que la perturber davantage.

Tout ça à cause de mon père.

Je serrai les dents et mes mains se crispaient involontairement alors que j'essayais de ne pas penser à ce connard qui abusait de moi physiquement et mentalement. Sa mort lui avait permis de s'en tirer à bon compte, mais pas avant d'avoir réduit ma mère à une ombre d'elle-même. Les lésions cérébrales qu'elle avait subies par sa faute étaient si graves qu'elle se débattait avec les capacités verbales et motrices les plus élémentaires. La suggestion de Krystina de recourir à des livres illustrés était un autre rappel de la capacité limitée de ma mère à communiquer. Comme elle avait du mal à former des mots, ses thérapeutes nous avaient montré comment utiliser des images pour interagir avec elle. Elle avait l'esprit d'un petit enfant piégé dans un corps d'adulte.

Pourtant, Krystina s'était montrée gentille avec ma mère dès le début, et la façon dont le visage de ma mère s'illuminait chaque fois que ma femme entrait dans sa chambre m'émouvait d'une manière impossible à expliquer. Comme ma mère ne se souvenait ni de ma sœur Justine, ni de moi, je doutais qu'elle ait le moindre souvenir d'une tradition quelconque. S'il y avait eu des traditions à l'époque, Hale les connaissait probablement, parce qu'il était lui aussi présent à ces moments-là.

- Tu auras peut-être plus de chance en demandant à Hale, dis-je à Krystina.

- Tiens, c'est vrai, ça. Tu as probablement raison : il était proche de tes grands-parents, déclara-t-elle. Peut-être que j'irais le voir pour le questionner.

Après avoir soigneusement refermé les boîtes de décorations vides, nous descendîmes au sous-sol pour les y ranger. De retour au salon, une agréable surprise nous attendait : Viviane nous avait préparé du cidre chaud épicé. Deux tasses dégageant de douces volutes de vapeur étaient disposées à côté d'une assiette de biscottes à la cannelle. Alors que nous savourions ce moment, un crépitement chaleureux provenant de la cheminée attira mon attention : elle avait également rajouté du bois dans la cheminée.

Un sourire lent s'étirait sur mon visage, tandis que j'admirais la capacité de notre gouvernante à anticiper mes désirs, parfois même avant que je les formule moi-même. Il était bien connu que la décoration n'était pas ma passion première, même si j'appréciais toujours l'ambiance festive que ma femme avait instaurée. Toutefois, Viviane avait une connaissance précise au sujet de la manière dont Krystina et moi souhaitions terminer la soirée, et elle avait méticuleusement préparé le terrain pour cette conclusion parfaite.

- Je te jure que je songeais sérieusement à m'allonger sur le canapé avec toi, fis-je remarquer en m'approchant de Krystina tout en lui glissant un bras autour de la taille. Viviane lit dans nos pensées.

- Oui, c'est bien vrai, répondit Krystina à voix basse en fronçant les sourcils.

- Qu'est-ce qui ne va pas, mon ange ?

Elle ne répondait pas immédiatement et semblait plonger plus profondément dans ses pensées. Lorsqu'elle parla enfin, elle ne put dissimuler l'inquiétude dans sa voix.

- Dès que tu jugeras qu'il est sûr pour les gens de circuler librement chez nous, je pense que nous devrions envisager d'embaucher quelqu'un pour assister Viviane à temps partiel.

Je me représentais mentalement les rides marquées du sourire de Viviane et ses cheveux grisonnants qu'elle maintenait en permanence en chignon. Je faillis rire en imaginant la réaction de notre fidèle gouvernante face à une telle proposition. Même si elle avait déjà dépassé l'âge de la retraite, je la connaissais suffisamment pour savoir qu'elle faisait partie de ces perfectionnistes qui s'épanouissaient en restant occupés.

- Viviane n'acceptera jamais ça, répliquai-je. Elle est bien trop pointilleuse, et tu le sais. C'est pourquoi je lui ai confié autant de responsabilités au fil des ans.

- Peut-être, mais je pense que nous devrions aborder ce sujet avec elle. Elle s'occupe de la majeure partie du ménage et de la cuisine pour toute la maisonnée, y compris pour le personnel infirmier de ta mère. C'est une charge de travail considérable pour elle. Elle prend de l'âge et devrait se reposer davantage. Ce soir en est une parfaite illustration. Il est déjà plus de vingt-deux heures, et elle ne devrait pas être à notre disposition en permanence comme elle le fait.

M'asseyant sur le Neiman Marcus incurvé[2], je saisissais une tasse de cidre chaud et avalais prudemment une gorgée du liquide brûlant. J'aurais préféré un dernier verre un peu plus corsé, mais j'avais renoncé à l'alcool en signe de soutien à Krystina, qui avait renoncé à tout alcool et à toute caféine depuis qu'elle essayait de tomber enceinte. Abandonner son Riesling préféré de l'État de Washington n'avait pas été trop difficile, mais passer au décaféiné était une autre histoire. Son penchant pour le café était quelque chose que je n'arriverai jamais à comprendre, son attachement à la caféine étant profondément ancré en elle.

M'installant plus confortablement, je croisais une cheville sur mon genou et posais un bras sur le dossier du canapé.

- Viviane aime bien nous chouchouter et elle t'adore. Je te défie de lui dire d'arrêter. Elle n'écoutera pas.

Krystina soupira et se pencha pour prendre sa tasse.

- Tu as probablement raison, mais je persiste à penser qu'on devrait lui parler d'embaucher quelqu'un pour l'aider.

Elle s'approchait des grandes fenêtres qui s'étendaient du sol au plafond et plongea son regard dans la nuit noire. Pour l'instant, on ne voyait rien d'autre que de l'obscurité, mais je savais que la vue sur le jardin était époustouflante en plein jour.

La maison s'élevait sur un terrain de vingt-six hectares, dont deux qui avaient été déboisés pour laisser place à une rangée de pins luxuriants et de grands érables parsemant le paysage. Ils formaient un chemin naturel, suivant la pente douce du terrain jusqu'à un grand étang proche de la lisière arborée. En été, Krystina adorait cet endroit. Le week-end, lorsqu'elle ne se prélassait pas au bord de la piscine, on pouvait souvent la voir s'y promener. Un jour d'hiver, elle avait voulu y faire du patin à glace, mais les températures anormalement douces de ces dernières années avaient rendu la glace fine, voire inexistante, et elle n'a jamais pu en faire.

Je l'observais alors qu'elle fixait la nuit noire et ne pus m'empêcher de remarquer la tension dans ses épaules.

- Mon ange, viens t'asseoir là, lui dis-je. Tu as l'air anxieuse.

- À ce point ? demanda-t-elle distraitement sans me regarder.

- Oui, un peu quand même. Si ça peut te rend heureuse, je pourrai aborder le sujet avec Viviane ce week-end.

Détournant le regard, Krystina vint s'asseoir sur le canapé. Alors qu'elle repliait ses jambes sous elle, je lui passais un bras autour des épaules pour qu'elle puisse se blottir contre moi. Un silence paisible s'installait entre nous, une quiétude qui semblait s'étirer sur des heures, bien que seulement cinq minutes environ se fussent écoulées. Pourtant, malgré cette sérénité, je percevais qu'elle était plongée dans une réflexion profonde, totalement étrangère à Viviane. Malgré mon désir ardent de sonder son esprit brillant et complexe, je prenais la décision de ne pas raviver les braises, mais plutôt d'attiser la flamme. Une vague de suspicion m'envahissait quant à la nature de ses pensées. Si ma prémonition se confirmait, comme c'était presque toujours le cas en ce qui la concernait, il valait mieux que je conserve le silence et que je la laisse guider la conversation.

- Tu n'as pas oublié cette journée, toi non plus ? demanda-t-elle enfin.

Ça y est. Nous y voilà.

Évidemment, ces souvenirs ne m'avaient pas quitté. La date du troisième anniversaire de sa première fausse couche demeurait solidement ancrée dans ma mémoire. Cette grossesse inattendue était survenue à peine quelques mois après notre mariage, créant un tourbillon d'excitation. La perte de ce précieux bébé, à peine six semaines plus tard, avait été un choc dévastateur.

- Je m'en souviens bien, répondis-je avec un léger hochement de tête, toujours empreint d'émotions. C'est d'ailleurs pour ça que je suis rentré plus tôt du travail aujourd'hui. Pour ne pas te laisser seule trop longtemps.

Ma main glissait doucement sur sa cuisse, la caressant tendrement en attendant qu'elle lève les yeux vers moi. Quand enfin elle le fit, des larmes brillaient dans ses yeux d'un brun profond, mais elles restèrent prisonnières. Elle parvint même à m'offrir un petit sourire.

- Alex, j'apprécie énormément, dit-elle avec sincérité. Beaucoup plus que tu ne pourrais imaginer. Quand je repense à ces trois dernières années, je réalise à quel point le médecin ne m'avait pas préparée à tout le reste. J'aurais pourtant souhaité qu'elle m'avertisse des épreuves qui nous attendaient, même de celles qui surgiraient des années plus tard. Une fausse couche n'est pas un événement qui se termine soudainement. C'est plus comme courir un marathon maudit sur une route triste et douloureuse, avec pour seule récompense un trou béant à l'horizon.

Les émotions en moi étaient un tumulte indescriptible, trop nombreuses pour être nommées. Il y avait une myriade de pensées qui auraient pu être partagées, mais certaines choses demeuraient indicibles. Ainsi, plutôt que de chercher à les décoder, je préférais les mettre de côté pour me consacrer entièrement aux siennes. J'avais rapidement compris que parfois, tout ce dont elle avait besoin, c'était que je l'étreigne tendrement et que je l'écoute attentivement pendant qu'elle faisait son deuil.

- Et maintenant… comment te sens-tu ?

- Bien, étonnamment, dit-elle avec un léger haussement d'épaules. En ce moment, je regrette simplement la normalité. À cette période de l'année, je serais certainement en train de faire du shopping au marché de Noël d'Union Square ou bien en train d'admirer les vitrines de Noël de la 5ème Avenue. Mais plus que tout, ce sont les gens qui me manquent. Je ne m'en étais pas rendu compte jusqu'à aujourd'hui. Qu'est-ce qu'on est seul dans une grande maison comme celle-ci ! J'ai parlé à Ally sur FaceTime ce matin, mais ce n'était pas la même chose. J'aimerais tellement pouvoir la voir pour de vrai. Surtout aujourd'hui, tu vois ce que je veux dire ?

Krystina avait un lien spécial avec sa meilleure amie, Allyson. Très proches dès le départ, elles l'étaient devenues encore plus au cours de ces trois dernières années. J'attribuais cela au fait qu'Allyson était avec Krystina lors de sa première fausse couche. Elles faisaient du shopping quand Krystina avait commencé à avoir mal au ventre, et Allyson l'avait tout de suite emmenée à l'hôpital. Malheureusement, j'étais à Chicago pour un voyage d'affaires et je n'avais pas pu arriver avant que les médecins ne lui annoncent la nouvelle dévastatrice. Je ne me pardonnerais jamais de ne pas avoir été là et je m'étais promis de ne plus être aussi loin de ma femme.

- Je comprends qu'elle te manque, mais tu sais pourquoi tu ne peux pas la voir en personne. Ethan DeJames la sollicite pour des séances photos aux quatre coins de la ville et la plupart de ces sessions impliquent de nombreuses autres personnes dans des projets collectifs. C'est pour cela que je persiste à dire que ce n'est pas sûr pour toi de la voir, réitérai-je avec détermination.

J'exprimais mon point de vue avec fermeté, mais mon ton était suffisamment résolu pour que Krystina comprenne. Allyson était une figure fréquente dans la vie de Krystina, même si cela ne m'enchantait guère. Mon désaccord ne portait pas sur la personne d'Allyson, mais sur le fait qu'elle monopolisait fréquemment une grande part du temps de ma femme.

Cependant, mes sentiments à ce sujet étaient désormais caducs en raison de mes consignes rigoureuses d'isolement que Krystina devait respecter. Nous avions déjà discuté à maintes reprises des raisons pour lesquelles elle ne pouvait pas voir son amie. Allyson était une photographe qui travaillait fréquemment sur des plateaux avec des mannequins et des acteurs renommés. Elle était aussi entourée de maquilleurs, de costumiers, et d'une floppée d'autres personnes qui interagissaient avec eux. Je n'éprouvais pas le besoin de lui rappeler ces faits, pas plus que je ne souhaitais engager de disputes avec elle au sujet des risques liés à une rencontre physique. Je savais que cela la frustrait, mais je n'avais pas l'intention de fléchir sur ce point. Nous avions déjà fait face à tant de fausses couches, et j'étais prêt à tout pour éviter d'en subir davantage, surtout lorsque j'avais la possibilité de la protéger.

Krystina ferma les yeux et prenait une profonde inspiration, comme si elle essayait de trouver de la patience.

- J'adore que tu veilles constamment sur moi, assura-t-elle. En fait, c'était même ma première pensée quand je me suis réveillée ce matin. Je n'arrive pas à imaginer à quel point cette pandémie doit être difficile pour toi. Tant de choses sont jetées dans le chaos et je sais que tu te bats pour garder le contrôle où que ce soit.

- Pas besoin de me le rappeler, mon ange, répliquai-je sarcastiquement.

- J'essaie de m'en souvenir tous les jours. Je sais qu'il est important de rester positive et de ne pas laisser la nécessité de l'isolement me miner le moral. Ce n'est pas bon pour… elle s'arrêta brusquement, puis soupira. La négativité n'est bonne pour personne.

Je plissais le front, m'interrogeant sur la raison de son hésitation avant qu'elle ne semble se reprendre. Je notais également comment elle avait subtilement dévié le cours de la conversation. Il était clair qu'elle était contrariée et qu'elle regrettait sa routine habituelle, mais pourtant, presque dans la même phrase, elle m'avait remercié de veiller sur elle. Ma femme n'était généralement pas du genre à éluder les sujets délicats.

- Qu'entends-tu par-là ? la poussai-je, réellement curieux de savoir ce qui se passait dans sa tête.

- Rien, dit-elle un peu trop précipitamment avant de continuer. J'avoue que je pensais que cette journée serait difficile. Mais ensuite, le sapin de Noël est arrivé, et j'ai ressenti comme un changement en moi. J'ai su d'une certaine manière que je pourrais traverser cette journée sans problème et que c'était bon pour moi de passer à autre chose sans me sentir coupable. Tout arrive pour une raison, n'est-ce pas ? Je n'aime pas utiliser cette expression dans ce contexte, car elle est d'une telle banalité, et je ne trouve aucune justification valable pour que quiconque endure les épreuves que nous avons endurées. Mais je dois penser que nos pertes sont survenues pour que nous puissions vivre quelque chose de plus grand.

- Je crois que c'est la meilleure chose que j'ai entendue depuis longtemps, murmurai-je en lui déposant un baiser sur le sommet de la tête. Nous ne pouvons pas empêcher les mauvaises choses de se produire, mais nous pouvons contrôler nos réactions. C'est quelque chose que le Dr. Tumblin me répète depuis un moment, et je pense qu'il a raison.

Elle arqua un sourcil :

- Vraiment ? Que t'a-t-il dit d'autre pendant vos séances à deux ?

Je me souvenais de ma dernière vidéoconférence avec le psychiatre que ma femme m'avait présenté il y avait quelques années. Même si je n'étais pas du tout fan de lui au début, j'avais fini par apprécier mon temps passé avec lui. Le Dr. Tumblin m'avait aidé à démêler l'obscurité de mon âme et m'avait appris à accueillir les petites joies de la vie - surtout à les apprécier sans culpabilité. Après le début de la pandémie, ses conseils m'avaient aidé à rester stable à un moment où tout semblait partir en vrille.

- Il sait que je m'inquiète pour toi et passe beaucoup de temps à s'assurer que je ne te confine pas uniquement dans la chambre.

- Dans ce cas, j'en déduis qu'il ne sait pas tout au sujet de tes efforts démesurés pour me protéger.

- J'ai peut-être omis de le mentionner, dis-je en clignant de l'œil.

Krystina ne semblait pas trouver cela amusant et poussa un soupir frustré.

- Alex, vraiment ! On a une séance de thérapie de couple prévue la semaine prochaine. Cela ne fonctionnera pas si on continue à mentir au médecin, fit-elle remarquer sarcastiquement.

- Mais qui ment, dans cette histoire ?

- Eh bien, toi. C'est ce qu'on appelle un mensonge par omission. Le Dr. Tumblin doit être informé de tes règles pour me protéger d'une soi-disant pandémie qui ne semble même plus être une pandémie pour la majeure partie du pays.

J'étrécis le regard, n'aimant pas cette tournure de la conversation :

- Que veux-tu dire par *qui ne semble même plus être une pandémie pour la majeure partie du pays* ?

- Eh bien, ce que je veux dire, c'est que la plupart des gens semblent être revenus à une vie à peu près normale, Alex. Je ne suis plus vraiment au courant des actualités, mais d'après ce que j'ai entendu dire par d'autres...

- Krystina, arrête, l'interrompis-je. Tu sais aussi bien que moi que tu n'es pas comme la plupart des gens.

Elle secoua la tête et soupira :

- Je n'essaie pas de te compliquer la vie. Je veux simplement exprimer à quel point je suis frustrée. Je ne veux pas que cela devienne un conflit entre nous, c'est pourquoi je pense que nous devrions en discuter avec le Dr. Tumblin. Je peux me plaindre d'être enfermée de temps en temps, mais je comprends pourquoi tu t'inquiètes. En fait, c'est peut-être la seule fois où ton caractère contrôlant me fait t'aimer encore plus, ajouta-t-elle en riant. Cela peut sembler fou, non ? Au bout du compte, ça me donne encore plus envie de me concentrer sur l'avenir.

Je renforçais mon étreinte encore plus et me penchais pour enfouir mon visage dans ses cheveux. Inspirant profondément, je respirais son parfum. Ses cheveux sentaient la fraise et la crème... c'est-à-dire l'odeur typique de Krystina. Avec elle, je me demandais parfois si les choses étaient trop belles pour être vraies, et si la vie que je vivais actuellement était réelle.

- Je suis content que tu comprennes, mon ange. Que tu comprennes pourquoi j'ai besoin que tu fasses ça pour moi. Ça me rendrait fou si quelque chose t'arrivait. Je t'aime tellement.

- Moi aussi, je t'aime tant, murmura-t-elle. Puis elle pressa son corps plus près du mien. Et en parlant de ta tendance à vouloir tout contrôler, je t'ai pas déjà dit à quel point ton côté fou et protecteur m'excite ?

Un sourire amusé m'étirait les coins de la bouche, même si je me demandais en même temps quelle direction elle souhaitait prendre.

- Non, tu ne me l'as pas dit.

Elle se recula, me prit la tasse de la main et la reposa sur la table à côté de la sienne. Puis, elle attrapa la télécommande de la chaîne stéréo et changea la musique, passant de l'entraînant Harry Connick Junior à quelque chose de plus lent. La voix mélodieuse de Sarah McLachlan s'échappa des haut-parleurs, chantant une chanson sur une nuit d'hiver.

Se tournant vers moi, elle me fit signe de l'index.

- Et toi... Viens ici, mon petit mari adoré.

3

Alexander

Ce brusque changement d'humeur de sa part me fit hausser un sourcil.

- Alors mainten'ant, tu m'donnes des ordres ? la taquinai-je en émettant des petits *ts ts*.

Pourtant, je ne perdis pas mon temps pour lui obéir, parce que j'appréciais lorsqu'elle se la jouait séductrice. Inclinant doucement la tête vers son doigt tendu, je me délectais à le mordiller tendrement, avant de remonter sa manche tout en l'embrassant lentement sur toute la longueur du bras. Je m'attardais au creux de son coude, juste suffisamment pour lui faire retenir son souffle, puis je remettais sa manche en place et poursuivais mon exploration. Suivant la courbe de sa clavicule du bout du doigt, je me rapprochais d'elle, avide de savourer chaque centimètre du contour de sa mâchoire. Parvenue au bas de son pull oversized, ma main parcourait doucement sa taille, effleurant avec délicatesse le côté de son sein recouvert de dentelle. Alors que je lui mordillais tendrement le bord du lobe de l'oreille, elle laissa échapper une inspiration soudaine. Ce frisson transforma mon désir en une passion brûlante. Ma main glissait plus bas, entourant sa hanche pour serrer fermement son postérieur moulé dans son jean. À ce moment-là, tout ce qui m'importait était de libérer son corps du denim.

- Si tu savais à quel point tu m'excites. Retire-moi vite tes vêtements. Je veux que tu sois nue, demandai-je d'une voix rauque.

Un sourire lent s'étirait sur mon visage lorsque Krystina se penchait sans hésitation en arrière et qu'elle enlevait son pull, révélant deux seins parfaitement dessinés dans un soutien-gorge en dentelle rouge. J'adorais quand elle obéissait sans poser de question. J'avais hâte de lui immobiliser les bras au-dessus de la tête et de sentir son corps soumis et serré sous le mien.

Elle se déplaça pour se tenir devant moi, les yeux brillants de désir alors qu'elle s'offrait en spectacle en déboutonnant lentement son jean. Son regard brûlant glissait sur moi. Sous la lueur du feu qui crépitait derrière elle, un halo orangé l'enveloppait, la faisant devenir ma propre déesse du feu. Je faillis gémir.

- Un strip-tease pour ton démon... j'adore ça, mon ange, murmurai-je avec appréciation.

Mon regard remontait de ses mains jusqu'à ses seins voluptueux. Le fait de les voir me faisait perdre la tête, et j'avais hâte de les voir rebondir quand je la chevaucherai. Ils me semblaient un peu plus pleins que d'habitude, mais je préférais ne pas insister là-dessus en pensant que c'était probablement dû aux fluctuations constantes de ses hormones au cours de ces derniers temps. En tous cas, ce gonflement supplémentaire me rappelait tout ce qu'elle avait traversé et la force qu'elle avait trouvée pour y faire face, et cela ne faisait que renforcer mon amour pour elle.

M'approchant d'elle, je serrais mes mains sur les siennes, ressentant soudainement le besoin de la déshabiller moi-même. Je voulais prendre mon temps et la vénérer - vénérer cette femme, qui était la mienne et que j'adorais par-dessus tout.

Au moment où je commençais à faire glisser la fermeture éclair de son jean, son téléphone portable se mit à sonner. Je fronçais les sourcils tout en regardant la table basse d'où provenait la sonnerie incessante. Elle se tourna pour prendre le téléphone et lire l'identifiant de l'appelant.

- C'est le refuge des femmes, dit Krystina avec un brin de confusion. C'est bizarre qu'ils m'appellent aussi tard. Je devrais répondre. C'est peut-être important.

Dans ma frustration, je m'appuyais contre les coussins du canapé et lui soufflai un « Fais vite » dans un marmonnement irrité.

Elle m'ignora en faisant glisser son doigt sur l'écran de l'appareil.

- Allô ? répondit-elle.

J'observais son visage alors qu'elle écoutait la personne à l'autre bout du fil. Son expression devenait de plus en plus préoccupée à mesure que les minutes passaient.

- Qu'est-ce qui s'passe ? murmurai-je.

Elle leva un doigt pour me signifier de patienter, puis elle se mit à parler :

- Claire, ce n'est pas de ta faute. Tu ne pouvais pas le savoir. Calme-toi. Tu as déposé un signalement à la police, et il n'y a rien d'autre à faire ce soir. Laisse-moi réfléchir à tout ça, et je t'appellerai demain pour qu'on discute des prochaines étapes qui sont envisageables. Tout va bien se passer.

Mes sourcils se levèrent à l'annonce de l'intervention de la police, mais en même temps, cela ne m'étonnait guère. Gérer un refuge pour femmes était souvent synonyme d'interactions avec les forces de l'ordre pour diverses raisons. Environ cinq minutes plus tard, Krystina mettait fin à l'appel et se tournait vers moi.

- Qu'est-ce qui s'passe ? m'enquis-je une fois de plus.

- C'était Claire Stewart, la directrice de Stone's Hope, dit-elle en faisant une pause. Elle porta ses mains à ses tempes, signalant une détresse évidente. Il y a un peu plus d'un an, je l'ai convaincue de laisser une chance à Anna, une des jeunes mères qui venait souvent au refuge. Elle quittait constamment son petit ami abusif, puis elle se remettait avec lui parce qu'elle ne pouvait pas subvenir seule aux besoins de sa fille.

Je sentais ma mâchoire se contracter car je savais déjà où cela allait mener. Les récits de femmes prises au piège dans des relations abusives étaient malheureusement monnaie courante. Elles pouvaient quitter leur partenaire pour finir par revenir vers lui pour diverses raisons. Parfois, c'était dans l'espoir qu'il ait changé. D'autres fois, elles se justifiaient en se chargeant de toute la responsabilité de la situation. La peur était également un facteur puissant. Si un enfant était impliqué, tout devenait encore plus compliqué. Notre société n'était pas conçue pour soutenir les mères célibataires. Ce récit était celui de nombreuses femmes, y compris de ma propre mère, et c'était précisément ce qui m'avait poussé à lancer l'initiative du Refuge pour femmes de Stone's Hope en partenariat avec la Fondation Stoneworks, mon organisation à but non lucratif.

- Est-ce que son petit ami est le père de sa fille ?

- Je n'en suis pas sûre. Je ne lui ai jamais demandé, m'indiqua Krystina en secouant tristement la tête. C'est juste que dans son histoire, quelque chose tirait sur les cordes de mon cœur, et quand j'ai entendu dire qu'il y avait un poste de réceptionniste vacant au refuge, j'avais demandé à Claire si elle pourrait éventuellement l'embaucher. C'est finalement ce qu'elle a fait, et Anna travaille là-bas depuis. Nous pensions que les choses se passeraient bien. Jusqu'à maintenant.

- Qu'est-ce qui s'est passé ? la questionnai-je, même si je n'étais pas sûr de vouloir la réponse.

Krystina se pinça le nez comme si elle essayait de chasser un mal de tête.

- J'ai vraiment pas envie de me plonger dans tout ça maintenant. Je pense que ça peut attendre. On en reparlera demain. Et puis, il me semble qu'on était déjà occupés à faire quelque chose avant que ce satané portable ne se mette à sonner. On pourrait pas terminer ce qu'on a commencé en allant dans la chambre ?

Un sourire coquin se dessinait sur mes lèvres. Malgré mon désir d'en apprendre davantage sur cette histoire, l'interruption inopinée de nos ébats m'avait quelque peu contrarié. J'étais à deux doigts de m'abandonner à ma femme, qui était certainement la femme la plus sexy de la planète, et la perturbation occasionnée par un appel téléphonique en pleine action ne m'avait pas franchement ravi.

- Mon ange, tu devines mes pensées avec une précision diabolique.

UNE BOURRASQUE d'air glacial balaya mon corps nu, me réveillant brusquement. Désorienté, je clignais des yeux dans l'obscurité de la chambre et essayais de comprendre pourquoi j'avais si froid.

La couette. Où est passée cette putain de couette ?

Je grognais en m'asseyant avec difficulté et tâtonnais le matelas pour m'arrêter net lorsque j'entendis un gémissement provenant d'un côté du lit.

- Mon ange, qu'est-ce qui ne va pas ? murmurai-je à Krystina.

Comme elle ne me répondait pas, je me disais que ce gémissement n'était qu'un murmure dans son sommeil. Elle dormait souvent de manière agitée. Je l'entendais fréquemment avoir de longues conversations avec elle-même et le fait qu'elle me pique la couette au beau milieu de la nuit n'était pas nouveau non plus.

Dans un mouvement fluide, je me levais et enfilais rapidement un caleçon avant de me diriger vers la salle de bain. En ajustant l'interrupteur d'intensité pour adoucir l'éclat de la lumière crue de la pièce, je me confrontais à mon reflet dans le grand miroir suspendu au-dessus du double évier en me passant la main sur une barbe naissante.

Cela m'agaçait d'avoir été inutilement tiré du sommeil, mais je ne pouvais pas en vouloir à Krystina. Elle ne contrôlait pas ses rêves, pas plus que je ne pouvais maîtriser mes cauchemars. Si elle avait la chance de ne pas être assaillie par des terreurs nocturnes, elle était habitée par des rêves vivides, certains dont elle se souvenait, d'autres qui s'estompaient dans les méandres de la nuit et qui étaient parfois teintés d'humour.

Ouvrant le robinet, je créais un creux avec mes mains pour les remplir d'eau. Après avoir bu rapidement, je fermais le robinet et m'apprêtais à sortir de la salle de bain. Mes pas flanchèrent lorsqu'un cri perçant de la part de Krystina déchira le silence de la nuit.

Le cœur me martelant les tympans, je me précipitai dans la chambre. La lueur tamisée de la salle de bain éclairait faiblement la pièce, révélant une Krystina en pleine lutte dans son lit. Sa poitrine montait et descendait, ses jambes s'agitant sauvagement comme si elle cherchait à repousser un ennemi invisible.

Je marquais un temps d'arrêt au bord du lit, incertain de la conduite à tenir. Les experts préconisaient de ne pas réveiller une personne prise dans un cauchemar, de peur qu'elle ne se retrouve déconcertée et bouleversée, risquant potentiellement de réagir de manière agressive et de causer des blessures involontaires. C'était un avertissement que j'avais souvent partagé avec Krystina lorsqu'il lui arrivait de me réveiller de mes horribles rêves, car je ne voulais jamais lui causer de tort involontaire.

- Non ! S'il vous plaît ! Non ! criait-elle d'une voix terrifiée - la plus effrayante que j'aie jamais entendue sortir de sa bouche. C'était déchirant.

Peu importe ce que disent les experts.

- Krystina, réveille-toi ! dis-je fermement.

Comme elle ne réagissait pas, je me penchais pour la secouer par les épaules. Sa peau nue était froide et moite sous mes paumes.

- Allez, mon ange. Réveille-toi. Ce n'était qu'un rêve.

Un moment plus tard, ses yeux s'ouvraient brusquement et se déplaçaient frénétiquement dans la pièce. Je glissais une main vers son poignet pour trouver son pouls battant la chamade. Avant que je puisse la réconforter, elle retira subitement sa main et la posa sur son ventre. Toujours nue depuis nos ébats de la soirée précédente, elle fixait son abdomen avec une expression d'effroi. Se relevant rapidement en position assise, elle semblait examiner les draps.

Du sang. Elle vérifie qu'il n'y ait pas de sang.

Une douleur me déchira l'âme quand je réalisais à quoi elle avait dû rêver.

- Ce n'était qu'un mauvais rêve, murmura-t-elle en semblant se calmer un peu.

C'était presque comme si elle était encore dans son rêve et qu'elle devait se convaincre qu'elle était de retour dans la réalité. En me regardant, elle répéta : « Ce n'était qu'un mauvais rêve ».

- Oui, mon ange. Ce n'était qu'un mauvais rêve, lui dis-je en passant la main sur la courbe de son dos en remarquant à quel point elle tremblait.

- Je croyais... elle s'interrompit. Alex, c'était horrible. Il y avait ces mains noires et mortes qui sortaient du sol et qui essayaient de... j'ai essayé de m'échapper, mais...

Elle stoppa net et étouffa un sanglot.

- Chut, dis-je en me glissant près d'elle et en la serrant contre moi. Tu n'as pas besoin de me parler de ça. Ce n'était pas réel.

Elle s'accrochait à moi alors que j'essayais de la calmer en la caressant doucement. Je lui embrassais le front, les joues et les épaules, comme si la pression de mes baisers allait effacer ses démons. La voir autant bouleversée m'affectait profondément, et j'aurais fait n'importe quoi pour effacer tout ça. Nous restions ainsi pendant un long moment, sans savoir combien de temps s'était écoulé, jusqu'à ce que son corps soit enfin débarrassé de ses tremblements. Lorsqu'elle inclina la tête et porta ses lèvres aux miennes, je soupirais intérieurement de soulagement.

- Tu te sens mieux ? lui demandai-je.

Elle ne répondit pas, mais s'inclina pour couvrir ma poitrine de baisers. Sa main glissa vers le bord de mon caleçon et mon sexe réagit instantanément, comme il le faisait toujours avec elle. Sauf que là, je lui saisis la main pour qu'elle n'aille pas plus loin et la forçais à relever la tête pour qu'elle me regarde. Elle me fixait avec des yeux suppliants.

- Alex, aide-moi.

- Je suis là, mon ange.

- Non. Ce que je veux dire, c'est que j'ai besoin que tu fasses disparaître tout ça. Faisons-le maintenant. J'ai besoin de savoir ce qui est réel. Et ce qui ne l'est pas.

Je savais exactement ce qu'elle voulait dire. Une montée d'adrénaline palpitante accompagnait toujours un cauchemar vivide. Peu importait si cela n'était rien de plus qu'une invention de l'imagination, parce que la réaction physique était réelle dans le corps, et lorsque cette adrénaline disparaissait, il ne restait que le souvenir de la terreur et un sentiment de confusion. C'était comme si l'esprit ne pouvait pas traiter comment séparer le rêve de la réalité, et il avait besoin de quelque chose, n'importe quoi, pour rester ancré dans la vérité.

Alors, je m'activais pour lui donner exactement ce qu'il lui fallait pour sortir de cette situation. Après avoir retiré mon caleçon, je la poussais doucement en arrière jusqu'à ce qu'elle soit à nouveau allongée à plat sur les draps. Me positionnant entre ses jambes, j'immobilisais ses bras au-dessus de sa tête et glissais mon sexe en elle. Ensuite, je fis de profonds va-et-vient pour chasser les ombres de la nuit jusqu'à ce que son corps vibre d'un plaisir que moi seul pouvais lui procurer.

4

Krystina

R oulant d'un côté du lit, j'entrouvrais lentement les yeux pour laisser mon regard s'habituer à la lumière. Me tournant vers le réveille-matin, je vis qu'il était six heures passées. L'autre côté du lit était encore chaud, et le bruit de la douche en action m'indiquait qu'Alexander était levé et qu'il se préparait pour aller travailler.

Un sourire s'esquissa sur mes lèvres lorsque je l'entendis chanter. Je reconnus instantanément *Winter Sound* d'Of Monsters and Men, un morceau qui avait souvent été le sujet de vifs débats entre nous. Il soutenait mordicus que c'était une chanson de Noël, tandis que de mon côté, je doutais que la simple présence du mot *winter*[1] suffisait à la qualifier ainsi.

Je la fredonnais à voix basse en même temps que lui.

Alexander possédait un talent vocal exceptionnel qu'il réservait uniquement à nos moments d'intimité. Je souriais avec un brin de mélancolie en pensant que c'était dommage qu'il gâche un tel talent. Ce n'était que lorsque nous étions seuls tous les deux qu'il ne cherchait plus à cacher ses vulnérabilités.

Quelques instants plus tard, mon mari apparut, sortant de la salle de bain. Il était impeccable dans un pantalon de costume gris anthracite, arborant une chemise blanche minutieusement boutonnée. Le blazer assorti reposait sur son bras pendant qu'il nouait une cravate bordeaux autour de son cou avec aisance. Ses yeux se posèrent sur moi et il m'offrit un de ces sourires qui me faisait fondre le cœur.

- Coucou mon ange.

- Salut, beau gosse.

- Comment tu te sens ? As-tu fait d'autres cauchemars après t'être rendormie ?

- Pas un seul, lui assurai-je.

- Ça veut dire que ma stratégie a bien fonctionné.

S'approchant du lit, il se penchait pour m'embrasser. C'était un baiser bref - tendre et doux - mais c'était suffisant pour me faire frissonner de manière intense. Lorsqu'il écarta le drap pour poser sa paume sur mon sein, je me mis à gémir.

- Hummm...

Je pris une inspiration profonde. Il sentait le frais et l'eau de Cologne boisée, un véritable aphrodisiaque pour mes sens.

En se relevant, il balaya une boucle rebelle de mon front.

- Continue à faire ce genre de bruits. Comme ça, je

n'aurais plus du tout envie d'aller travailler ! me dit-il, puis il me prit la main pour la presser contre le devant de son pantalon. Ses yeux bleu saphir s'assombrirent, et je ne pouvais pas me tromper sur la bosse dure que je sentais sous sa fermeture Éclair. Son désir pour moi était indéniable, et il est vrai que j'aimais avoir cet effet sur lui.

- Je devrais p't'être continuer à faire des bruits comme ça, dans ce cas, déclarai-je d'un ton léger, même s'il y avait un fond de vérité dans ce que je venais de lui dire.

- Et moi, j'aimerais beaucoup pouvoir rester au lit avec toi aujourd'hui, crois-moi. Cette perspective me motive bien plus que de passer ma journée en visioconférence, à discuter des revenus trimestriels avec les membres du conseil d'administration de la Stone Arena.

- Ça a l'air incroyablement ennuyeux.

- Ça l'est, en effet, confirma-t-il en enfilant son blazer. Et d'ailleurs, si je peux sortir plus tôt du bureau, je ne m'en priverai pas, crois-moi.

S'asseyant sur le bord du lit, il effleurait ma joue du bout des doigts. Son regard s'attardait sur ma bouche, puis il se penchait pour m'embrasser une fois de plus.

Je lui touchais le visage en déplaçant doucement mon index le long de sa mâchoire.

- Je t'aime, chuchotai-je.

Attrapant mon doigt, il le pressa contre ses lèvres :

- Moi aussi, je t'aime, À ce soir.

Une fois qu'Alexander eut quitté la pièce, je me retournai sur le dos et étendis les bras au-dessus de ma tête pour m'étirer. Tout mon corps se sentait délicieusement bien après la nuit dernière. Même un terrible cauchemar ne pouvait effacer les sommets qu'Alexander m'avait fait atteindre. Comme toujours, il avait exercé son autorité sur mon corps avec une maîtrise sans faille. Dans le feu de l'action, il avait commencé en me prenant d'abord à bras-le-corps, puis il avait ralenti pour savourer chaque centimètre carré de mon corps. Nous nous étions endormis bien après minuit, et lorsque mon cauchemar nous avait tirés tous deux du sommeil, une autre petite partie rapide de jambes en l'air avait été le seul moyen de chasser mes démons. Mon mari était insatiable et c'était un dieu au lit.

Pourtant, les échos de ce qui avait hanté mon sommeil étaient difficiles à dissiper. Machinalement, je portais mes deux mains à mon ventre et le frottais un moment. Son secret était toujours en sécurité. Aucune main froide ne me l'avait enlevé.

Ce n'était qu'un mauvais rêve. Le bébé va bien.

La culpabilité de cacher ma grossesse à Alexander me pesait sur la poitrine. Lorsque je m'étais réveillée la nuit dernière suite à mon cauchemar, je savais que c'était mon subconscient qui me punissait de lui cacher la vérité. L'ange et le démon de mon épaule étaient en guerre assez régulièrement ces derniers temps, et cette culpabilité n'était pas nouvelle. Elle me harcelait à toute heure du jour, mais j'avais décidé de la repousser dans un coin dans lequel je m'en occuperais plus tard.

Je n'ai pas de raison de me sentir coupable.

Ce n'était pas que je *voulais* garder le bébé secret. Au contraire, j'étais folle de joie à l'idée d'être enceinte et j'avais hâte de l'annoncer à tout le monde. Mais j'étais aussi terrifiée.

Garder le secret et porter seule le fardeau de l'inquiétude n'était pas chose facile. Je me souvenais du jour où, dans la salle de bain, j'avais appris que j'étais enceinte pour la quatrième fois. Mes mains s'étaient enroulées comme un étau autour du petit bâton en plastique, comme s'il s'agissait de ma bouée de sauvetage - et d'ailleurs, je me souviens que j'étais autant effrayée par un résultat positif que par un résultat négatif.

Lorsque j'avais vu que le résultat était positif, j'avais immédiatement eu l'impression d'avoir mis le pied sur une corde raide et je me préparais à revivre la même douleur que lors de mes grossesses précédentes. J'étais pétrifiée à l'idée de me sentir à nouveau incroyablement seule ; je voulais en parler, le crier, mais je ne savais pas du tout comment m'y prendre sachant que mon mari souffrirait autant que moi.

Mes trois fausses couches nous avaient éviscérés, Alexander et moi, mais je me demandais souvent qui, de lui ou de moi, avait le plus souffert de la perte du troisième bébé. Je ne l'avais jamais vu aussi désemparé. Alexander et moi puisions notre force l'un dans l'autre, mais je n'avais pas réalisé à quel point je m'appuyais sur lui jusqu'à ce que je n'en puisse plus. J'avais peur et j'avais besoin de lui, mais chaque jour, je devais ne pas oublier pour quelles raisons il fallait que je reste forte.

Des larmes commençaient à perler au fond de mes yeux et je les chassais en me rappelant ces mauvais moments. Les deux premières grossesses n'avaient pas dépassé les six semaines. Je venais à peine d'apprendre que j'étais enceinte, mais cela n'en avait pas été moins dévastateur. Et pour la troisième, j'étais tellement sûre que tout allait bien. À huit semaines, je m'étais sentie en bonne santé et forte, et je m'étais laissée aller à l'enthousiasme une fois de plus.

Alexander s'était nourri de cette énergie. D'une certaine manière, cela avait été une expérience transformatrice pour lui. Je n'aurais jamais cru entendre mon mari, un mâle alpha, parler à mon estomac d'une voix mielleuse. Parfois, il était carrément étourdi. C'était charmant et attachant, mais tellement inhabituel pour lui. Je l'aimais encore plus.

Mais, à sa manière bien à lui, il avait essayé de prendre le contrôle de la situation. Même s'il était très enthousiaste à l'idée d'avoir un bébé, il était aussi un peu névrosé. Il avait créé tout un tas de listes qui répertoriaient les aliments : ceux que je mangeais, ceux que j'avais envie de manger et ceux que je détestais. Il voulait savoir si j'étais fatiguée ou énergique et ne manquait jamais de noter le moindre changement dans ma libido. Typique de sa part.

Mais ses obsessions ne m'avaient jamais mise en colère. J'aimais qu'il souhaite s'impliquer dans le processus. Le niveau d'affection qu'il avait manifesté avait atteint une partie de mon âme dont je ne soupçonnais même pas l'existence.

Lorsque je perdis le bébé juste avant la douzième semaine de grossesse, il était anéanti. Même s'il avait essayé de rester fort pour moi, j'avais vu la douleur dans ses yeux bleu saphir que j'aimais tant, et je savais que son cœur s'était brisé en mille morceaux. Maintenant, je n'avais plus la force de lui donner de faux espoirs. Et si je perdais ce bébé, bien sûr, il le saurait.

Je n'étais toujours pas convaincue d'avoir fait le bon choix en gardant le secret, et à ce moment-là, seule ma gynécologue savait que j'étais enceinte. Je ne pouvais en parler à personne, sûrement pas à Alexander, avant d'avoir atteint les semaines les plus vulnérables du premier trimestre. Je ne pouvais pas supporter de lui briser à nouveau le cœur.

Je lançai un dernier regard à la place qu'Alexander avait quittée avant de me réveiller, et je sentais ma poitrine se serrer. Sortant de la chaleur du lit, je saisis mon téléphone posé sur la table de nuit. Après avoir trouvé les coordonnées d'Alexander, je lui envoyais un message rapide.

Aujourd'hui 6h32, moi :
Tu me manques déjà.

Je reposai l'appareil et me dirigeais vers la salle de bain, où je me glissais dans la douche aux parois de verre sous un jet d'eau chaude. Je prenais le temps d'en apprécier la chaleur enveloppante en m'appuyant contre le mur de marbre italien, me laissant emporter par trente minutes de pur bonheur sous la pluie bienfaisante du pommeau.

Une fois que j'eus mis fin à ce moment de détente indéniable, je me séchais avec une serviette, et me rendis jusqu'à mon dressing. Après avoir passé une minute à en parcourir la garde-robe, je choisis finalement un pantalon noir extensible et un pull en laine à col cheminée. L'avantage de travailler depuis chez moi était que personne ne savait que ma moitié inférieure était presque toujours vêtue d'un confortable legging.

Une fois mon maquillage appliqué avec soin et mes cheveux rassemblés en un chignon à la fois décontracté et élégant, je descendis à la cuisine. Je ne fus pas surprise d'y trouver Viviane, car elle se levait tôt et était généralement la première de la maisonnée à se réveiller. L'air serein, elle s'était installée sur l'un des tabourets de l'îlot de cuisine, ses lunettes de lecture perchées sur le bout de son nez. Son esprit était plongé dans les mots croisés qui se déployaient devant elle.

- Bonjour, Viviane.

- Oh, bonjour ! Je ne vous avais pas entendue vous lever. Puis-je vous faire une tasse de café ? Et pourquoi pas un petit-déjeuner ? Je peux aussi vous préparer des œufs si vous voulez, qu'en dites-vous ?

Ses questions s'enchaînaient alors qu'elle quittait précipitamment le tabouret.

Tout sauf des œufs.

Je sentais ses yeux sur mon dos tandis que je m'occupais de me préparer du café décaféiné, en espérant qu'elle n'avait pas remarqué mon nouveau dégoût pour les œufs au plat. Alors qu'ils étaient autrefois mes préférés, je n'arrivais plus à les digérer depuis quelque temps. Je ne pouvais pas le lui dire, sinon elle le dirait à Alexander. Si cela se produisait, des questions allaient certainement suivre, et je n'étais pas prête pour cela.

Malheureusement, garder ce petit secret s'avérait plus difficile que je ne le pensais, et pas seulement à cause de ces étranges aversions alimentaires. Mes émotions étaient également complètement déréglées. J'avais tendance à passer du rire aux larmes en une fraction de seconde. La semaine dernière, j'étais entrée euphorique dans la future chambre de notre enfant, avant de me retrouver submergée par les larmes à la pensée des trois grossesses que j'avais perdues. Lorsqu'Alexander m'avait surprise en train de pleurer, je faillis craquer et lui annoncer que j'étais à nouveau enceinte. Je ne savais toujours pas comment je parvenais à garder ce secret.

Mon régime alimentaire était lui aussi en dents de scie. Le temps d'un instant, j'étais affamée, et le suivant, j'étais prête à vomir à l'odeur de la nourriture dont j'avais eu envie la veille. Je surpris Viviane en train de me regarder de travers à plusieurs reprises, mais si elle se doutait de quelque chose, elle n'en laissait rien paraître. Je n'en étais pas à mes premiers déboires du premier trimestre. J'avais déjà décidé que la personne qui avait qualifié les nausées que je ressentais constamment de *nausées matinales* était une menteuse. On aurait dû parler de *nausées de toute la journée*. Après tout, c'était la quatrième fois que j'en souffrais, alors j'en savais quelque chose - et je méritais un Emmy pour la façon dont j'avais réussi à le cacher à Alexander. Même si je n'avais jamais vomi jusqu'à maintenant, le roulement constant de mon estomac était éprouvant. La seule chose qui rendait la situation tolérable était de savoir qu'il ne me restait plus beaucoup de temps avant que les nausées ne commencent à s'estomper. En attendant, je devais m'en tenir à mon plan. Alexander saurait bien assez tôt ce qu'il en était de notre bébé.

Je me dirigeais vers le réfrigérateur pour récupérer la crème à café, résistant à l'envie de poser ma main sur mon ventre. C'était un instinct qui semblait se manifester chaque fois que j'étais enceinte. Après avoir ajouté une cuillerée de crème et une pincée de sucre, je me retirais dans mon bureau, où je pouvais échapper à l'œil vigilant de Viviane.

5

Krystina

Les pieds posés sur le coin de mon bureau, je sirotais les dernières gouttes de mon café tout en parcourant mes e-mails. L'un d'entre eux provenait de Sheldon Tremaine, de chez la bijouterie Beaumont, m'informant que le cadeau de Noël d'Alexander était prêt à être expédié. Non seulement Sheldon était l'un de mes clients, mais Alexander et moi comptions également parmi les siens. Il avait conçu plusieurs bijoux pour moi, dont le collier triskelion offert par Alexander, et je savais qu'il excellait dans son domaine. Je pouvais toujours compter sur lui pour qu'il réalise exactement ce que je souhaitais.

Un sourire se formait sur mes lèvres, l'anticipation montant déjà à l'idée du cadeau sur mesure pour mon mari. Trouver un cadeau pour un homme qui avait déjà tout était un vrai défi, et ce que Sheldon avait élaboré pour lui avec de l'or 24 carats correspondait précisément à ce que je voulais.

Je poursuivais la lecture de mes e-mails, le son répétitif de mon doigt cliquant sur la souris étant le seul bruit dans la maison paisible. Le silence était presque assourdissant, et une vague de solitude m'envahissait.

Lorsque je travaillais encore dans mon bureau du trente-septième étage de la Cornerstone Tower, Alexander n'était qu'à une courte distance en ascenseur. Nous prenions des déjeuners ensemble et réussissions à nous glisser quelques moments intimes par-ci, par-là. À présent, il me semblait que je le perdais. Peut-être était-ce parce que je passais moins de temps avec lui. Maintenant qu'il était à une heure de route d'ici, je me retrouvais constamment seule à la maison. Enfin, je n'étais pas vraiment seule, mais c'était ainsi que je me sentais dès que je m'éloignais de lui. Il était ma drogue, et j'avais besoin de lui comme de l'air que je respirais.

Repoussant ce sentiment de solitude, j'achevais la tâche laborieuse de trier mes e-mails en mettant en avant ceux qui nécessitaient une réponse et en supprimant ceux qui étaient indésirables. Malgré la crise économique du moment, les affaires se portaient bien, et j'avais des commandes de projets jusqu'à la fin de l'année prochaine. Je savais à quel point j'avais de la chance en ces temps agités et ne manquais jamais de l'apprécier.

Alors que je songeais à tous ceux qui avaient du mal dans cette période compliquée, je repensais à l'appel de Claire Stewart. La directrice du bureau de Stone's Hope était réputée pour sa fiabilité et sa compétence. Elle était connue pour garder la tête froide même dans les circonstances les plus difficiles, et c'était pourquoi son appel empreint de panique m'avait semblé assez inquiétant. Cependant, je pouvais très bien comprendre la raison de son agitation.

Lorsque Claire était arrivée pour la clôture des comptes de novembre, elle avait découvert que le compte d'exploitation avait été vidé. Après avoir passé toute une journée à essayer d'obtenir des réponses de la part de la banque sur la destination de l'argent, elle avait remarqué qu'un virement de trente-deux mille dollars avait été effectué. Cet argent avait été transféré sur un compte au nom d'Anna Wallace, la mère célibataire embauchée par Stone's Hope il y a plus d'un an. Et maintenant, Anna avait disparu.

Claire avait suivi les procédures. Elle était en contact régulier avec la banque et avait appelé la police pour déposer une plainte. Cependant, tellement préoccupée par la recherche de cet argent, elle avait complètement oublié de traiter le budget d'exploitation de décembre. Lorsqu'elle réalisa que le refuge n'avait plus que les fonds collectés pour Noël, la panique l'envahit, car cet argent était destiné à l'achat de cadeaux et à l'organisation d'une petite fête pour les mères et les enfants hébergés au refuge. C'était la raison pour laquelle elle m'avait appelée tardivement hier. Elle ne supportait pas l'idée d'utiliser cet argent pour couvrir les dépenses d'exploitation de décembre, et elle espérait que je pourrais lui offrir une solution de rechange.

Mais avant de lui proposer quoi que ce soit, je devais appeler Stephen Kinsley, ami de confiance et avocat d'Alexander. Il gérait ses affaires juridiques, y compris celles liées à la Fondation Stoneworks, l'entité mère du Refuge pour femmes Stone's Hope. Si quelqu'un pouvait trouver une solution à tout cela, c'était bien lui. Je m'emparai du téléphone et composai son numéro.

- Bonjour Stephen, c'est Krystina, déclarai-je après que sa secrétaire m'eut mise en communication avec lui.

- Krystina ! Cela faisait un moment. À quoi dois-je cette surprise ?

- On a un problème. Je n'ai pas encore informé Alexander des détails, mais comme il nous laisse généralement, Justine et moi, gérer tous les aspects relatifs au refuge pour femmes, j'ai pensé qu'il serait préférable de t'en parler directement.

Je lui exposais la situation tandis qu'il écoutait en silence. Une fois que j'eus terminé, j'entendis un soupir de sa part.

- C'est une situation délicate, Krystina. Heureusement, le vol au sein d'une œuvre caritative est rare, mais il survient plus fréquemment en période économique difficile comme celle que nous traversons actuellement. Claire a bien fait d'avoir signalé ce détournement de fonds à la police. Sinon, cela pourrait soulever des questions si le Procureur général décidait un jour d'ouvrir une enquête.

Mes sourcils s'arquèrent :

- Le Procureur général ?

- Tout-à-fait. Le vol au sein d'une organisation à but non lucratif n'est pas comparable au vol au sein d'une entreprise ordinaire. Les organisations à but non lucratif doivent se conformer à un ensemble de règlementations totalement différent. Je vais devoir collaborer avec un expert-comptable judiciaire pour examiner minutieusement les comptes afin de m'assurer qu'il n'y a pas d'autres sommes d'argent manquantes. Ce qu'Anna a fait ici, en supposant qu'elle soit coupable, relève du vol, mais il est également possible qu'elle ait détourné de l'argent bien avant que cela ne se produise.

Mon estomac se retourna.

- Oh non. Je n'y avais même pas songé. Espérons que ce ne soit pas le cas.

- À un moment donné, l'IRS[1] devra probablement être impliquée, mais je ne vais pas brûler les étapes tant que nous ne saurons pas exactement à quoi nous avons affaire. Claire est-elle au refuge en ce moment ? demanda Stephen.

- Je pense que oui.

- Très bien. J'enverrai un de mes enquêteurs lui parler aujourd'hui ou demain pour que nous puissions mettre la machine en route. Ensuite, nous aviserons.

- Merci, Stephen. J'apprécie ton aide. En attendant, pouvons-nous transférer de l'argent depuis une autre partie de la Fondation pour couvrir les coûts d'exploitation de Stone's Hope en décembre ? De cette manière, nous n'aurons pas à utiliser l'argent mis de côté dans les économies pour Noël.

- Malheureusement, non. Une transaction de ce genre n'est pas autorisée. Stone's Hope est une filiale de la Fondation Stoneworks, mais elle fonctionne sous un numéro d'identification fiscale différent.

Je fronçai les sourcils, perplexe :

- Je ne comprends pas. Comment cela impacte-t-il notre capacité à transférer de l'argent ?

- La Fondation ne peut pas simplement transférer cette

somme d'argent à une entité extérieure sans l'approbation du Procureur général ou du tribunal. Le transfert d'actifs qui affectent la capacité d'une œuvre caritative à opérer prend du temps. Si nous ne respectons pas les procédures adéquates, cela pourrait mettre en danger l'ensemble de la Fondation. Je sais que tu n'en n'as pas envie, mais tu vas devoir utiliser les fonds de Noël pour couvrir les coûts d'exploitation afin de ne pas manquer à vos obligations financières. Je suis désolé de ne pas avoir de meilleure réponse à apporter.

Un sentiment d'impuissance m'envahissait et mon estomac se serrait :

- Ce n'est pas grave. Tiens-moi au courant de l'enquête. Merci encore pour ton aide, Stephen.

- De rien.

Après avoir mis fin à la conversation, je m'adossais contre la chaise et commençais à tambouriner mes ongles sur le bureau. Le refuge était quelque chose de très personnel pour Alexander, tellement personnel que lorsqu'il m'avait fait suffisamment confiance pour en superviser les opérations, cela avait été l'un des plus grands honneurs de ma vie. J'étais même certaine que c'était pour lui une manière différente de me déclarer son amour. Il devait certainement y avoir quelque chose que je pouvais faire, mais je ne savais pas quoi. Soupirant, je me tournais face à mon ordinateur. Je réfléchirai davantage aux problèmes du refuge plus tard. Pour l'instant, j'avais des e-mails à trier et une campagne publicitaire de Noël à lancer pour la bijouterie Beaumont. Je me mis donc à travailler sur les échéances en attente.

L'heure du déjeuner approchant, je me levais pour me

pencher sur une petite table de réunion afin d'étudier une pile de maquettes de design envoyées par Clive, le coordinateur marketing principal de Turning Stone Advertising. Je plaçais les publicités les plus attrayantes sur des chevalets en forme de A. La musique du Best of de *Pentatonix Christmas* jouait en sourdine pour briser le silence de la maison. Quand mon estomac se mit à grogner, je savais qu'il était temps de faire une pause. Les fringales de grossesse ne plaisantaient pas, et il fallait que je m'en occupe immédiatement.

Posant ma main sur mon ventre, je baissais les yeux et murmurais :

- T'as faim, petit trésor ? Ne t'inquiète pas. Laisse-moi ranger tout ça, puis je te ferai à manger.

Alors que je réorganisais les maquettes en petits tas, je fus interrompue par mon téléphone portable qui sonnait. C'était Alexander.

- Salut, toi ! lui répondis-je.

- Salut ! Comment va mon ange aujourd'hui ? me demanda-t-il avec cette voix tout aussi charmante que son apparence.

- Oh… un peu fatiguée… quelqu'un m'a gardée éveillée tard, lui rappelai-je.

- Je n'ai pas entendu de plaintes sortir de ta bouche. Juste beaucoup de « Oh, Alex » et…

- D'accord, d'accord ! l'interrompis-je. Pas besoin de le répéter !

Alexander rigolait mais il se calma très vite.

- Je viens tout juste d'avoir Stephen au téléphone.

- Est-ce qu'il t'a expliqué ce qui s'était passé au refuge ?

- Oui. As-tu pu échanger avec Claire à ce sujet ?

- Non. Je ne l'ai pas encore appelée parce que je ne sais pas quoi lui dire.

- Il y a trop d'aspects légaux. Il vaudrait mieux que tu laisses Stephen gérer tout ça, me conseilla Alexander. En fait, je ne sais pas à quoi pensait Anna lorsqu'elle a transféré tout cet argent. Elle a même pas pensé qu'elle se ferait prendre à un moment donné.

- Je sais. Cela me casse le cœur rien que d'y penser. J'essaie de me concentrer sur une campagne publicitaire, mais j'ai du mal à me chasser de l'esprit la situation de Stone's Hope. Il doit bien y avoir quelque chose que je puisse faire, mais avec toutes les réglementations mises en place pour les organisations à but non lucratif, je ne trouve pas de solution. Il sera difficile de se réjouir de Noël cette année avec autant de personnes dans le besoin. Je n'arrête pas de penser aux jolies frimousses des petits du refuge. Ils ont tous vécu tellement de choses négatives, et je ne peux pas imaginer qu'ils n'aient pas de Noël.

- Krystina, ne te tourmente pas à ce sujet. On trouvera une solution.

- Je devrais au moins acheter des jouets pour les enfants. Stephen n'a parlé que d'argent, mais il n'a jamais mentionné de dons de jouets. Peut-être pourrions-nous faire quelque chose comme ce que Frank faisait quand j'étais petite. Si je pouvais te convaincre, toi ou Hale, de vous déguiser en Père Noël, nous pourrions passer au refuge et les surprendre.

- Je ne pense pas, déclara-t-il fermement.

- D'accord, j'oublie l'idée du Père Noël. Peut-être...

- Ce n'est pas une question de savoir qui se déguisera en Père Noël - même si l'idée que je fasse quelque chose de ce style me paraisse complètement absurde. Il s'agit du fait que tu ne doives pas quitter la maison.

- Mais, Alex...

- Je ne veux plus parler de ça. Si tu veux acheter des jouets, très bien. Commande-les en ligne et fais-les livrer. Mais tu sais pourquoi tu ne peux pas aller au refuge.

- C'est tellement impersonnel, murmurai-je. Laisse tomber. Oublie même que je t'ai parlé de ça.

Je savais que je perdrais si je continuais à insister. Cela faisait depuis plus d'un an qu'Alexander me traitait comme une poupée de porcelaine, et j'aurais dû prévoir cette réaction de sa part. Il me poussait à bout, et je savais que cela commençait à affecter notre relation. Ce n'était qu'une question de temps avant que mes frustrations ne l'emportent. Heureusement, notre séance de thérapie avec le Dr. Tumblin n'était plus que dans quelques jours, et je m'étais engagée à ce moment-là à aborder cette question avec lui, même si Alexander ne serait pas d'accord pour aborder ce sujet.

- Mon ange, je veux juste te protéger, réitéra Alexander.

- Je sais, répondis-je doucement. Te souviens-tu de ce que tu as dit hier soir sur le fait de rester positif et se concentrer sur l'avenir ?

- Oui.

- Garde cet état d'esprit. Un esprit positif ne peut que nous aider dans notre démarche de vouloir concevoir un enfant. Qui sait ? Peut-être même que la nuit dernière, ça a fonctionné ?

Comme par magie, le petit ange et le petit démon de mes épaules avaient décidé de venir se montrer. L'ange me réprimandait, son nez s'allongeant comme celui de

Pinocchio, tandis que le démon m'applaudissait parce que j'étais une menteuse sans faille.

Plus longtemps à attendre. Je vais bientôt lui dire.

- Bon, maintenant, je vais y aller. Je dois me préparer pour une conférence téléphonique prévue avec Kinsley Properties. Je ne devrais pas rentrer trop tard aujourd'hui. J'espère quitter le bureau vers quatre heures et être à la maison aux alentours de cinq heures. Appelle-moi si tu as besoin de quoi que ce soit en attendant.

- Très bien, on fait comme ça.

- Je t'aime, mon ange.

- Je t'aime aussi. À tout à l'heure.

Alors que je replaçais mon téléphone sur mon bureau, mon estomac se manifesta à nouveau, me rappelant que je n'avais toujours pas mangé. Je repoussais la pointe de culpabilité que je ressentais au sujet de ma petite duperie et caressais distraitement le petit trésor impatient qui grandissait en moi.

- Ton papa est peut-être fou et excessif, mais je suis quand même impatiente de lui parler de toi, murmurais-je, puis je me précipitais vers la cuisine pour me préparer quelque chose à manger.

6

Krystina

-Je refuse d'entrer dans cette discussion ! tonna Alexander, sa voix résonnant dans son bureau aux plafonds hauts que nous avions installé chez nous.

Ses yeux lançaient des éclairs de colère alors qu'il se levait et entamait une marche agitée. L'ombre de sa barbe naissante semblait ajouter une touche dangereuse à son humeur déjà sauvage.

Nous étions bien au-delà de la moitié de notre séance mensuelle de thérapie avec le Dr. Tumblin, et Alexander, comme d'habitude, tentait de contrôler la direction de la conversation. Malheureusement, je l'avais déstabilisé en abordant la quarantaine obligatoire qu'il m'avait imposée au cours de ces douze derniers mois. Le Dr. Tumblin voulait approfondir le sujet, mais mon mari n'en avait pas l'intention.

Le psychiatre restait imperturbable, nous observant à travers l'écran de l'ordinateur portable posé devant moi sur une petite table ronde car nous étions en visio. Je soupirais et m'affalais dans ma chaise. Je savais qu'Alexander serait en colère contre moi pour avoir parlé de mon isolement au psychiatre, même si la raison pour laquelle nous avions ces séances était de contenir la nature contrôlante d'Alexander. Même si nous fonctionnions généralement bien en tant que couple, nous savions tous les deux à quel point sa nature autoritaire pouvait prendre le dessus sur nos vies. Concilier son besoin de contrôle avec mon besoin d'indépendance pouvait parfois être un acte d'équilibre délicat.

- Alex, vous ne pouvez pas esquiver ce sujet, dit patiemment le Dr. Tumblin.

- Vraiment ? répliqua Alexander d'un ton irrité.

- Écoutez, Alex. Krystina a tout fait pour que vous vous confiez à moi et pour que vous soyez honnête à 100 % pendant nos séances. Nous avons fait d'énormes progrès, et vous avez tous les deux dit être plus heureux au niveau du couple grâce à cela. Pourquoi préférez-vous vous refermer ? Dites-moi ce qui se passe, au moins.

- Ce n'est rien, lâcha Alexander avec amertume.

Me retournant dans ma chaise, je lançais un regard en arrière sur mon mari qui se passait les mains dans ses cheveux. Il arpentait la pièce comme une bête piégée cherchant une issue, et je me rappelais pourquoi je n'avais jamais pris fermement position contre ses règles idiotes dès le départ. Quand il était dans cet état, il était impossible de raisonner avec lui. Il était trop têtu.

Alexander avait toujours tout fait pour me donner tout

ce que je désirais. Mais ce que je voulais le plus, c'était retrouver une vie normale : les gens, les restaurants, les magasins et les fêtes. Cela pouvait sembler superficiel, mais l'élément humain de ces choses les rendait tellement plus importantes. Mais ensuite, j'avais découvert que j'étais enceinte, et tous les discours que j'avais préparés devant le miroir sur les raisons pour lesquelles je ne devrais pas être mise en quarantaine avaient été jetés par la fenêtre. Maintenant, rien que l'idée de désirer ces choses me faisait me sentir incroyablement égoïste. Peu importe à quel point je me sentais isolée. Ce n'était pas que ça. J'attendais un bébé, mais cela ne voulait pas dire que je n'étais pas déchirée. Je voulais la normalité, mais en même temps, je voulais aussi la sécurité qu'Alexander exigeait.

- Alex, s'il te plaît, assieds-toi, dis-je. Il n'y a aucune raison d'être en colère. Je comprends pourquoi tu m'imposes tout cela. Je ne me serais pas conformée à cette exigence de ta part si je n'étais pas d'accord avec toi. Je pense juste que ces règles sont peut-être un peu extrêmes, surtout à l'approche de Noël. Je te l'ai déjà dit, mais tu ne voulais pas écouter. Je pensais que le Dr. Tumblin pourrait nous aider à y voir plus clair. Ce n'est pas seulement à propos de moi non plus. Je veux dire, les obstacles que tu fais sauter à Viviane et Hale sont un peu excessifs aussi.

- Krystina... Alexander s'interrompit, mais son ton d'avertissement était sans équivoque.

- Et qu'en est-il de Viviane et Hale ? interrogea le Dr. Tumblin.

- Notre personnel est également affecté par tout cela en faisant des ajustements conséquents, expliquai-je. Même les choses les plus basiques, comme faire les courses, doivent être faites en ligne avec un service de livraison sur le pas de porte ou bien sur le trottoir lorsqu'il s'agit d'aller chercher les achats en magasin. Viviane déteste faire quoi que ce soit qui nécessite la technologie, alors je passe généralement les commandes à sa place. Je sais qu'elle n'aime pas ça, mais elle ne se plaindra jamais. Hale non plus, ne se plaint jamais. Mais au moins, ils peuvent sortir de la maison de temps en temps. Je suis désolée pour les infirmières de la mère d'Alex, qui elles, ne peuvent pas sortir du tout.

- Alex, avez-vous établi toutes ces règles simplement pour protéger Krystina de la pandémie ? demanda le Dr. Tumblin.

- Oui, répondit Alexander entre ses dents serrées.

- Si vous étiez aussi préoccupé, pourquoi ne m'en avez-vous pas parlé avant maintenant ? s'enquit le Dr. Tumblin.

- Parce que je n'ai pas besoin que vous me disiez que je suis irrationnel, aboya Alexander.

- C'est comme cela que vous vous sentez ? Irrationnel ? poussa le psychiatre.

Alexander ne répondit pas, mais reprit sa marche silencieuse.

Malgré son expression revêche, je ne pouvais m'empêcher de remarquer comment il pouvait sans effort s'approprier la pièce. Sa stature imposante commandait le pouvoir et rayonnait de prestige. Je me demandais si un jour, je me lasserais de le regarder. Même lorsqu'il était irrité, il était incroyablement séduisant, et je ne pouvais résister à l'attraction magnétique que je ressentais chaque fois que j'étais près de lui. Il était l'autre moitié de mon âme, et je ne pourrais pas survivre sans lui.

Alexander passa une main dans ses cheveux sombres déjà indisciplinés par la façon dont il les avait parcourus de frustration. Ses yeux saphir tourbillonnaient d'une émotion conflictuelle, et ses lèvres étaient tirées en une ligne sévère. On aurait dit qu'il était déchiré - car il savait très bien que j'avais raison sur la manière dont il m'avait forcée à l'isolement mais que j'étais également réticente à changer de position sur la question.

Je réprimai l'envie d'aller vers lui en voulant m'excuser d'avoir soulevé tout cela. Après tout, ce n'était pas si grave. Mais en même temps, peut-être que ça l'était. Alexander et moi avions déjà traversé des situations similaires et c'était pourquoi nous avions décidé de maintenir nos séances mensuelles de thérapie de couple avec le psychiatre. Étonnamment, c'était l'idée d'Alexander. Il avait dit qu'il n'avait plus besoin du psychiatre pour l'aider à surmonter ses problèmes du passé, mais il avait admis qu'il avait toujours des problèmes de contrôle significatifs. Il craignait que son besoin de tout contrôler dans sa vie, y compris certains aspects de la mienne, puisse être préjudiciable à notre relation, et il voulait que le Dr. Tumblin lui signale ses pulsions plus irrationnelles. Jusqu'à récemment, ça avait très bien fonctionné, et Alexander et moi avions passé ces quatre dernières années en relative harmonie.

Mais là, tout avait changé. Quand le monde s'était arrêté, tout semblait échapper à tout contrôle. Une menace mondiale pouvait être la pire chose qui pouvait arriver à quelqu'un ayant la personnalité autoritaire d'Alexander. Pendant mes efforts pour apaiser ses inquiétudes, j'avais accepté toutes ses demandes jusqu'à ce que je commence finalement à me sentir impuissante. Je détestais ressentir ça, et je savais que cela mènerait inévitablement à des problèmes dans notre couple. C'était précisément pourquoi j'avais tout raconté au Dr. Tumblin aujourd'hui. Il était la seule personne qui comprenait Alexander comme moi, et je savais qu'il pourrait nous aider à nous adapter à notre environnement en constante évolution. Même si Alexander et moi étions toujours le même couple qui s'était assis devant le psychiatre à de nombreuses reprises auparavant, le monde était différent, et les stratégies habituelles pourraient ne pas s'appliquer.

Alexander était trop tendu et il devait voir cela de lui-même. Personne ne pouvait le forcer, car cela ne ferait peut-être qu'aggraver une situation déjà négative, et c'était pourquoi j'attendais que le Dr. Tumblin prenne les devants.

Au bout d'une minute, ce dernier prit enfin la parole.

- Alex, une grande partie de ce monde a repris sa vie normale. Peut-être que des précautions doivent être prises, mais rien d'irraisonnable. Pourquoi ne faites-vous pas confiance à Krystina pour être prudente ?

- Vous ne comprenez pas, Docteur. Ce n'est pas une question de confiance en elle. C'est à propos de mes rêves - ou plutôt, de mes cauchemars, déclara amèrement Alexander. Est-ce que vous vous rappelez, il y a environ un an et demi, que je vous avais dit que je ne faisais plus de cauchemars récurrents au sujet de mon passé ?

- Je m'en souviens très bien, répondit le psychiatre.

Je fronçais les sourcils en me demandant où Alexander voulait en venir.

- Les cauchemars n'ont pas cessé - ils ont simplement changé, expliqua Alexander.

- C'est-à-dire ? demanda le Dr. Tumblin.

J'étais vraiment confuse. Ça faisait depuis si longtemps que je n'avais pas été réveillée par les soubresauts de mon mari dans le lit. Si ses cauchemars persistaient, j'en étais complètement inconsciente.

Alexander revint s'asseoir à côté de moi. Il m'observa pendant un moment, puis tourna son attention vers l'écran de l'ordinateur. Se concentrant sur le médecin, ses yeux d'un bleu profond semblaient plaider pour la compréhension.

- Ces cauchemars me hantaient en plein jour. Ils ne me réveillaient pas la nuit, mais ils m'empêchaient de dormir, développa-t-il. Prenant ma main, il la serra pour me faire savoir qu'il s'adressait également à moi. Ces cauchemars survenaient à chaque fois que j'entendais une sirène d'ambulance ou que j'apprenais l'augmentation du nombre de décès aux informations. Tous les rapports abordant les risques accrus pour les femmes enceintes me mettaient presque hors de moi. Je ne pouvais pas chasser des visions de Krystina dans un lit d'hôpital, sous respirateur, ou pire. Ces images étaient bien plus terribles que n'importe quel autre cauchemar. Elles ont seulement disparu une fois que Krystina a accepté d'être isolée. Alors, peu m'importe de qui pense que mes règles sont extrêmes. La menace persiste. Nous avons déjà été confrontés à ces échecs, et je ferai tout ce que j'ai à faire pour éviter que mes visions ne deviennent réalité.

- Alex, une grande partie du monde ressent exactement ce que vous ressentez. Malheureusement, vous n'êtes pas seul dans cette situation, déclara le Dr. Tumblin avec conviction.

- Vos paroles rassurantes sont précieuses pour moi et

cela compte vraiment, déclara sincèrement Alexander. Vous m'avez apporté une aide vraiment utile qui m'a permis d'éclaircir les zones sombres de mon âme. Mais ce dont je vous parle... c'est différent. Vous ne pourrez pas me convaincre de voir les choses différemment. Le bien-être et la sécurité de Krystina sont, et seront toujours, ma priorité numéro un.

- Merci pour votre franchise, répondit le psychiatre. Comme je le dis toujours, je ne peux vous aider ni l'un ni l'autre si vous n'êtes pas sincères. J'aurais juste aimé que vous ne me cachiez pas cela si longtemps.

Une pointe de culpabilité perça mon cœur car Alexander n'était pas le seul à garder un secret vis-à-vis du psychiatre - et ce n'était pas la première fois que nous étions dans cette situation. Le besoin d'intimité d'Alexander prenant toujours le dessus, il y avait beaucoup de choses que le Dr. Tumblin ignorait à notre sujet. Je n'anticipais pas avec enthousiasme le projecteur qu'il allait certainement braquer sur moi une fois qu'il découvrirait que j'étais enceinte et que je le cachais depuis des mois.

- Que vous ayez su ou non pour l'isolement de Krystina n'aurait pas changé ma décision, ajouta Alexander. Surtout dans la mesure où nous essayons de concevoir un enfant.

- Je crois que c'est quelque chose sur lequel nous allons devoir creuser plus profondément lors de nos séances individuelles, Alex. Cependant, puisque vous avez mentionné votre projet d'avoir un enfant, j'aimerais vous demander à tous les deux si la profonde préoccupation d'Alexander pour la sécurité a eu des répercussions sur d'autres aspects de votre vie.

Je détournais les yeux de l'écran de l'ordinateur pour concentrer mon attention sur Alexander. Son regard demeurait impassible, et je me demandais s'il se mettrait en colère si je soulevais mon prochain sujet de préoccupation - c'est-à-dire de la manière dont il avait changé lors de nos moments d'intimité. Mon mari habituellement dominant avait visiblement modifié certains comportements, presque comme s'il pensait que j'étais un petit oiseau fragile qui pouvait être endommagé par une brise trop forte. Nos jours de bondage et de discipline semblaient appartenir au passé - du moins, la partie bondage.

- Eh bien, hésitai-je parce que j'étais incertaine de savoir si c'était le bon moment pour aborder ce sujet. Il y a autre chose. Ce n'est pas un problème en soi, mais je pense quand même...

Quand je m'interrompis, Alexander me regardait curieusement tandis que le Dr. Tumblin continuait de fixer son regard avec sa patience inépuisable.

- Continue, m'encouragea Alexander.

Mes mains s'agitaient sur mes genoux, doutant si je devais poursuivre. Alexander s'était déjà énervé une fois lorsque j'avais mentionné son penchant pour le BDSM au Dr. Tumblin, mais c'était il y a des années, et cela n'avait rien à voir avec nous en tant que couple, mais juste avec le passé d'Alexander. À présent, le sexe n'était jamais un sujet abordé lors de nos séances de thérapie. Nous n'en avions pas besoin car c'était le seul domaine qui n'avait jamais posé de problème.

Au début de notre relation, je savais très peu de choses sur le BDSM. C'était Alexander qui m'avait initiée, et même si nous ne pratiquions pas cette activité de manière extrême, j'avais fini par apprécier ce que nous faisions ensemble. Il était maître du fétichisme et pouvait me conduire à des sommets que je n'aurais jamais imaginés. Lorsque nous avions fait construire cette maison ensemble, Alexander avait inclus une « salle de jeux » accessible uniquement par le biais d'une façade de bibliothèque installée dans notre chambre. Nous utilisions régulièrement cette pièce, qui était dotée d'attaches, de cordes et d'une multitude d'autres accessoires. Mais la dernière fois qu'Alexander et moi y étions allés, c'était il y avait presque un an.

Au début, je pensais que c'était parce que j'avais fait quelque chose de mal. Pourtant, à mesure que les mois s'écoulaient, je commençais à me dire qu'il y avait une raison plus profonde si nous ne pratiquions plus ce genre d'activité, mais je ne savais pas laquelle.

Je levais les yeux pour croiser le regard azur perçant d'Alexander. J'avais déjà poussé mon mari au bord du précipice en remettant en question mon isolement. Je n'étais pas sûre que parler de notre vie sexuelle le ferait basculer. Cependant, une idée me vint à l'esprit.

- Docteur Tumblin, cela ne vous dérange pas si je nous mets en sourdine un instant ?

- Oh. Eh bien, d'accord, répondit-il, semblant quelque peu surpris.

Peu importait sa réponse. Je n'aurais pas écouté s'il avait dit non et j'étais déjà penchée en avant pour mettre en sourdine le micro de notre appel vidéo.

Merci mon Dieu, pour la technologie moderne.

Après que l'icône eut affiché une barre rouge signifiant

que le micro avait été correctement coupé, je me tournai vers Alexander.

- Ça fait un an depuis la dernière fois que nous avons utilisé la salle de jeux, lâchai-je. J'ai fait quelque chose de mal ?

Les yeux d'Alexander s'écarquillèrent alors que son choc se manifestait.

- Je suis désolé. Pourquoi tu poses cette question ?

- La salle de jeux. Pourquoi ne m'y as-tu pas amenée récemment ?

- N'est-ce pas évident pour toi ? demanda-t-il.

- Eh bien, non. Si ça l'était, je ne poserais pas la question.

- Premièrement, tu as bien fait de mettre en sourdine l'ordinateur, Krystina. Notre vie sexuelle ne regardera jamais le Dr. Tumblin.

- Je m'en doutais. C'est pourquoi j'ai fait ça, dis-je avec un haussement d'épaules en baissant les yeux sur mes mains.

Malgré tous mes efforts, elles s'agitaient à nouveau sur mes genoux. Je serrais mes paumes ensemble, fixant mon attention sur le grain du bois de la table. Après près de quatre ans de mariage, je savais que je ne devrais pas être nerveuse à propos de cette conversation. Mais pour une raison quelconque, je l'étais.

- Mon ange, ce que nous faisons dans la salle de jeux peut être éprouvant pour le corps. Je ne veux pas que tu fasses quelque chose de trop exigeant, surtout après ta dernière fausse couche, dit-il.

Il fit une pause pour se pincer l'arête du nez. Puis ses

yeux se posaient encore sur moi : et là, je me rendis compte qu'ils étaient emplis de tourments et de culpabilité.

- La salle de jeux est une limite stricte pour moi en ce moment, parce que je ne peux tout simplement pas prendre ce risque. Ce qui s'est passé la nuit avant ta fausse couche... c'était de ma faute... je... je n'aurais pas dû...

Mes yeux s'écarquillèrent alors qu'il hésitait à s'expliquer. Une horrible compréhension s'insinuait. Il n'avait même pas besoin de finir la phrase. Je savais à quoi il pensait.

La nuit avant que je perde notre troisième bébé, Alexander et moi étions dans la salle de jeux. Je m'en souvenais clairement parce que c'était la dernière fois que nous avions utilisé cette pièce. Des frissons me parcouraient l'échine, allumant un feu instantané dans mon ventre lorsque je me remémorais la façon dont j'avais été attachée face au mur avec les mains enchaînées au-dessus de la tête. Alexander avait été impitoyable avec le fouet, me travaillant lentement et me conduisant au bord de l'extase sans s'arrêter.

Le son du claquement du fouet contre ma peau résonnait dans mon esprit. J'éprouvais une sensation de grandeur à ce moment-là, mais je ne pouvais ignorer ce qu'Alexander venait de dire à propos de ne pas vouloir que je fasse quelque chose de trop exigeant. J'avais été tendue cette nuit-là, tirant contre les entraves contraignantes tout en cédant aux plaisirs que seul mon mari pouvait me procurer.

Maintenant, je savais pourquoi il semblait prendre la perte de notre troisième bébé beaucoup plus durement. Il se blâmait. Cela me brisait de réaliser qu'il avait porté cette culpabilité tout ce temps.

Non. Non. Non. Ce n'était pas de sa faute. Ce n'était la faute de personne.

Je voulais lui crier ces mots, mais je réussis seulement à secouer la tête en signe de dénégation avant de jeter un coup d'œil à l'écran de l'ordinateur. Le Dr. Tumblin attendait avec une expression curieuse. Me penchant, je remis le son du micro.

- Docteur, il ne reste que cinq minutes de séance, dis-je. Alex et moi devons parler de quelque chose. Pourrions-nous reprendre le mois prochain ?

- Bien sûr, je pense que c'est possible. Tout va bien, Krystina ? Vous avez l'air confuse.

- Tout va bien. Comme je le disais - je marquais une pause pour jeter un regard significatif à Alexander - nous avons quelque chose à discuter ensemble, et je pense qu'il vaut mieux que nous le fassions nous-mêmes.

- Très bien, concéda à contrecœur le Dr. Tumblin. Si vous avez besoin de quoi que ce soit, vous savez comment me joindre.

- Merci, dis-je avec un bref signe de tête.

Alexander fit de même, et je mis fin à la visioconférence. Puis, prenant sa main, je le menais vers le petit canapé en cuir de l'autre côté du bureau. Je m'asseyais, puis tapotais la place à côté de moi.

Il s'installa à mes côtés, puis leva la main pour caresser ma joue.

- Mon ange, je…

- Chut. C'est à mon tour de parler. Je le fis taire en approchant un doigt de ses lèvres. Ce qui s'est passé… ce n'était pas de ta faute. Tu ne peux pas te blâmer. Je ne le permettrai pas.

Retirant mon doigt de ses lèvres, il commençait à le baiser doucement tout en me fixant intensément. L'angoisse lisible dans ses yeux me fendait presque le cœur.

- Krystina, c'est moi qui ai attaché ces menottes en cuir à tes poignets. Je n'ai pas pris en compte les risques, et tu étais trop excitée à ce moment-là pour penser clairement. Et si…

- Et si rien du tout, le coupai-je efficacement en pressant ma bouche contre la sienne.

Nos lèvres se mouvaient lentement tandis qu'Alexander plongeait ses mains dans mes cheveux. Il me rapprocha de lui, approfondissant le baiser. Je voulais que le mouvement langoureux de nos lèvres et les balayages doux de ma langue lui montrent combien je lui faisais confiance de manière irrévocable et que je ne pouvais jamais le blâmer pour cette fausse couche.

Il pressait sa bouche plus fermement contre la mienne, comme pour me signifier qu'il comprenait. Nos mains se promenaient dans des caresses tendres d'exploration de nos dos et nos épaules, remontant et descendant sur nos bras, et se déplaçant pour caresser nos visages respectifs. Je gémissais contre lui alors que l'intensité de ce qui circulait entre nous envoyait des ondes de choc à travers mon corps. Quand nous nous sommes finalement séparés, notre respiration était saccadée.

- T'es vraiment putain d'sexy, chuchota-t-il. L'émotion était lourde dans sa voix alors qu'il me fixait intensément dans les yeux. Je ne survivrais pas si quelque chose t'arrivait - que ce soit de ma faute dans la salle de jeux ou bien à cause de ce maudit virus. Alors, s'il te plaît. Laisse-moi faire ce que j'ai besoin de faire pour te protéger, mon ange.

L'intensité de ses mots me frappait presque de plein fouet, et ma gorge se nouait d'émotion. Enfouissant son visage dans mon cou, il respirait profondément, puis commençait à m'embrasser doucement le long du contour de ma mâchoire. J'inclinais la tête, l'invitant à en prendre plus et savourant la sensation de ses lèvres alors qu'elles descendaient le long de mon cou.

- Vas-y, Alex. On peut faire ça maint'nant. Ici, murmurai-je.

Reculant un peu, il plongeait son regard dans le mien. Je pouvais percevoir le changement évident dans son attitude lorsque ses yeux saphir s'assombrirent de promesses non tenues. Sans perdre un instant, il me poussa en arrière jusqu'à ce que je sois allongée sur le canapé, puis agrippa la taille de mon pantalon de yoga à deux mains. Tirant à la fois sur le pantalon et ma culotte, il les fit glisser le long de mes cuisses et de mes mollets jusqu'à ce que la moitié inférieure de mon corps soit complètement dénudée.

Son regard était sombre et primal alors qu'il se déplaçait pour déposer des baisers le long de mes jambes, s'arrêtant juste avant d'atteindre le sommet de mes cuisses. Les écartant légèrement, il fit glisser un doigt le long de mon entrejambe impatient.

- Oh ! soupirai-je alors qu'il effleurait doucement mon clitoris.

- Tu es déjà mouillée. Parfait, apprécia-t-il.

Puis, sans me prévenir, il se leva, me soulevant avec lui en m'élevant jusqu'à ce que mes jambes soient croisées autour de ses hanches. Il n'y avait aucun déni de l'existence de son érection qui se dressait à travers son pantalon et contre ma chaleur nue. Il voulait cela autant que moi.

Se déplaçant, il me pressa contre l'espace libre du mur situé près du canapé. Pendant ce temps, ses yeux ne quittaient jamais les miens, me rappelant la connexion éternelle que nous partagions. Son regard était empli de feu et de luxure, mais transpercé d'une intensité révérencieuse.

- Serre tes jambes autour de moi et accroche-toi, mon ange.

Faisant ce qu'il me demandait, je resserrais les jambes autour de ses hanches et m'agrippais à ses biceps musclés. Je sentais ses muscles ondulés se contracter sous son t-shirt en coton noir pendant qu'il s'efforçait de défaire sa ceinture et la fermeture éclair de son jean. Un instant plus tard, j'entendais un bruit sourd qui indiquait que son pantalon était tombé au sol. Enveloppant un bras fermement autour de ma taille, il utilisait sa main libre pour guider l'extrémité palpitante de son sexe à l'entrée glissante de mon vagin.

- Tu es prête, bébé ? demanda-t-il d'une voix gutturale.

- Toujours.

D'un mouvement assuré, il s'insinua en moi, pénétrant ma chaleur intime jusqu'à une profonde immersion. Je laissais échapper un gémissement de plaisir, me livrant pleinement à chaque sensation que lui seul pouvait me faire ressentir. Il poursuivait ses va-et-vient jusqu'à ce que mes gémissements se transforment en cris à la limite du hurlement.

Quand je finis enfin par atteindre l'orgasme, la libération fulgurante fut envahissante. Mais Alexander ne s'arrêtait pas là. Il continuait à s'enfoncer plus profondément et plus fort jusqu'à ce que je ne ressente plus que les pulsations délicieuses de sa semence jaillissante.

7

Alexander

-L e Grill de Riverside aussi ? C'est le deuxième client que nous perdons cette semaine, dis-je à Bryan, irrité, même si je savais bien que tout cela n'était pas de la faute de mon comptable.

Bryan ne méritait pas ma colère, mais cela m'importait peu. Les temps économiques dans lesquels nous vivions, associés à mon état irritable, formaient une mauvaise combinaison. Quatre jours s'étaient écoulés depuis la séance de thérapie avec le Dr. Tumblin, et depuis, je me sentais tendu. Je n'aimais pas la manière dont Krystina me poussait, et il semblait que tout et n'importe quoi pouvait me mettre en colère.

- On pourrait toujours supprimer les primes de Noël du personnel pour compenser la perte de revenus, répondit Bryan.

- J'ai déjà dit que ce n'était pas une option, aboyai-je.

- Je pense qu'ils comprendraient si...

- Bryan, j'ai dit que ce n'était pas une option. Trouve autre chose.

- J'ai envisagé à quoi pourrait ressembler le flux de revenus actuel de Riverside. Les ratios pour les commandes à emporter par rapport à la restauration en salle sont différents pour chaque restaurant, mais ils pourraient peut-être envisager un plan de paiement mensuel pour se mettre à jour sur les loyers impayés, suggéra-t-il.

- Je ne pense pas que ça soit réaliste. Les restaurateurs ont été les plus touchés, et ils ne retrouvent toujours pas les clients qu'ils avaient autrefois. Les gens commencent enfin à revenir. Tu devrais le savoir après tout ce que Matteo nous a dit, fis-je remarquer, lui rappelant les nombreuses difficultés auxquelles mon meilleur ami, Matteo Donati, avait dû faire face avec son restaurant, Krystina's Place. Combien de mois de loyer le Riverside nous doit-il ?

J'entendais quelques feuilles de papier se froisser avant que Bryan ne réponde : « Huit mois ».

Et merde.

Jusqu'à maintenant, c'était le retard de loyer le plus élevé auquel je faisais face. Même si je n'avais pas de loyauté particulière envers ce restaurant familial, je me sentais obligé de les aider pour une raison quelconque.

- Huit mois ne vont pas faire exploser la banque. S'il y a une chance qu'ils puissent rester en activité, efface la dette et laisse-les repartir à zéro. Je ne supporte pas l'idée de voir un autre restaurant fermer à Manhattan.

- Waouh. Tu veux l'effacer complètement ? me demanda un Bryan incrédule. Nous sommes toujours aux prises avec la perte de revenus du côté de la Stone Arena. Nous venons à peine de recommencer à organiser de grands événements, et puis il y a...

- Ne discute pas avec moi là-dessus, déclarai-je fermement. Efface la dette et quand tu rendras les comptes, je veux entendre qu'ils ont décidé de ne pas fermer leurs portes.

Sans lui laisser l'occasion de protester davantage, je mis fin à l'appel en appuyant sur le bouton du téléphone posé devant moi sur le bureau. Puis, sans perdre une seconde, j'appuyai sur le bouton de l'interphone pour joindre mon assistante.

- Laura ? dis-je dans le haut-parleur.

- Monsieur Stone ?

- Où en sommes-nous avec les propriétés vacantes de Stone Enterprise ? En avons-nous publié les photos et commencé la publicité ?

- C'est prêt à être lancé, monsieur. Turning Stone Advertising s'occupera de cela après le premier de l'an.

- Bien, bien. Je fais confiance à Krystina par rapport à tout ça. Et puis j'ai décidé d'offrir le déjeuner à tout le monde aujourd'hui. Nous allons commander au Grill de Riverside. Envoyez à tous la carte par e-mail et demandez qui veut quoi. Regroupez les réponses et commandez les repas. Le tout sera facturé sur le compte d'exploitation.

- Bien, monsieur.

- Oh, et assurez-vous que personne ne se regroupe à l'accueil lors de la livraison, ajoutai-je. Les protocoles sont toujours en place, ce qui inclut le port du masque en-dehors des bureaux.

- Je le rappellerai dans l'e-mail, m'assura Laura.

Le personnel connaissait mes préoccupations au sujet de Krystina, mais une piqûre de rappel au sujet des mesures de précautions ne faisait pas de mal. J'étais maniaque par rapport à tout ça, mais parfois, j'avais l'impression que ce n'était pas suffisant, surtout quand je savais que tout le monde pensait que j'exagérais certainement. Seulement la moitié du personnel de Stone Enterprise se présentait au bureau, tandis que l'autre moitié télétravaillait toujours. De mon côté, je n'avais pas le luxe de le faire. Stone Enterprise était tout simplement un groupe trop imposant pour que je puisse le gérer en dehors des locaux. C'était pour cela que j'estimais que la mise en place de règles strictes en interne avec des rappels fréquents étaient suffisants.

M'adossant à ma chaise, je scrutais la vaste table en verre de la salle de réunion. Des dossiers y étaient éparpillés à la surface, chacun renfermant des informations sur mes propriétés vacantes. Exclure le Grill de Riverside de cette pile était inenvisageable. Je savais que commander des repas à emporter pour toute mon équipe ne changerait pas grand-chose pour eux, mais j'espérais que l'effacement de leur dette ferait une différence. Peu m'importait si Bryan commençait à s'inquiéter de la lente entrée d'argent que générait Stone Enterprise. Ce n'était pas nouveau. À chaque interruption dans le flux de trésorerie, la tension artérielle de mon comptable atteignait des sommets.

Même s'il n'était pas inhabituel que Bryan exagère lorsque nous abordions des sujets comme celui-ci, son inquiétude était légitime cette fois-ci. Avec tant d'entreprises incapables de payer leur loyer ou fermant complètement, Stone Enterprise avait subi un gros revers. Même si je possédais des propriétés dans le monde entier, New York était le berceau de la plupart de mes investissements, et c'était là que je ressentais la plupart des impacts négatifs. Mes instincts prédateurs étaient nuls à présent. Il n'y avait pas de poursuite de transactions car il n'y avait pas de transactions à conclure, à moins que je ne veuille vendre mon âme au diable. Mon investissement dans les épiceries Wally semblait être l'une des rares choses qui continuaient de prospérer.

Qui aurait pu prévoir que mon empathie envers ce commerçant en difficulté deviendrait le baume salvateur me permettant de naviguer à travers les tempêtes de la vie ?

C'était quelque peu ironique quand j'y pensais. Wally's était l'endroit où j'avais rencontré Krystina, la femme grâce à qui j'avais réussi à me sauver de moi-même. Maintenant, mon investissement chez son ancien employeur était celui qui assurait tout mon sauvetage. Même si mon portefeuille comportait encore des propriétés qui résistaient très bien dans cette conjoncture assez néfaste, je m'inquiétais du fait qu'il ne serait qu'une question de temps avant qu'elles ne commencent également à éprouver des difficultés. Oui, le monde avait commencé à se remettre sur pied, mais le chemin vers une guérison complète était long. Cependant, j'avais aussi eu la chance d'avoir su investir intelligemment. Il faudra au minimum une année de plus avant que je ne sois contraint de penser à réduire les effectifs. Espérons que les marchés et l'économie auront pris une direction positive d'ici là. Savoir que j'avais le luxe d'attendre que la tempête passe était un privilège, surtout lorsque tant d'autres étaient désespérés, comme Anna, la femme qui avait volé l'argent de Stone's Hope. Selon ce que je savais d'elle, je ne croyais pas qu'elle était une voleuse ordinaire. Il s'était écoulé un peu plus d'une semaine depuis que Krystina avait reçu l'appel de Claire à propos de ce qui s'était passé, mais Anna était toujours introuvable, et son ex-petit ami prétendait ne pas avoir de ses nouvelles depuis des mois. Mon regard glissait vers la photographie de Krystina qui trônait sur mon bureau. Vérifiant l'heure sur ma montre, je constatais qu'il était presque midi. Saisissant le téléphone, je composais son numéro pour mon appel habituel.

- Salut, beau gosse, répondit-elle après la deuxième sonnerie. Comment se passe ta journée ?

- Ça se passe toujours de manière misérable quand tu n'es pas là, mon ange.

- Hummm… je regrette l'époque où nous travaillions tous les deux dans le même bâtiment.

Je fronçai les sourcils, capable de lire aisément entre les lignes.

- Comment te sens-tu ? demandai-je.

- Bien, pourquoi ?

- Je me suis réveillé vers trois heures du matin et tu n'étais pas couchée. Ça fait trois nuits d'affilée. Tu pensais encore à Anna, ou bien c'était autre chose, cette fois-ci ?

Ces derniers temps, il arrivait régulièrement à Krystina de quitter le confort du lit pour descendre. Les deux premières fois, je l'avais trouvée assise dans le salon. Elle s'était excusée en prétendant qu'elle s'était levée pour ne pas me réveiller. La nuit dernière, j'avais décidé de la laisser tranquille en restant allongé, préoccupé par toutes les choses qui pouvaient la tourmenter. La plupart du temps, elle dormait de manière paisible, et mon inquiétude quant à son niveau de stress grandissait, surtout après le terrible cauchemar dont j'avais dû la réveiller la semaine dernière.

- Je pensais à Anna, mais plus particulièrement à sa fille. J'étais là le jour où elles sont venues. Je les ai rencontrées toutes les deux. Sa fille avait de grands yeux bleus expressifs. Une vraie petite mignonne. Je ne peux m'empêcher de m'inquiéter de ce qui va lui arriver une fois qu'on aura retrouvé Anna.

- C'est vraiment à ça que tu pensais ? insistai-je, ayant besoin de m'assurer qu'il ne s'agissait pas d'un cauchemar qui l'avait tirée du sommeil.

Ses cauchemars pouvaient être déclenchés par de nombreuses choses, y compris le stress et l'anxiété. Entre les fausses couches, les efforts pour concevoir à nouveau, le travail à distance et le fait d'être souvent seule à la maison, je savais que Krystina portait un lourd fardeau sur ses épaules. Ce qui s'était passé avec Anna chez Stone's Hope n'arrangeait rien.

- Oui. Je suis convaincue qu'Anna a agi par désespoir.

- Bien d'accord avec toi, mon ange, mais nous ne le savons pas avec certitude. Sa motivation est une énigme, et s'en préoccuper commence à te peser. J'aimerais que tu laisses simplement Stephen régler ça et que les choses suivent leur cours.

- C'est vrai, t'as raison, mais malgré tout, je ne peux m'empêcher d'y penser. Et d'ailleurs, si ça me préoccupe tellement, c'est parce que c'est la période de Noël. Tout le monde mérite d'être heureux en cette période de l'année, et ce qu'elle a fait a engendré des répercussions négatives sur beaucoup d'autres personnes.

Ma gorge s'épaissit soudainement sous le coup d'une émotion intense. Ma femme, indépendante et impertinente au possible, pouvait être dure comme de l'acier en salle de réunion, mais quiconque avait le privilège de la connaître verrait sa générosité. Elle se préoccupait profondément de ce qui se passait à Stone's Hope, et cela allait au-delà de ses expériences personnelles avec les abus. Krystina s'inquiétait parce que c'était inné chez elle.

- Je t'ai déjà dit à quel point j'adorais ton grand cœur ?

- Non, pas récemment. Mais par contre, tu peux encore me dire à quel point je suis merveilleuse, me taquina-t-elle.

Je rigolais de son esprit vif. Krystina n'acceptait jamais bien un compliment, mais faisait plutôt une blague sarcastique ou rougissait d'embarras et changeait de sujet.

- Oh, mais tu l'es tellement que je pense que tu mérites que je m'occupe de toi ce soir, lui suggérai-je.

- Ah oui ? Sa voix avait notablement baissé, sonnant quelque peu haletante d'anticipation. Je m'imagine dans un bain moussant. À deux. Des bougies. De la musique. Peut-être un massage.

Je réprimais un grognement alors que l'image des jambes agiles et nues de Krystina, humides et glissantes de bulles parfumées, remplissait mon esprit. Je fis tourner mon fauteuil lentement avant de m'en lever pour contempler la skyline de Manhattan à travers les baies vitrées. Je me servais de cette vue comme d'une distraction face à l'énergie agitée qui venait de m'envahir soudainement.

- Arrête de me torturer pendant que je suis au travail ! m'exclamai-je.

- Je ne ferais jamais ça ! me réprimanda-t-elle. Mais j'aimerais savoir ce que tu portes.

- Un costume. À ton avis, que pourrais-je porter d'autre pour aller au bureau ?

- De quelle couleur est-il ? insista-t-elle.

Je serrais mes lèvres sans parvenir à en empêcher les coins de remonter. Je savais très bien où elle voulait aller et qu'elle essayait de me distraire de ce qui la tourmentait vraiment.

- Pourquoi tu me demandes ça, mon ange ?

- Parce que t'imaginer en costume me met dans tous mes états. Allez, dis-moi !

- C'est un Armani noir, ajusté, avec une cravate rouge.

- J'adore ce costume sur toi. Et la chemise, elle est ajustée aussi ?

Je rigolais.

- Ah, non, ça, je ne te le dirai pas. Tu ne m'auras pas comme ça. Et même si j'aimerais continuer cette conversation, il faut quand même que travaille un peu si tu veux que je sois rentré à la maison à une heure décente. On reprendra tout ça plus tard ?

- C'est une promesse, M. Stone.

Souriant, je mettais fin à l'appel et me tournais de nouveau vers mon bureau.

Si Krystina flirtait avec moi, je savais qu'elle avait le cœur lourd. Le stress lié à Anna et à l'incapacité de donner un Noël aux enfants de Stone's Hope détruisait lentement son esprit festif. Outre le fait qu'elle se réveillait au milieu de la nuit, il y avait eu d'autres signes. Krystina mettait presque toujours de la musique de Noël dans la maison et des bougies parfumées à cette période de l'année. Mais ces derniers jours, tout était silencieux et dépourvu des senteurs boisées familières de gui, de baies, de branches de pin et de houx quand je rentrais du travail. Je devais faire quelque chose, n'importe quoi, pour égayer son humeur morose.

J'avais envisagé de faire un don d'argent au refuge pour qu'ils puissent organiser leur fête de Noël habituelle, mais Stephen continuait de plaider fermement contre cela pour le moment. Il m'avait fait tout un charabia juridique sur le fisc et comment Stone Enterprise était liée à la Fondation. Jusqu'à ce que le problème de l'argent disparu soit résolu, il pensait qu'il serait préférable de ne rien donner. Je devais donc penser à autre chose pour remonter le moral de Krystina.

Je me frottais les paumes sur le visage avec frustration en me creusant la cervelle. Le problème était que ma femme ne manquait de rien. Je ne pouvais pas lui acheter le bonheur. Cela nécessiterait quelque chose de plus créatif.

Mon ordinateur portable émit un *bip* pour me signaler l'arrivée d'un nouvel e-mail. Celui-ci provenait de Hale.

À : Alexander Stone
DE : Hale Fulton
OBJET : Prochaine commande

Chef,
Ce mois-ci, je vais devoir passer une commande plus importante que d'habitude auprès de notre fournisseur du

Queens. En effet, je dois remplacer plusieurs projecteurs extérieurs autour de la maison, car certains ont été endommagés lors de la tempête survenue il y a quelques semaines. L'ergothérapeute et l'infirmère d'Helena ont également besoin d'accessoires. Je leur ai dit que je prendrai ce dont il y a besoin lors de mon passage en ville. Si vous pensez à autre chose, faites-le-moi savoir. Je pense que j'irai en ville la semaine prochaine pour m'occuper de tout ça.

Hale

Il n'avait pas besoin de me préciser que la commande serait passée en ligne et qu'il la récupérerait sur le trottoir. Je n'avais jamais à m'inquiéter de sa prise de précautions sanitaires nécessaires pour assurer la sécurité de Krystina et de ma mère. Il était vraiment protecteur et d'une loyauté farouche envers nous tous. Savoir qu'il était toujours attentif et qu'il veillait sur ceux que j'aimais le plus me procurait une véritable tranquillité d'esprit. De plus, Viviane appréciait sa présence parce qu'il pouvait atteindre les toiles d'araignée des plafonds qu'elle ne pouvait pas atteindre.

Je visualisais la stature imposante de Hale et me demandais distraitement pourquoi Krystina ne l'avait pas appelé pour l'aider à assembler l'arbre de Noël ridiculement haut qu'elle avait acheté.

C'est ça !

Soudain frappé par une idée sur la façon de lui remonter le moral, je posais mes doigts sur le clavier de l'ordinateur et commençais à taper.

À : Hale Fulton
DE : Alexander Stone
OBJET : Re : Prochaine commande

Hale,
Merci de m'avoir tenu informé de cette commande. J'aurai
aussi besoin de pas mal d'autres choses. Cependant, je ne
veux pas que vous attendiez jusqu'à vendredi prochain
pour aller chercher tout ça. Ce week-end serait préférable.
Je vais faire une liste que je vous enverrai un peu plus tard
dans la journée. Je pense que vous devriez pouvoir trouver
ce qu'il faut sans problème. Une fois que vous aurez
récupéré les commandes, merci de les faire livrer
directement dans la remise qui est près de l'étang. Assurez-
vous que Krystina ne vous voie pas. Je vous expliquerai
pourquoi plus tard. Prévoyez également de m'aider
pendant quelques heures le lundi et le mardi après-midi,
peut-être aussi le mercredi. Rapprochez-vous de Samuel,
libérez vos agendas, et retrouvez-moi lundi à la remise à 14
heures. Je vous donnerai plus de détails une fois sur place.
Alexander Stone
CEO, Stone Enterprise

Me laissant glisser dans ma chaise, un sourire intérieur
s'esquissait tandis que je réfléchissais à la mesure de mon
extravagance. En visitant le site Internet du supermarché
de Noël du coin, je débutais ma recherche. Krystina
m'accusait souvent d'en faire trop et de la gâter, et j'avais le
sentiment que cette fois ne serait pas différente. Après tout,
choyer ma femme était l'un de mes passe-temps préférés.

Une fois la liste de ce dont j'avais besoin établie, je

l'envoyais par e-mail à Hale. Tambourinant des doigts sur le bureau, j'essayais de visualiser la façon dont je voulais que tout se déroule la semaine prochaine, pour finalement décider qu'il n'y avait aucune raison d'attendre pour mettre en œuvre le plan que je venais de concocter. Il y avait des choses que je pouvais facilement faire pour mettre en place l'*Opération Remonter le Moral de Krystina* avant la semaine prochaine.

Relevant le combiné du téléphone de bureau, j'appelais mon assistante.

- Laura, dis-je lorsqu'elle répondit.

- Oui, monsieur ?

- J'aimerais que vous mettiez en place une conférence téléphonique entre Viviane, Matteo et moi. Une fois que vous les avez en ligne, faites-le moi savoir.

- Dois-je leur préciser de quoi il s'agit ?

Me penchant en arrière dans mon fauteuil, un petit sourire se dessinait sur mon visage en me souvenant de la nuit qui avait changé le cours de ma vie.

- Dites-leur simplement que c'est au sujet d'un menu, un menu qui date d'il n'y a pas si longtemps.

8

Alexander

Cinq heures plus tard, je poussais la porte d'entrée en érable massif de ma maison. Un arôme alléchant d'ail et de sauge m'enveloppa immédiatement. Une fois que j'eus accroché mon manteau dans le placard du hall d'entrée, Viviane se précipita à travers le vestibule en direction de la salle à manger avec une série de nappes de table couleur crème aux bras. Elle s'arrêta en me voyant entrer.

- Bonsoir, monsieur, me salua-t-elle.

- Viviane, répondis-je d'un signe de tête. Comment vont les choses ? Est-ce que tout est prêt pour ce soir ?

- Je m'occupe des touches finales.

- Parfait, parfait. Où est Krystina ?

- Avec votre mère. Elle est avec Helena depuis, heu...

elle fit une pause contemplative. Je dirais, depuis une bonne demi-heure.

- Parfait, dis-je en regardant ma montre. Cinq heures passées. Je prévois d'arriver pour le dîner avec Krystina à six heures. Est-ce que ça vous laisse assez de temps pour finir vos préparatifs ?

- Amplement, monsieur.

- Merci. Ce sera tout, dis-je en la renvoyant d'un geste pour qu'elle continue ce qu'elle faisait en me dirigeant vers la maison de ma mère.

Mes pas résonnaient sur le sol en marbre italien alors que je passais devant le sapin de Noël gigantesque de presque 5 mètres de haut que Krystina avait érigé dans le vestibule. Je me figeai lorsque mon regard fut attiré par l'éclat d'un petit cœur en cristal positionné au centre de l'arbre. Tendant la main pour en effleurer le verre froid, je déchiffrais la police dorée gravée sur le devant :

Notre Premier Noël
2018

Je me souvenais de ce Noël comme si c'était hier. Cela faisait six mois que nous étions mariés et nous venions d'emménager dans cette maison depuis quelques semaines seulement. Nos amis venaient de partir, et nous étions assis près du feu dans le salon, Krystina sirotant un verre de *Riesling du Château Ste Michelle* pendant que je me servais un bon porto. À un moment donné de la soirée, la conversation avait tourné autour du fait d'avoir des enfants, et nous avions décidé que nous étions prêts à fonder une famille. Krystina avait arrêté la pilule quelques jours plus tard et était tombée enceinte en l'espace d'un mois. C'était inattendu, car nous pensions tous les deux que cela prendrait un peu plus de temps, mais c'était tout de même une période excitante.

Mais ensuite elle a perdu le bébé quelques semaines plus tard et...

Je fermais fortement les yeux, tentant de bloquer ces souvenirs douloureux... mais l'effort fut vain. Ils revenaient toujours en force, et cette fois ne faisait pas exception.

La résolution de Krystina et moi de ne partager notre intention de fonder une famille avec personne avait pour objectif d'éviter la pression des interrogations insistantes et des conseils non sollicités. Lorsqu'elle fit face à la perte du bébé, le monde sembla s'arrêter, et nous demeurâmes seuls à porter ce fardeau intime. Pour ma part, le fait de ne pas en avoir parlé à qui que ce soit était presque une grâce, évitant ainsi de devoir reconnaître un échec.

Il m'était difficile d'expliquer ce que je ressentais dans les jours et les semaines qui avaient suivi les fausses couches de Krystina, surtout après la troisième. Même si je n'avais pas ressenti de douleur physique comme elle, c'était à une douleur émotionnelle inconnue que je dus faire face. La culpabilité me rongeait quand j'éprouvais de l'enthousiasme ou abordais des sujets comme les prénoms de bébé, persuadé que mes actions ne faisaient qu'accentuer le chagrin de Krystina. Une colère sourde m'habitait également, confronté au fait de devoir vivre cela en permanence parce que je me considérais comme étant le principal coupable, dans le sens où je n'avais rien fait pour assurer la protection de ma femme et du bébé qu'elle attendait. Et putain, qu'est-ce que je me détestais pour ça.

Cette sensation de faiblesse et de malaise envers moi-même était oppressante. Ce sentiment d'effondrement créait un abîme sombre et infini. Ma poitrine se resserrait et je secouais la tête, ne voulant pas que ce stress ruine mes plans pour la soirée. Ce soir, tout allait tourner autour de Krystina. Relâchant l'ornement pour le laisser retomber contre les branches, je m'éloignais de l'arbre et poursuivais mon chemin en direction des appartements de ma mère

Devant la porte entrouverte de l'appartement, je m'arrêtais et m'attardais dans l'encadrement. Krystina, assise sur une chaise en face du fauteuil roulant de ma mère, me laissait entrevoir son profil alors qu'elle feuilletait lentement un livre illustré posé sur ses genoux. Un flot d'émotions m'envahit en la voyant avec ma mère. Son expression était d'une intensité palpable à chaque page tournée, attendant avec patience la réaction de ma mère aux images. Elle était resplendissante dans cette position, et il m'était presque douloureux de la contempler. Elle était parfaite, et par moments, je me demandais si elle était réellement mienne, comme si cette âme sublime ne pouvait être liée à quelqu'un comme moi. Elle représentait ma propre parcelle de paradis sur terre. Son téléphone portable se mit à sonner, interrompant son interaction avec ma mère.

- Salut, Ally, répondit-elle.

Je gémissais intérieurement.

Oh, non. Ça ne marchera jamais.

Comme Krystina était au téléphone avec Allyson, je savais qu'elle pouvait facilement être retenue par sa meilleure amie pendant une heure, voire plus. Leurs conversations téléphoniques n'étaient jamais courtes, et je n'avais aucune intention de laisser Allyson faire obstacle à mes plans pour la soirée.

- Je suis avec Helena, poursuivit Krystina. On regarde des livres d'images. Hein, Helena ? J'essaie de découvrir si Alex n'aurait pas des traditions de Noël oubliées et je me disais que ces illustrations pourraient éveiller quelque chose dans la mémoire de sa mère.

Elle se tut, et je supposais qu'Allyson parlait à l'autre bout du fil. Je ne voulais pas leur laisser le temps d'entamer une conversation, alors j'entrais dans la pièce et m'approchais furtivement de Krystina. Me penchant derrière elle, je passais mes bras autour de sa taille. Elle sursauta, et le livre d'images tomba au sol avec un bruit sourd.

- Alex ! s'écria-t-elle en riant.

- Raccroche ce téléphone. J'ai des projets pour nous, l'informai-je.

- Ally vient d'appeler et…

Elle s'arrêta net lorsque je lui pris le téléphone de la main :

- Salut Allyson, dis-je dans le téléphone.

- Salut Alex, te voilà en train de garder ma meilleure amie dans cette somptueuse cage dorée ? répliqua-t-elle.

Un sourire se dessinait sur mes lèvres en toute connaissance de cause. Elle partageait ma conviction quant à l'importance de ces restrictions. La première fausse couche de Krystina restait gravée dans sa mémoire, ce qui expliquait sa compréhension profonde de la nécessité de mes précautions. Sa coopération rendait l'entreprise de persuader Krystina de suivre mes règles beaucoup plus aisée.

- Oh, tu sais très bien que Krystina et moi, on s'amuse beaucoup, quand on est enfermés chez nous ! Alors, si ça ne te dérange pas, je dois écourter cette conversation. J'ai des projets avec ma femme ce soir.

- Oh, dis-moi tout ! Non, attends ! Laisse-moi deviner : Krys t'a convaincu de faire une autre nuit marathon Star Wars ?

- À vrai dire, non. Voir ces films une fois m'a bien suffi, dis-je en riant.

- Oh, désolée ! J'avais oublié à quelle période de l'année on était ! C'est sûrement une nuit marathon de films de Noël ?

- Encore raté, Ally. Je baissais les yeux vers Krystina en voyant qu'elle me dévisageait curieusement, se demandant clairement de quoi parlait ma conversation avec Allyson.

- Alors, c'est quoi ? m'interrogea Allyson.

- J'ai prévu une soirée en amoureux.

- Oh, ça a l'air vraiment amusant ! Je te laisse alors. À plus !

- Au revoir, Allyson.

Après avoir appuyé sur le bouton du téléphone mettant fin à la conversation, je le rendais à Krystina.

- On a un rendez-vous ce soir ? me demanda-t-elle.

- En effet. Viviane a préparé quelque chose de spécial. Allez, ma chérie. On va se changer.

- Pourquoi ? T'aimes pas mon pantalon de yoga et mon pull ?

- Je t'aime dans tout ce que tu portes. Il y a juste une tenue que j'aimerais que tu portes ce soir. Fais-moi confiance. En plus, ça te fera du bien de te mettre sur ton trente et un pour changer. Monte dans la chambre et sors ta jupe rouge à bordures en faux cuir et un pull en cachemire blanc. Marquant une pause, je fronçais les sourcils, essayant de me souvenir du reste de la tenue. Avec des chaussures à talons hauts. Noires, si mes souvenirs sont bons.

- Alex, qu'est-ce que…

- Pas la peine d'essayer de négocier, déclarai-je fermement. Va te changer, maintenant. On se retrouve après.

Se tenant au garde-à-vous, elle porta la main à son front en signe de salut.

- Oui, mon commandant ! Son sarcasme ne laissait aucune place à l'erreur, et je faillis rire alors qu'elle quittait la pièce dans une marche militaire exagérée.

Secouant la tête, je ramassais le livre d'images et m'asseyais dans le fauteuil qu'elle avait libéré.

- Ma femme est vraiment unique, non ? demandai-je en prenant la main de ma mère dans la mienne.

Elle ne me répondait pas, mais en même temps, je ne m'y attendais pas. Le seul moment où Helena Russo réagissait à quelque chose, c'était quand elle voulait quelque chose, et ce genre de situation était relativement limité. Son esprit enfantin était uniquement guidé par des choses qui lui apportaient une gratification instantanée. Une part de moi était toujours animée par la colère à son égard, parce qu'elle avait laissé à mon père l'opportunité de la détruire. Mais une plus grande partie de moi trouvait quand même qu'il m'était difficile de rester en colère. Les souvenirs que j'avais d'elle n'étaient pas tous mauvais. Je savais qu'elle m'aimait, tout comme elle aimait Justine. Et même si elle n'était maintenant qu'une coquille de ce qu'elle était, nous l'aimions aussi. Ouvrant le livre là où Krystina l'avait laissé, je pointais des images de bas accrochés à une cheminée et de biscuits de Noël glacés. À chaque page tournée, j'observais son visage en cherchant une réaction quelconque. Les souvenirs de mon enfance l'avaient dépeinte comme une femme magnifique, et mes souvenirs ne m'avaient pas trompé. Mis à part la cicatrice gris violacé du côté droit de son front - due à la gentillesse de mon père - ma mère était vraiment très belle. Ses traits étaient définis avec des pommettes anguleuses et un nez fin. Justine et moi avions une ressemblance frappante avec elle, jusqu'à ses cheveux presque noirs, désormais parsemés de gris. Il ne faisait aucun doute que nous partagions tous les trois cette même couleur ébène. Après avoir tourné les pages pendant quelques instants, je posais le livre sur le côté et appuyais sur le buzzer du fauteuil roulant de ma mère pour appeler son infirmière. Au bout de trente secondes, Joanna Cleary, l'assistante de ma mère qui vivait ici, apparut. Ses cheveux poivre et sel étaient relevés en un petit chignon, et les ridules de ses yeux se creusèrent lorsqu'elle me sourit.

- Bonjour Monsieur Stone. Je n'avais pas réalisé que vous étiez là. Je pensais qu'elle était encore avec votre femme.

- Oui, c'est vrai. Mais Krystina a dû partir. Je vous

appelais juste pour vous informer que j'allais en faire de même.

— Bien, monsieur, répondit-elle avant de se tourner vers ma mère. Allez maintenant, Helena, c'est l'heure de la douche. Ensuite, nous passerons à table pour dîner.

Comme je savais qu'elle était entre de bonnes mains, je me dirigeais vers la chambre où Krystina se changeait. Une fois arrivé, je trouvais ma femme dans son dressing spacieux. Comme je lui avais demandé, elle portait la jupe rouge mais elle n'avait pas encore enfilé le pull. Elle se tenait devant les cintres, vêtue seulement de la jupe et de son soutien-gorge, et surtout, des chaussures à talons. Mon sexe frémit à sa vue. Peu importe le type de chaussures à talons qu'elle portait, chacune d'elles criait *fais-moi l'amour maintenant*.

Mon regard remontait le long de ses jambes et sur la courbe de ses fesses. Krystina pensait avoir quelques rondeurs en trop, mais pour moi, elle était parfaite. J'adorais chaque centimètre de son corps. Si cela dépendait de moi, elle serait nue à chaque minute de la journée. Malheureusement, Krystina n'était pas d'accord avec l'idée de se promener nue dans la maison. Ma femme pouvait se soumettre à moi dans la chambre à coucher et notre salle de jeux, mais elle était tout sauf soumise en dehors de cela. C'était une guerrière insolente qui n'avait jamais peur de dire ce qu'elle pensait, farouchement indépendante, sauvage, forte, et tellement belle.

Et c'est ma femme. Elle est rien qu'à moi.

M'approchant d'elle par derrière, je glissais mes mains sur ses hanches en lui caressant la peau douce du ventre.

— Alex ! s'écria-t-elle en se retournant rapidement pour

me faire face. Je ne t'ai pas entendu entrer. Tu pourrais pas arrêter de me surprendre comme ça ? !

- Hummm, marmonnai-je en me penchant pour presser mes lèvres sur le lobe de son oreille. Tu as l'air tellement bien ici avec ces talons hauts. Que dirais-tu si nous zappions le dîner de ce soir pour passer directement au dessert ?

J'entendis son souffle se couper. Lorsqu'elle inclina la tête pour me donner accès à son cou, je souriais. Aussi pétillante qu'elle le fût, j'adorais qu'elle se soumette si facilement sous mes caresses. Déplaçant mes lèvres le long de sa mâchoire, je faisais glisser ma langue le long de la courbe de son cou en la mordillant et la suçotant à travers sa clavicule et ses épaules.

Revenant à son oreille, je lui chuchotai :

- Tu te souviens de ce jour, il y a plus de quatre ans, quand je t'ai trouvée à La Biga et que je voulais te parler d'une offre d'emploi ?

- Je m'en souviens très bien. J'étais en colère contre toi parce que tu avais pris en otage mon téléphone, souffla-t-elle.

Ses mains étaient maintenant dans mes cheveux, en agrippant les racines pour m'encourager à en faire plus.

- Je t'ai aussi dit que je te voulais nue, lui rappelai-je en parcourant le bord de son oreille avec ma langue.

- Je m'en souviens aussi. Tu m'as même dit : « Par tous les moyens possibles. Et nue, de préférence ». Comment pourrais-je oublier ? Je pensais que tu étais fou parce que nous venions à peine de nous rencontrer.

M'avançant, je la poussais en arrière jusqu'à ce qu'elle soit contre le mur. Pressant toute la longueur de mon corps contre le sien, je remontais sa jupe jusqu'à ce qu'elle s'amasse autour de ses hanches. Puis, passant entre ses jambes, je caressais son intimité. Instinctivement, elle poussait son bassin contre ma main, et je pouvais sentir sa chaleur à travers sa culotte. Chaque pensée que j'avais eu ce jour-là se transformait en un besoin solitaire et puissant, et je faillis m'agenouiller, désirant rien de plus que de la goûter. Mon sexe s'épaississait douloureusement, désespéré d'être enveloppé dans sa chaleur veloutée. Il me fallait toute la retenue que je pouvais rassembler pour me retenir et suivre les projets que j'avais mis en place pour ce soir.

- Que s'est-il passé une fois que j'ai dit ça ? demandai-je tout en utilisant ma main libre pour pincer un de ses mamelons à travers la texture dentelée de son soutien-gorge.

À ma satisfaction, il se durcit instantanément en un nœud ferme. Je tirais la dentelle loin de son sein et la remplaçais par ma paume.

- Tu m'as invitée à dîner. Non. En fait, c'était plus comme si tu m'avais ordonné de dîner avec toi, ajouta-t-elle dans un souffle alors qu'elle levait une jambe pour l'entrecroiser autour de ma cuisse. Poussant ses hanches en avant, elle cherchait la friction que la main qui tenait son intimité refusait de lui donner. Son désir était tellement brûlant, et c'était une torture de ne pas céder à ses envies.

Chaque chose en son temps, mon ange. Chaque chose en son temps.

- Décidément, quelle bonne mémoire ! remarquai-je en abaissant sa jambe et en m'éloignant d'elle. Elle laissa échapper un soupir audible et je ris. Quelle est la tenue que tu portais lorsque nous avons dîné ?

Ses sourcils se fronçaient tandis qu'elle puisait dans ses souvenirs.

- Hum, je pense que je portais une jupe rouge... elle s'arrêta brusquement et baissa le regard. Quand elle releva les yeux vers moi, je vis que ses yeux pétillaient. Je portais les mêmes vêtements que ceux que tu m'as demandé de mettre ce soir.

- Correct, une fois de plus, lui confirmai-je avec un grand sourire. Allez, maint'ant, finis de t'habiller ! Je te retrouve en bas dans cinq minutes.

- Quoi ? Tu ne peux pas me mettre dans un état pareil et...

- Si, je le peux. Allez, sois gentille et fais ce que je te demande.

Sans lui laisser le temps de me dire quoi que ce soit, je la laissais pour entrer dans mon dressing et choisir ce que je porterais pour la soirée. Si ma mémoire était bonne, je portais une chemise en popeline et un pantalon kaki au restaurant de Matteo ce soir-là. Après m'être changé, je sortis du dressing pour trouver Krystina entièrement habillée devant le miroir de pied de la chambre. Elle se passait les mains sur les hanches et tirait sur le bas de sa jupe.

- Je comprends mieux pourquoi je ne porte jamais cette jupe. J'ai toujours pensé qu'elle était trop courte, dit-elle en tirant sur le bas comme si ça la rendrait miraculeusement plus longue.

- Je sais bien. C'est pour ça que je voulais que tu la

portes, dis-je en lui faisant un clin d'œil. T'es prête à descendre ?

- Si tu l'es, je le suis aussi.

Me déplaçant à ses côtés, je tendis le coude pour qu'elle glisse son bras à l'intérieur.

- Madame Stone, notre soirée en amoureux nous attend !

9

Krystina

Alexander et moi descendions l'escalier majestueux bras dessus bras dessous. J'étais surprise de voir Hale se tenant en bas des marches. Il avait l'air distingué et élégant, vêtu de son costume gris habituel, mais seuls ceux qui le connaissaient bien pouvaient voir l'homme derrière cette façade bien habillée. Un œil averti aurait pu soupçonner son passé militaire, mais sa conscience aiguë et son air dur lui permettaient de le cacher habilement. En dehors de ses allées et venues entre la maison que nous réservions à nos amis et celle qui était réservée à Helena et à son personnel infirmer, Hale ne venait que rarement dans la maison dans laquelle nous vivions, mais c'était toujours rassurant de savoir qu'il était à proximité.

- Hale, dit Alexander d'un signe de tête sec. Comme on

l'avait dit tout à l'heure, je vous laisse accompagner Krystina.

- Bien, monsieur, répondit Hale.

Je regardais les deux hommes, perplexe. Ils échangèrent un regard complice, et un léger sourire apparut sur les lèvres d'Alexander.

- Qu'est-ce que vous manigancez-vous tous les deux ? demandai-je.

Alexander secoua la tête :

- Fais-moi confiance, mon ange, et suis Hale.

- Par ici, Krystina, dit Hale en me prenant le bras.

Je savais comment Alexander et Hale fonctionnaient ensemble, et je voyais bien que je n'avais pas le choix. Quand ils décidaient de ne rien révéler, je n'avais aucune chance de leur faire cracher le morceau. En fin de compte, la curiosité prit le dessus. Je décidais donc de ne plus poser de questions et laissais Hale me guider. Nous traversâmes le salon et la cuisine, devant les grandes baies vitrées qui offraient une vue sur la piscine, puis nous entrâmes dans le couloir arrière menant au garage.

- Est-ce qu'on va quelque part ? demandai-je, incapable de dissimuler ma surprise. Il m'était difficile de croire qu'Alexander nous emmènerait réellement quelque part pour manger. Il devait y avoir autre chose. Est-ce que je dois prendre un manteau ?

Hale secouait simplement la tête mais ne se donnait pas la peine de cacher le rare sourire qui courbait les coins de ses lèvres. Je frissonnais dans le froid du garage alors qu'il me conduisait vers la Porsche SUV et ouvrait la portière arrière.

- Je vous laisse monter à l'intérieur, me dit-il en faisant

un geste de la main. J'ai démarré la voiture il y a vingt minutes, donc il devrait faire bien chaud à l'intérieur.

Oh, bon sang. Mais qu'est-ce qu'ils manigancent ?

Je poussais un soupir exaspéré mais continuais de jouer le jeu. Il se contenta de faire le tour de la maison en voiture, puis il s'arrêta pour me laisser sortir. J'étais vraiment perplexe. Je marchais à côté de lui, le front plissé, alors qu'il me conduisait à la porte d'entrée de la maison. Une fois à l'intérieur, je fus accueillie par le grand escalier qu'Alexander et moi venions de descendre.

- Suivez-moi, dit Hale.

Je le suivais jusqu'à ce que nous atteignions la salle à manger. En franchissant le seuil, mes yeux se posaient immédiatement sur Alexander, qui se tenait à quelques mètres de l'entrée. Il avait l'air aussi parfait que d'habitude. Ses mèches sombres encadraient son visage sauvagement magnifique et frôlaient le col de sa chemise grise.

S'approchant de moi, il positionna sa main de manière possessive sur le creux de mes reins. J'adorais quand il me touchait là. Cette pression constante me faisait me sentir incroyablement protégée et choyée.

- Je m'occupe de la suite, Hale. Merci, déclara Alexander.

Lançant un regard autour de la pièce spacieuse, je remarquais immédiatement que tout était différent. Une petite table éclairée par des bougies, préparée pour deux personnes, se trouvait à gauche de la longue table à manger en bois. Elle n'était normalement pas placée à cet endroit. En fait, tout était déplacé dans la pièce. Nos chaises de salle à manger étaient renversées, et des draps recouvraient certaines parties de certains autres meubles.

On aurait dit que quelqu'un essayait de donner l'impression qu'une rénovation était en cours. C'était bizarre. C'était comme si la pièce avait été réorganisée pour qu'elle ne ressemble en rien à notre salle à manger habituelle, mais elle conservait malgré tout une atmosphère familière.

Je levais les yeux vers Alexander pour voir qu'il me regardait avec ses yeux saphir irrésistibles. Il semblait évaluer ma réaction. Je détournais le regard vers la pièce, mes yeux se posant sur chaque objet déplacé.

Qu'est-ce que je suis en train de rater ?

Les lumières étaient tamisées, et une douce musique de guitare émanait d'un haut-parleur caché quelque part dans la pièce. Je reconnus tout de suite Tadeusz Machalski, l'un des musiciens préférés d'Alexander. Il avait découvert le guitariste à Venise, en Italie, un détail que j'avais appris lors de notre tout premier rendez-vous au restaurant de Matteo Donati, avant même son ouverture au public.

Et là, que j'eus le déclic : les chaises renversées, la table pour deux, ma tenue, la musique... Alexander essayait de recréer notre premier rendez-vous. L'odeur qui s'échappait de la cuisine était la même, et je me demandais aussi s'il n'avait pas demandé à Viviane de préparer certains plats de Matteo.

- Bienvenue Chez Krystina ! clama Alexander en faisant référence au nom du restaurant de Matteo qu'il soutenait financièrement. Certes, il ne s'appelait pas comme ça quand on y était allés pour la première fois, mais tu vois l'idée.

- Alex, c'est incroyable ! Tout ressemble exactement à notre premier rendez-vous !

- La seule chose qui manque, c'est un serveur italien exubérant, mais Viviane a promis de faire de son mieux pour le remplacer, ajouta Alexander en me faisant un clin d'œil.

- Oh, non ! dis-je en riant. La pauvre ! J'espère vraiment que tu ne vas pas lui faire jouer le rôle de Matteo ? !

- Ne t'inquiète pas. Je serai le seul à t'appeler « Bella » ce soir.

Je secouais la tête, toujours surprise par l'attention portée à recréer les détails de cette nuit.

- Qu'est-ce qui t'a poussé à faire tout ça ?

- Tu semblais un peu déprimée ces derniers temps, et je voulais faire quelque chose de différent pour te remonter le moral. Viens t'asseoir, mon ange.

Saisissant mon coude, il me guidait vers la petite table et tirait une chaise pour que je m'assoie. Alors qu'il me rapprochait de la table, un sentiment de déjà-vu m'envahissait, et je ne pouvais m'empêcher de me rappeler à quel point j'étais nerveuse de dîner avec Alexander ce soir-là.

Nerveuse est un euphémisme. En vrai, je me sentais complètement dépassée par mes émotions.

À l'évocation de ce souvenir, les coins de ma bouche se relevaient.

- Pourquoi tu souris ? demanda Alexander en prenant place en face de moi.

- Je pensais à quel point j'étais nerveuse au cours des heures précédant ce premier rendez-vous, et comment ça semblait empirer dans les jours qui ont suivi. Tu étais si intimidant, ça me faisait vraiment peur. Maintenant que je sais comment tout s'est passé, c'était un peu idiot d'avoir été si anxieuse. Je me demande ce qui se serait passé si je n'avais pas été nerveuse mais que j'avais cédé à tes tentations à la place.

Un sourire s'esquissait sur ses lèvres alors qu'il sortait une bouteille de cabernet sauvignon du seau à glace placé sur la table et nous servait un verre chacun.

- Mes tentations ? questionna-t-il.

- Oui. Tu étais comme le diable, toujours à me taquiner. Et si j'étais rentrée chez toi ce soir-là ? M'aurais-tu poursuivie comme tu l'as fait si nous avions couché ensemble dès le début ?

- Premièrement, je ne t'aurais pas ramenée chez moi cette nuit-là. J'en avais certainement envie, mais à ce stade, personne ne rentrait chez moi tant qu'il n'y avait pas un certain niveau de confiance établi. Mon style de vie me mettait trop en danger, comme je te l'ai expliqué à l'époque.

Il marqua une pause et prit une gorgée de vin. J'en fis de même, savourant la saveur corsée sur ma langue en attendant qu'il continue.

- Deuxièmement, je t'aurais poursuivie quoi qu'il arrive. Tu étais comme une drogue pour moi. Dès que je t'ai vue, je devais t'avoir et peu importait les conséquences. Et troisièmement, si j'avais décidé que je voulais te posséder cette nuit-là, je l'aurais fait.

Ses mots étaient aussi crus que séduisants et c'était incroyablement excitant. J'adorais quand il me parlait comme ça. Mon désir pour lui qu'il avait installé entre mes jambes quand nous étions à l'étage dans mon dressing n'avait pas encore disparu, et ses remarques salaces ne faisaient qu'intensifier cette sensation.

Avant que je puisse répondre, Viviane entra dans la pièce avec un plateau et deux petites assiettes.

- Voilà, annonça-t-elle. *Insalata caprese* et *antipasto italiano.*

Je souriais en constatant encore une chose qui rappelait ma soirée avec Alexander il y a quatre ans.

- Merci, Viviane, dis-je. Je suis sûre que ce sera aussi bon que chez Matteo.

- Ne me remerciez pas trop vite. Ajouter les charcuteries et le fromage à cette assiette était la partie la plus facile. Il a fallu une heure à Alexander pour convaincre Matteo de lui donner sa recette secrète de parmigiana d'aubergines. Après tous ces tracas, j'espère seulement lui avoir fait honneur.

- Je suis sûr que ça ira, Viviane. Merci, lui dit Alexander.

Après le départ de Viviane en cuisine, Alexander et moi attaquions les hors-d'œuvre. Nous ne parlions pas beaucoup, mais profitions simplement de la compagnie de l'un et de l'autre en mangeant. De temps en temps, je pouvais sentir les yeux d'Alexander qui pesaient sur moi, et je savais que j'étais le centre de son regard sombre et pénétrant sans même le voir. Quand je relevais les yeux, la mozzarella savoureuse que je venais de mettre dans ma bouche aurait aussi bien pu être du carton. Mon souffle se coupa et mon cœur s'emballa, une réaction qu'Alexander pouvait provoquer d'un simple regard brûlant. C'était comme s'il s'imaginait en train de me déshabiller, retirant chaque vêtement avec une précision minutieuse. Puis il y avait ces petites choses, comme le contact persistant de sa main contre la mienne quand il me passait le vinaigre balsamique, ou le frôlement pas si accidentel que ça de son pied contre ma jambe sous la table. Tout était conçu pour me torturer.

Au moment où Viviane arrivait pour nous servir l'aubergine, je n'avais plus envie de manger quoi que ce soit. Tout ce que je voulais, c'était me précipiter sur la table, retrousser ma jupe, et de me laisser emporter par un élan passionné avec Alexander, comme si demain n'existait pas. Cependant, dès que ma fourchette rencontra la première bouchée d'aubergine et que je la portai à ma bouche, une sensation nauséeuse traversa mon estomac. J'avais beau essayer, je ne pouvais me résoudre à l'avaler, et la simple idée de déglutir me donnait envie de vomir sur la table.

Et merde. Je crois bien qu'il faudra rajouter l'aubergine à la liste des aliments que je ne pourrai pas manger pendant ma grossesse.

Repliant ma serviette et crachant discrètement la bouchée, j'évitais le plus possible de toucher à l'aubergine. Pourtant, c'était l'un de mes plats préférés, et des questions ne manqueraient pas de surgir si, soudainement, je ne voulais plus y toucher.

Ce n'était pas la première fois cette semaine que j'envisageais de parler du bébé à Alexander, mais je me ravisais en me rappelant la vidéoconférence de la veille que j'avais eue avec ma gynécologue. Elle m'avait rappelé qu'un premier trimestre en bonne santé était crucial pour la poursuite de ma grossesse. Même si je ne montrais pas grand-chose à l'extérieur, les principaux organes du bébé étaient en train de se former, et c'était à ce moment-là que le fœtus était le plus vulnérable. À onze semaines, il me restait encore une ou deux semaines avant que les risques pour le bébé ne diminuent de manière significative. D'ici là, il serait égoïste de ma part de donner des espoirs à Alexander. Je devais le protéger autant que possible.

Au lieu de manger les aubergines, je me suis donc concentrée sur l'accompagnement de pâtes. Heureusement, je pouvais en manger sans problème, mais je savais que ce n'était qu'une question de temps avant qu'Alexander ne remarque que je ne mangeais pas le plat principal.

Il me faudra dissimuler les preuves. Dissimuler les preuves ? Tu te prends pour une gamine de cinq ans ? Pffffff.

Regardant mon assiette à travers mes cils baissés, je coupais négligemment l'aubergine en petits morceaux. Puis, comme un enfant qui cache des choux de Bruxelles non mangés à sa mère, je la glissais entre les plis de ma serviette lorsque Alexander ne regardait pas. C'était ridicule, car Viviane allait sûrement découvrir ma supercherie en débarrassant la table. J'essayais de réfléchir à un endroit où cacher l'aubergine pour qu'elle ne la trouve pas non plus, mais je manquais d'idées. Glisser une serviette d'aubergine sous ma jupe ou mon pull était hors de question, car cette tenue était vraiment moulante.

Quand la fourchette d'Alexander commençait à gratter le fond de son assiette, je savais que le temps me manquait. Me levant brusquement, je me mis à débarrasser nos assiettes en équilibrant la mienne sur la serviette dans laquelle j'avais caché l'aubergine.

- Je suis rassasiée, annonçai-je en veillant à ralentir mes mots avant de continuer. J'étais une menteuse terrible, et l'un de mes défauts était de gigoter ou de parler trop vite.

Je vais juste ramener mon assiette à la cuisine. Si tu as fini, je peux prendre la tienne aussi.

- Ne sois pas ridicule. Viviane s'occupera de débarrasser la table, me réprimanda-t-il.

- Je m'en occupe. Je suis sûre qu'elle a beaucoup à nettoyer dans la cuisine.

Je récupérais son assiette vide que je superposais sur la mienne, veillant à conserver la serviette d'aubergine soigneusement placée sous la pile. Puis, sans prononcer un mot de plus, je m'éclipsai rapidement de table, m'éloignant du regard étonné et interrogateur d'Alexander.

Sortant de la salle à manger, je me dirigeais rapidement dans le long couloir menant à la cuisine. J'étais tellement pressée de me débarrasser de la nourriture non consommée que j'étais complètement insensible au reste de mon environnement. Quand je tournais dans le coin au niveau de la cuisine, je percutais violemment Viviane.

- Oh ! exclamions-nous à l'unisson.

Les assiettes s'écrasèrent contre ma poitrine, laissant les vestiges de sauce tomate imprégner mon pull en cachemire blanc. Nous chancelâmes toutes deux en arrière, et avec mes talons hauts, le maintien était difficile. Avant que je puisse rectifier la situation, je glissais et tombais lourdement. Les assiettes me glissèrent des mains pour atterrir sur le sol marbré, éclatant en une cacophonie résonnante dans le couloir, se brisant en une multitude de morceaux.

- Oh, zut ! s'écria Viviane en se maintenant sur le rebord du mur pour éviter de me rejoindre par terre. Ça va ?

Je jetais un œil autour de moi pour voir pleins de petits

morceaux d'aubergine et d'autres débris alimentaires jonchant le sol au beau milieu de la porcelaine brisée.

- Ça va, dis-je en me déplaçant vers la droite et en frottant une main sur mes fesses, qui seraient certainement bleues pendant un moment.

En me levant, je remarquais que Viviane fronçait les sourcils en regardant le désordre qui régnait sur le sol.

- Je suppose que l'aubergine de Matteo était meilleure que la mienne, dit-elle sur un ton léger avec un petit sourire.

- Non, non ! La vôtre était excellente ! dis-je un peu trop rapidement.

Oh, mon Dieu. Qu'est-ce que je suis nulle !

Heureusement, Alexander arriva en hâte dans le couloir. Sa présence dominait tout ce qui pouvait se passer alors qu'il se penchait sur moi en affichant une expression inquiète.

- Mon ange, ça va ? Que s'est-il passé ?

- Je n'étais pas concentrée et je suis rentrée dans Viviane. Mais sinon, ça va, tentai-je de le rassurer.

Se penchant, Alexander plaçait ses mains sous mes bras et me releva. Des rides d'inquiétude marquaient son beau visage alors qu'il m'observait. Il passait ses mains de haut en bas sur mes bras, jusqu'à ma tête, repoussant mes cheveux comme s'il inspectait d'éventuels dégâts.

- T'es vraiment sûre ? demanda-t-il.

Je détournais la tête, gênée par ses soins excessifs devant Viviane. Me tournant vers elle, je lui dis :

- Je suis tellement désolée, Viviane. J'aurais dû faire plus attention.

- Ne vous tracassez pas pour ça, ma jolie, me rassura-t-elle en allant chercher un balai dans le cellier. Allez, vous deux, retournez à votre dîner romantique pendant que je m'occupe de tout.

- Je peux aider… commençai-je.

- N'importe quoi ! Maintenant, dehors tous les deux, nous chassa Viviane en agitant le balai.

- Laisse-la faire, mon ange, déclara Alexander en me tirant le bras.

M'adressant un clin d'œil complice, il murmura plus doucement, de manière à ce que moi seule puisse entendre : « La soirée ne fait que commencer, et j'ai des projets pour toi ce soir ».

Mon regard naviguait entre lui et Viviane. J'étais partagée entre son regard malicieux et au fait d'assister notre gouvernante vieillissante pour remédier aux dégâts de ma maladresse. Finalement, ce furent les beaux yeux de mon mari qui prirent le dessus comme s'il n'y avait vraiment pas d'autre option. Cependant, au lieu de retourner à ma place à table, je m'arrêtais et levais les yeux vers lui.

- Je ne veux pas gâcher tout ce que tu as peut-être encore prévu, mais j'aimerais me changer et ôter ce pull, si cela te convient.

Alexander regardait mon pull taché de sauce comme s'il le remarquait pour la première fois.

- Bien sûr, dit-il avec un bref signe de tête avant de me guider au-delà de la table et hors de la pièce.

Lorsque nous atteignîmes le bas de l'escalier principal, je levais les yeux.

- J'espère que je n'ai pas gâché le dessert, plaisantai-je.

- Ne t'inquiète pas pour le dessert, mon ange. Il faudra

juste que je modifie mes projets, mais rien de grave par rapport à ça : j'aime bien la tournure que les choses prennent.

- C'est vrai ?

- Tu as mentionné tout à l'heure quelque chose à propos d'un bain moussant quand nous étions au téléphone.

- En effet, dis-je avec un sourire tout en me remémorant nos flirts de l'après-midi.

- Étant donné que j'ai dû modifier le programme de ce soir, j'aurai juste besoin de quelques minutes. Va te déshabiller, puis retrouve-moi dans la salle de bain.

Dix minutes plus tard, je frottais mon pull taché et le laissais tremper dans la buanderie. Enveloppée dans un peignoir de satin ivoire, je revenais dans la chambre. Mes pieds nus parcouraient silencieusement la moquette de la chambre alors que je me dirigeais vers la salle de bain.

J'ouvrais lentement la porte et voyais Alexander assis sur le rebord de la baignoire immense. Il préparait un bain moussant parfumé au jasmin dans un flux de vapeur d'eau. Une serviette était nouée autour de sa taille, laissant son torse découvert. Je prenais mon temps pour admirer les lignes ciselées de ses pectoraux et de son abdomen. Même après quatre ans, je n'en avais pas encore assez de le regarder. Son torse digne d'un Adonis aurait pu faire pleurer n'importe quel sculpteur.

Entrant dans la salle de bain, je refermais la porte derrière moi. Passant devant les deux lavabos, je me dirigeais vers mon mari. Tout en avançant, je remarquais une assiette de fraises enrobées de chocolat posée sur le rebord de la baignoire. Lorsque j'atteignis Alexander, il prit l'une des fraises du plateau et se leva.

Nez à nez avec lui, je discernais le regard prédateur de ses yeux. Cette étroite proximité accélérait les battements de mon cœur, le sang résonnant bruyamment dans mes oreilles. La chaleur émanant de son corps et son parfum envoûtant, mêlés au doux arôme de jasmin du bain, chatouillaient délicieusement mon nez, submergeant mes sens. Un vertige m'envahissait. Son souffle chaud se mêlait au mien alors qu'il s'inclinait pour apposer une fraise enrobée de chocolat contre mes lèvres.

- Ouvre la bouche, dit-il.

Je lui cédais docilement et laissais mes lèvres s'entrouvrir. La fraise glissa délicatement au-delà de mes dents, et je m'octroyais une bouchée pendant que sa main libre défaisait la ceinture à ma taille. Écartant mon peignoir, il le fit glisser de mes épaules jusqu'à ce qu'il s'amasse négligemment sur le sol. Debout face à lui, je me tenais entièrement nue, nos regards se croisant simplement pendant un long moment alors que je mastiquais lentement. Lorsque je déglutissais la fraise, il se penchait encore plus près de moi, sa bouche à peine à un souffle de distance.

Inspirant profondément, il enveloppait un bras autour de ma taille, me rapprochant de lui. Puis, me soulevant jusqu'à ce que je sois en équilibre sur la pointe des pieds, il inclinait sa bouche sur la mienne comme pour réclamer ce qui lui appartenait. Initialement tendres, douces et délicieuses, ses lèvres intensifièrent le baiser, exigeant davantage. Nos langues dansaient et s'entrelaçaient, au point où je craignais de me noyer en lui.

Ses mains se déplaçaient avec assurance sur mon corps, chaque caresse racontant une histoire - que j'étais belle, chérie et sexy. Son toucher tissait un récit d'amour et de dévouement qui aurait pu faire pleurer les poètes. Je désirais ardemment le sentir - sur moi et en moi - jusqu'à me perdre dans la sensation de tomber de ce bord bienheureux. Des sons doux et implorants s'échappaient de ma gorge.

- Je veux être en toi, Krystina. C'est tout ce que je désire depuis le début de la soirée.

La sonorité rauque de sa voix faisait naître des frissons sur ma peau.

- Eh bien, qu'est-ce qui t'en empêche ?

Son souffle haletant me signalait qu'il se retenait à un fil ténu. Le maigre contrôle qui lui restait n'était qu'une façade, et il ne me laissait guère de temps pour réagir. Sa main s'enchevêtrait dans mes cheveux, tirant brusquement ma tête en arrière. En quelques secondes, sa bouche écrasait de nouveau la mienne. Il m'embrassait avec une passion telle que la chaleur explosa dans mes veines. Je me livrais à lui, lui rendant son baiser avec une faim ardente. À ce moment-là, je retrouvais toutes les raisons pour lesquelles j'étais tombée amoureuse de cet homme, et le fait de savoir que je portais une partie de lui en moi amplifiait mon amour de manière inexplicable.

Un gémissement s'échappait de ma gorge, un délice dans sa bouche, alors que ma langue s'entrelaçait avec la sienne. Une lourdeur commençait à prendre forme dans ma poitrine, montant dans ma gorge jusqu'à ce que j'aie l'impression d'exploser. Et tandis que nous glissions tous les deux dans la baignoire, l'eau clapotait autour de nous, faisant disparaître le reste du monde.

10

Krystina

Une semaine plus tard, Viviane et moi étions attablées dans le coin petit-déjeuner de la cuisine. Nous parcourions avec attention un imposant classeur répertoriant les recettes des plats qu'Alexander et moi affectionnions particulièrement. C'était notre journée dédiée à la *planification des repas,* une habitude bien ancrée du jeudi que nous avions adoptée il y a plus d'un an, à une époque où les sorties quotidiennes à l'épicerie n'avaient pas réussi le prétendu test de l'*évaluation des risques* d'Alexander. Bien que je persiste à penser que ces sorties contrôlées étaient superflues, j'avais appris à choisir le moment opportun pour ne pas contredire mon mari. Ce moment précis en faisait partie, surtout maintenant que je comprenais mieux les motivations sous-jacentes à ses craintes.

En fin de compte, Viviane semblait peu soucieuse des règles d'Alexander, et j'appréciais de participer au processus de sélection des courses. Cette implication transformait ma cuisine qui, pendant les deux premières années de mon mariage avec Alexander, ressemblait davantage à un restaurant. En outre, j'appréciais vraiment de passer du temps avec Viviane. Elle avait une compréhension unique de mon mari, une compréhension que la plupart des gens ne partageaient pas, et elle était souvent de bon conseil lorsqu'il traversait ses moments excessifs. Viviane alliait douceur et détermination, même si elle était absolument déconcertée par la technologie. À titre d'exemple, elle continuait d'utiliser un carnet à spirale pour ses listes de courses, soigneusement remplies à la main. De mon côté, je transposais ces informations dans l'application de commande en ligne de l'épicerie dans laquelle nous faisions nos achats.

- On devrait prendre les ingrédients du risotto au parmesan avec des épinards et des tomates. Alex et moi, nous aimons bien, dis-je à Viviane.

- Oui, en effet, c'est une bonne idée ! s'exclama Viviane en applaudissant, puis en saisissant rapidement son stylo pour noter ce dont elle aurait besoin. Ça fait depuis un bon moment que je n'en n'ai pas fait. Je devrais avoir la plupart des ingrédients. Et qu'en est-il du dîner du réveillon de Noël et du jour de Noël ? Des idées à ce sujet ?

Je sentais mes épaules s'affaisser involontairement à la pensée de ce à quoi ressemblerait Noël cette année. Il y a deux ans, il y avait du monde chez nous. Ma mère, Frank et Justine étaient venus. Nos amis, Allyson et Matteo, Bryan, Stephen et leurs partenaires respectifs s'étaient également joints à nous. Tous étaient conviés à un festin de Noël préparé par Viviane, que la plupart des grands chefs nous auraient certainement envié. Avec Viviane, Hale et Helena, nous étions quatorze autour de la table à nous délecter d'un repas délicieux à faire pâlir d'envie les membres de la royauté. Après le dîner, certains de mes anciens collègues de chez Wally's s'étaient joints à nous pour boire des cocktails jusqu'à tard dans la nuit. Ce soir-là, tout le monde s'était bien amusé. C'était comme ça que Noël était censé se passer.

L'année précédente, emprisonnés par la pandémie, Noël s'était déroulé en tête-à-tête avec Alexander. D'un commun accord, nous avions écarté l'idée d'une grande réunion familiale au profit d'un périple au Vermont. Face à l'impossibilité de prendre l'avion, nous avions pris la route de New York à Stowe, nous imprégnant des vues enneigées des montagnes et des charmants villages avant d'atteindre le chalet où Alexander avait réservé une chambre pour deux pendant une semaine. Bien que cette escapade à deux ait été remarquablement romantique, Noël n'avait pas eu la même saveur sans ma famille et mes amis à nos côtés. À la suite de cette expérience, je m'étais promis de ne plus jamais priver Noël de leur présence, et pourtant, nous nous retrouvions dans la même situation cette année.

Si ces foutues règles d'Alexander ne m'accablaient pas…

Je comprenais parfaitement pourquoi il les avait imposées, mais en même temps, je ne comprenais pas. C'était étouffant. Si je n'étais pas enceinte, je me battrais bec et ongles contre lui à ce sujet. Le bébé était la seule raison pour laquelle je continuais de m'y plier.

Même si les instincts de contrôle d'Alexander étaient souvent la source de disputes entre nous, j'avais appris à le tempérer. Je pouvais lui accorder un contrôle total dans la chambre à coucher, mais cela s'arrêtait là. Je ne changerai pas pour ça. Le problème, c'était que les fêtes de Noël faisaient paraître mon isolement encore plus prononcé.

Pourtant, peut-être qu'Alexander se détendrait et ferait une exception pour le jour de Noël si nous prenions des précautions. Nous n'avions pas besoin d'inviter beaucoup de personnes. Peut-être juste Allyson et Matteo. Tous deux semblaient être devenus un duo inséparable au cours de ces dernières années, même s'ils niaient toute relation romantique entre eux. Il était douteux qu'Alexander accepte même une petite réunion, mais je pouvais essayer. Après tout, c'était Noël.

- Merci de m'y faire penser, Viviane, l'informai-je. Je ne suis pas encore certaine de ce que souhaite Alex. Alors, ne commandez rien pour l'instant, même si cela veut dire qu'il faudra passer une autre commande la semaine prochaine.

Viviane hochait de la tête. Elle connaissait Alexander presque mieux que quiconque et comprenait ma situation.

- Bien, Madame. J'attendrai vos instructions.

- Dès que j'en aurai parlé avec lui, je reviendrai vers vous. Sinon, c'est tout bon pour moi : je pense qu'on a prévu tous les repas de la semaine prochaine, hormis celui de Noël. Oh ! Il faudra que vous vous occupiez de ce que l'infirmière et l'ergothérapeute d'Helena souhaitent aussi.

- C'est tout bon par rapport à ça : j'ai déjà fait le point avec elles au niveau des repas, et Hale a également une liste d'autres choses à prendre pour elles. D'ailleurs, c'est demain qu'il s'occupera d'aller chercher ce dont elles ont besoin.

- Eh bien, c'est parfait. Cela vous facilite les choses. Une fois que votre liste sera finalisée, je passerai la commande en ligne pour vous. À quelle heure souhaitez-vous que je mette en place le retrait, dans la journée de demain ?

- Treize heures, c'est bien pour moi.

- Parfait.

Jetant un coup d'œil à l'horloge murale, je constatais qu'il était presque quinze heures. J'avais quelques éléments à ajouter à la campagne de la bijouterie Beaumont. Sheldon Tremaine, le propriétaire, avait décidé à la dernière minute qu'il voulait augmenter son budget et faire une grande promotion les trois derniers jours avant Noël. Si je retournais à mon bureau maintenant, j'aurais peut-être suffisamment de temps pour tout mettre en place d'ici la fin de la journée.

Quittant ma chaise, je m'apprêtais à m'excuser quand la sonnerie de mon téléphone portable se mit à retentir. En le sortant de ma poche, je constatai que c'était Stone's Hope. Un frisson d'inquiétude me parcourut lorsque je balayai l'écran du doigt pour répondre.

- Bonjour ?

- Bonjour, Krystina. C'est Claire. Je suis désolée de te déranger.

- Non, Claire, aucun problème. Que se passe-t-il ?

- J'ai eu des infos sur Anna.

- Je t'écoute.

- La police considère toujours cette affaire comme étant une enquête en cours, mais ils disposent de suffisamment d'informations pour émettre un mandat d'arrêt à son encontre. Je n'arrive juste pas à croire qu'il leur ait fallu deux semaines pour réagir. Elle est clairement coupable, et je suis contente qu'ils fassent enfin quelque chose.

- Hummm, fut ma seule réponse.

Je ne pouvais pas dire que je partageais le sentiment de Claire. Ça ne m'enchantait guère de savoir qu'une mère célibataire en difficulté risquait d'aller en prison juste avant les fêtes. Rien que d'y penser me provoquait un serrement au cœur. Puis tout d'un coup, je sentais mes yeux s'emplir de larmes, ce qui me rappela une fois de plus que sa pauvre petite fille pourrait se retrouver sans mère à Noël. Je reniflais, et les larmes continuaient de monter. Je m'essuyai rapidement les yeux avant que Viviane puisse le remarquer.

Putain d'hormones.

Ces derniers temps, il me semblait que tout et n'importe quoi avait le pouvoir de me faire pleurer. Même des petites choses apparemment insignifiantes, comme laisser tomber quelque chose par terre, parvenaient à susciter une profonde émotion en moi. Quant aux films Hallmark : quelle erreur monumentale ! Ces mélodrames sirupeux à fin heureuse ne se contentaient pas que de m'émouvoir : après en avoir regardé le dernier volet, il m'avait fallu des heures pour retrouver mon calme. Depuis lors, j'ai juré de ne plus jamais succomber aux manigances de leurs scénaristes diaboliques.

Non mais sérieusement. Ils pourraient pas penser que des femmes enceintes pourraient regarder ça ?

- Krystina ? Tu es toujours là ? Tout va bien ? me demanda Claire.

- Oui, ça va, lui dis-je en me forçant à garder ma voix

stable. On va simplement attendre de voir ce qui se passe avec l'enquête. As-tu contacté Stephen pour l'informer du mandat d'arrêt ?

- Ce n'est pas la peine. La police est en contact direct avec lui. La semaine dernière, un enquêteur est passé plusieurs fois ici pour nous questionner. Il a même fouillé dans les ordinateurs et a interrogé le reste du personnel. Tout comme moi, d'ailleurs.

- Parfait. Cela prouve à quel point Stephen est fiable. J'espère que l'enquêteur qu'il a envoyé est méticuleux. Notre staff a coopéré comme il le fallait ?

- Oui, bien sûr. Justement, en parlant du personnel, Claire hésita. Je ne t'ai pas appelée juste pour te parler d'Anna. J'ai un problème, et j'espère que tu pourras m'aider.

- Bien sûr. Que se passe-t-il ?

Claire soupira :

- Quand le personnel a appris que nous allions annuler la petite fête de Noël, ça a perturbé tout le monde.

- C'est compréhensible. Ça me bouleverse aussi, lui dis-je sincèrement. Ce n'est pas que je veuille annuler, mais jusqu'à ce que l'enquête soit terminée, nous devions faire un choix. C'était soit maintenir la pression, soit acheter des cadeaux de Noël.

- Non... cela va au-delà de tout ça, dit-elle avec hésitation.

- Dis-moi ?

- Ils menacent de démissionner à cause de ça. Ils savent combien ton mari est riche, et, du coup, ils estiment qu'il devrait pouvoir le financer lui-même, disant que ce serait une goutte d'eau pour quelqu'un comme lui.

Je clignais des yeux, prenant un moment pour assimiler ce qu'elle venait de me dire.

- Je vois, fut tout ce qui me sorti de la bouche.

Je savais que ce n'était pas de la faute de Claire si le personnel avait ces perceptions. Alexander pouvait se permettre de financer pratiquement n'importe quoi. C'était de notoriété publique. Le personnel ne comprenait tout simplement pas le côté légal de cette histoire. Cependant, quand je considérais la générosité de mon mari au fil des années envers de nombreuses œuvres caritatives de la ville, Claire et le personnel n'avaient pas le droit de le juger. Alexander avait peut-être captivé mon cœur dès le premier jour, mais il était bien plus qu'un riche homme d'affaires séduisant. Je connaissais cet homme de façons que d'autres ignoraient, et je m'étais éprise de son intelligence affûtée, de sa détermination implacable et de son côté profondément généreux.

Pourtant, je savais que je devrais être indulgente envers eux. Il n'y avait aucun moyen pour Claire ou le personnel de connaître le véritable Alexander. Il protégeait sa vie privée si étroitement que tous ceux qui cherchaient à le connaître réellement finissaient par en apprendre très peu.

- Je suis désolée, Krystina. Vraiment, poursuivit Claire. Mais avec le refuge déjà en sous-effectif, je ne peux pas me permettre de perdre une seule personne. Ils sont stressés, et je pense que cela les a poussés à bout. Après presque deux ans de restrictions liées à la pandémie, tout le monde est fatigué. Personne n'a plus la patience pour grand-chose. Sais-tu à quel point il est difficile de gérer toutes les règles dans un environnement collectif ? Sérieusement, pourquoi nous dit-on toujours de maintenir une distance sociale ? C'est complètement idiot.

J'écoutais Claire exprimer ses frustrations, même si ces restrictions n'avaient rien à voir avec moi. Je n'avais pas rédigé les règles et je ne pouvais pas les contrôler non plus. Le problème était que beaucoup d'entre elles allaient à l'encontre de la nature humaine. Même si je n'avais pas mis les pieds au refuge depuis un certain temps, j'imaginais que les limitations devaient sembler amplifiées dans un environnement où les femmes avaient besoin d'aide par-dessus tout, mais où réconforter quelqu'un d'une simple étreinte était interdit. J'y étais autrefois une intervenante régulière, puis j'avais été limitée à des apparitions en visioconférence uniquement. D'une certaine manière, même moi les avais abandonnées en me cachant derrière un écran froid et impersonnel.

- Je comprends, Claire. Mais en ce qui concerne le problème avec le personnel, lui rappelai-je, ayant besoin qu'elle revienne à la raison pour laquelle elle m'avait appelée en premier lieu, s'il y avait quelque chose que nous pouvions faire pour changer tout ça, nous le ferions. Malheureusement, en raison des aspects légaux et des règlementations entourant les organisations à but non lucratif, l'avocat d'Alexander nous a conseillé de ne pas faire de dons d'argent pour le moment et d'attendre la fin de l'enquête.

- Mercredi, Krystina, éclata-t-elle. La fête de Noël était censée avoir lieu mercredi. Les membres du personnel ont dit que ce serait leur dernier jour si elle n'était pas rétablie. Je les crois tout-à-fait capables de faire ça. Après tout, pourquoi rester ici quand ils peuvent aller pratiquement n'importe où ailleurs et gagner plus d'argent ?

Je me pinçais le bout du nez et inspirais profondément. Claire avait raison de s'inquiéter de la possibilité d'un éventuel départ des employés. Je savais que le salaire du personnel du refuge faisait partie des salaires moyens. Même si nous leur proposions des salaires un peu plus conséquents, il nous serait impossible de le faire pour tout le monde - pas maintenant - alors que les employeurs à travers le pays peinaient à trouver de l'aide. Je devais gérer les dégâts, ce qui signifierait qu'il faudra très probablement me rendre au refuge moi-même. Peut-être que si je parlais aux employés en personne et expliquais les choses, ils comprendraient.

Bien sûr, Alexander serait furieux si je sortais de la maison maintenant. En fait, « furieux » serait même un mot trop faible. S'il découvrait que j'étais enceinte et que j'étais sortie, il ne me mettrait pas seulement en cage dorée pour le reste de la grossesse - il jeterait la clé. Je savais que c'était véridique, et je me demandais même si, subconsciemment, je n'avais pas fait le choix d'attendre de lui parler du bébé à cause de cela. Peut-être que garder mon secret était ma façon de tenter de préserver le petit lambeau d'indépendance qu'il me restait. Je n'en étais pas sûre. Tout ce que je savais, c'était que je devais trouver un moyen de quitter la maison sans qu'il le sache. Stone's Hope avait besoin de moi.

- Laisse-moi quelques jours pour réfléchir à cela, dis-je enfin à Claire. Je te donnerai une réponse d'ici lundi.

- Merci, Krystina. J'apprécie vraiment.

Lorsque je mis fin à l'appel, je me tournai vers Viviane

et vis une expression inquiète sur son visage. J'avais presque oublié qu'elle était là.

- Tout va bien ? me demanda-t-elle.

- Pas vraiment. On a un problème du côté de Stone's Hope. Je dois trouver comment le résoudre. Excusez-moi, Viviane. Il faut que j'aille à mon bureau pour passer des appels.

Viviane me fit un bref signe de tête, mais il n'y avait pas à nier les rides d'inquiétude sur son visage lorsque je me tournais pour me diriger vers mon bureau. Une fois là-bas, je m'asseyais derrière l'écran et bougeais la souris pour allumer l'ordinateur. Une idée m'était venue en tête pendant que j'étais au téléphone en expliquant à Claire pourquoi Alexander ne pouvait pas faire de don. Stephen avait dit qu'Alexander ne pouvait pas faire de don parce que lui et Stone Enterprise étaient trop étroitement liés à la Stoneworks Foundation. Il craignait que tout transfert d'argent déclenche une vérification approfondie de l'IRS, un casse-tête que ni lui ni l'équipe comptable ne voulaient gérer. Cependant, il n'avait rien dit sur le fait que Turning Stone Advertising fasse un don. Cette entreprise était uniquement à mon nom maintenant et n'avait rien à voir avec Alexander ou ses entreprises. Juste au moment où j'allais ouvrir ma liste de contacts pour trouver le numéro de téléphone de Stephen, un e-mail d'Alexander attira mon attention. En cliquant dessus, je parcourais rapidement son message.

À : Krystina Stone

DE : Alexander Stone

OBJET : Projets pour plus tard

Mon ange merveilleux,

Prévois de terminer plus tôt. Je serai à la maison dans une heure, à peu près. Tu es cloîtrée à la maison depuis trop longtemps, et j'ai une surprise pour toi. Habille-toi chaudement. Un paysage d'hiver t'attend.

Alexander Stone
CEO, Stone Enterprise

M'habiller chaudement ? Un paysage d'hiver ?

Je me reculais dans mon fauteuil, me sentant perplexe face aux manigances d'Alexander. Je regardais l'heure à laquelle il avait envoyé son e-mail : une demi-heure plus tôt. S'il devait être à la maison si tôt, cela me laissait seulement une demi-heure pour travailler et je n'aurai pas assez de temps pour terminer ce que j'avais à faire pour la bijouterie Beaumont, surtout lorsque j'avais des appels à passer concernant Stone's Hope. La campagne publicitaire devrait attendre demain matin. Le refuge était ma priorité numéro un pour le moment. Avec un peu de chance, j'aurais l'approbation pour faire un don financier à Stone's Hope avant la fin de la journée aujourd'hui.

Mon seul problème serait de trouver un moyen d'aller au refuge en personne pour l'annoncer. Je voulais m'adresser moi-même au personnel de manière solennelle pour m'assurer que personne ne s'en irait maintenant que les préparatifs de Noël battaient de leur plein. Cependant, organiser une sortie rapide de la maison serait difficile. Je tapotais distraitement mon doigt sur le bureau en considérant mes options.

Peut-être demain lorsque Viviane fera les courses. Hale sera aussi parti pour en faire d'autres, et...

Je laissais ma pensée inachevée et soupirais. Je savais que je finirais par me faire prendre, mais Alexander devrait simplement s'y résoudre. Le personnel et les femmes en difficulté de Stone's Hope avaient besoin d'un coup de pouce moral, et le risque en valait la peine, et qu'importait le châtiment que mon mari aura prévu pour moi.

11

Alexander

Il était seize heures passées lorsque j'arrivais enfin à la maison. Krystina était en train de farfouiller dans le placard du vestibule. Penchée en avant, elle me tournait le dos et semblait fouiller dans une petite boîte. Je contemplais son postérieur serré dans son jean. Incapable de me retenir, je m'approchais d'elle et lui glissais les mains sur les courbes de ses fesses. Elle poussa un cri étouffé et se pressa contre moi.

- J'espère que c'est mon mari qui est debout derrière moi, dit-elle en riant.

- Et si ce n'était pas lui ?

- Hummm... ces mains sont bien trop douées. Si ce n'est pas mon mari, alors je devrais peut-être l'échanger contre cet inconnu au toucher magique, me taquina-t-elle en s'appuyant contre moi.

Mon sexe tressaillit à cette provocation, et je grognais presque. Ma femme était tellement sexy, et elle ne le savait même pas.

- Vraiment ? murmurai-je. Glissant mes deux mains sous le bord de son tee-shirt, je lui frôlais les côtes et prenais chaque sein dans mes mains. Ses mamelons se raidirent sous le tissu de son soutien-gorge, et je sentais un frisson la parcourir. Dis-moi. Est-ce que ces mains sont celles d'un inconnu ?

- J'en suis pas sûre, dit-elle dans un long souffle, poussant encore plus loin ce petit jeu érotique. Mon mari ne s'arrêterait pas là. S'il me voulait vraiment, il me donnerait une bonne fessée, puis il m'ordonnerait d'aller dans la salle de jeux.

Mon membre viril se durcissait, même si je n'avais aucune intention de répondre à sa demande subtile. La salle de jeux à laquelle elle faisait allusion ne lui était pas autorisée pour l'instant, mais cela ne m'empêchait pas de l'imaginer attachée et haletante après avoir ressenti la brûlure de mon fouet. Reculant, je rigolais avec amusement et la tournais pour lui faire face.

- On dirait bien que mon ange est un peu excité aujourd'hui.

- Peut-être juste un peu, dit-elle en faisant glisser ses doigts le long de la longueur de ma cravate avec un petit sourire.

- Aussi tentant que cela puisse être de fesser ce petit cul parfait jusqu'à ce qu'il prenne une teinte rosée, nous devrons réserver tout ça pour plus tard. Comme je l'ai dit dans mon e-mail, j'ai une surprise pour toi. Je vais juste me changer, puis je te retrouve ici. Habille-toi bien et sois prête à partir dans cinq minutes.

Krystina me regardait avec curiosité, et je savais qu'un million de questions tournoyaient dans sa tête.

Chaque chose en son temps, mon ange. Chaque chose en son temps.

Comme je lui avais promis, je m'étais changé. Je portais désormais un jean et un pull Brunello Cucinelli et quelques minutes plus tard, j'étais dans le vestibule. Krystina m'y attendait avec un bonnet blanc en laine et la parka Canada Goose que je lui avais achetée l'année dernière avant notre voyage au Vermont.

- Où sont tes gants ? lui demandai-je.

- Je vais juste mettre mes mains dans mes poches. Ça ira.

Je me pinçais les lèvres dans mon agacement.

- Quand j'ai dit *habille-toi chaudement*, je le pensais. Je ne veux pas que tu attrapes froid. J'ignorais son roulement d'yeux boudeur et traversais le vestibule jusqu'à la boîte dans laquelle je l'avais trouvée en train de fouiller quand j'étais rentré du bureau. Il ne me fallut qu'une minute pour trouver la paire de gants assortie à son bonnet. Je les lui tendais en lui disant : « Tiens. Mets-les ».

- Oui, monsieur ! dit-elle en se moquant ; puis elle prit les gants.

Je haussais un sourcil :

- Tu cherches à être punie. Tu le sais, non ?

- S'il te plaît, dit-elle avec un clin d'œil espiègle, et je ne pus m'empêcher de sourire.

Satisfait de constater que Krystina était assez bien

habillée, je prenais mon manteau et mes gants, et nous sortîmes. L'air était vif sous le soleil bas, les derniers rayons chauds disparaissant lentement pour faire place à la nuit. Je prenais la main gantée de Krystina dans la mienne, et nous marchâmes vers l'arrière de la maison. Quand je continuais au-delà du garage, elle inclina la tête avec curiosité.

- Je pensais qu'on irait quelque part en voiture. On va où ?

- Tu verras, fut tout ce que je lui dis.

Nous suivîmes le chemin déblayé qui s'étendait de la maison jusqu'à l'étang près de l'arrière de la propriété. J'avais veillé à ce que l'équipe chargée de l'entretien des espaces verts maintienne toujours le chemin libre pour ma mère. Elle appréciait de s'évader de temps à autre, et lorsqu'une météo clémente le permettait, son infirmière la conduisait en douceur dans son fauteuil roulant pour une agréable promenade autour de l'étang.

Récemment, j'avais noté une fréquence croissante de ces longues promenades, ce qui me ramenait aux propos de Krystina concernant les restrictions imposées au personnel soignant de ma mère qui les empêchaient de quitter la maison. Désormais, je me demandais si ces promenades étaient vraiment juste pour elle ou si c'était une tentative de sortir pour tout le monde. Une pointe de culpabilité me frappait, sachant que mes exigences étaient légèrement déraisonnables, mais cela n'avait pas d'importance tant qu'il y avait encore des risques dangereux pour ceux que j'aimais. Je levais les yeux vers les grands pins qui bordaient le chemin. Des branches interminables semblaient s'étendre à l'infini, leurs aiguilles perçant le ciel et bloquant le moindre souffle de vent comme un mur protecteur. Même si nous étions à une distance suffisamment raisonnable de la maison, la fumée des cheminées parvenait jusqu'à nous, se mêlant à l'arôme hivernal parfait émanant des pins environnants. Dans ce cocon protecteur, le seul son perceptible était le crissement de nos bottes sur les traces de neige laissées par l'équipe de déneigement.

Tout était paisible, et je pouvais facilement comprendre pourquoi ma mère et Krystina aimaient tellement venir ici. Si loin de l'agitation de la ville, c'était un moment ultime de détente. Je trouvais que la tranquillité de l'espace était similaire à celle que j'avais ressentie lorsque j'étais parti dans le New York Bight[1] sur mon yacht *The Lucy* en été dernier.

Juste avant que nous atteignions l'étang, le soleil s'était complètement couché, laissant place à une nuit sombre sans lune. J'arrêtais de marcher et me plaçais devant Krystina. Puis, en fouillant dans ma poche, je sortis ma cravate rouge.

- Ferme les yeux, mon ange.

L'expression curieuse de Krystina était de retour, mais elle faisait ce que je lui demandais sans poser de questions. En m'approchant d'elle, je plaçais la cravate sur ses yeux. La positionnant de manière à ce qu'elle ne puisse plus rien voir, je l'enroulais autour de l'arrière de sa tête et en attachais les extrémités en faisant un nœud. Passant mon bras dans le sien pour la guider, nous avancions ensemble jusqu'à ce que les arbres s'ouvrent pour révéler le grand espace ouvert entourant l'étang. Perdant la couverture protectrice des arbres, la température semblait chuter dans le vent léger qui tourbillonnait autour de nous.

- Reste ici, lui dis-je, en déposant un baiser sur son front. Je reviens tout de suite.

Je m'éloignais et poursuivais la courte promenade autour de l'étang jusqu'à la remise où les rallonges attendaient d'être branchées. Tout en marchant, j'observais rapidement la surface de l'eau. Hier, lorsque je m'occupais des préparatifs d'aujourd'hui, j'avais noté que l'étang était recouvert d'une fine couche de glace. Le soleil d'aujourd'hui l'avait fait fondre, mais la fraîcheur dans l'air signalait que cela ne tarderait pas avant qu'il ne gèle complètement.

Lorsque j'atteignais la remise, je souriais avec une anticipation impatiente. En ouvrant les portes, l'obscurité me salua et je dus allumer l'interrupteur pour mieux voir. Dans le coin éloigné, les extrémités de plusieurs rallonges m'attendaient. J'avais hâte de montrer à Krystina le paysage hivernal que j'avais créé pour elle. J'aurais pu payer quelqu'un pour le faire, mais je voulais y mettre ma touche personnelle, sachant qu'elle l'apprécierait davantage ainsi. Avec l'aide de Hale, nous avions apporté tous les outils nécessaires pour accrocher des lumières autour des pins, pendant que Krystina travaillait dans la maison, complètement inconsciente de mon projet secret. Des cadeaux lumineux surdimensionnés et de grands ornements gonflables rivalisant avec ceux de la 6ème Avenue bordaient le chemin qui entourait l'étang. Une fois tout éclairé, le paysage ressemblait à une carte postale.

Après avoir branché les rallonges dans la prise, je retournais dans la nuit. Cependant, tout restait sombre. Aucun brin de lumière ne s'allumait.

Mais, c'est quoi, ça ?

Hale m'avait assuré qu'il avait tout testé la veille. Retournant dans le hangar, je secouais les câbles pour voir s'il y avait éventuellement un branchement lâche, mais mes efforts furent vains. La nuit était toujours noire, et je n'avais aucune idée de ce que je devais faire pour allumer les lumières.

- Putain, marmonnai-je.

J'étais un homme aux multiples talents, mais l'électricité n'en faisait pas partie. Sortant mon téléphone de ma poche, je composais le numéro de Hale.

Espérons qu'il puisse remédier à tout ça.

- Tout va bien, chef ? répondit-il après deux sonneries.

- Hale, je suis dans le hangar. Il me suffit de brancher les rallonges, c'est bien ça ?

- C'est exact.

- Ça ne fonctionne pas.

- Que voulez-vous dire ?

- Je veux dire que lorsque je les branche, rien ne se passe, dis-je avec impatience.

- C'est bizarre. Il pourrait y avoir deux explications. Il est possible qu'on ait déclenché un disjoncteur. Si c'est le cas, c'est facile à réparer. Je me rends dès maintenant jusqu'à chez vous pour elle vérifier le panneau électrique du sous-sol.

- Et si c'est pas ça ?

- Cela signifie qu'il y a un problème avec les ampoules. Il suffit qu'une seule s'éteigne pour une raison quelconque pour que toutes les autres s'éteignent aussi. Cela veut dire que soit on doit refaire toute la guirlande lumineuse, soit on doit tester chaque ampoule pour localiser le défaut. Espérons juste que c'est le disjoncteur.

- Merde, maugréai-je entre mes dents. Il devait y avoir au moins vingt mille ampoules. Bon, d'accord. Vérifiez le disjoncteur et dites-moi ce que vous trouvez.

- Je suis justement en route vers votre maison.

En raccrochant, je retournais vers Krystina. En m'entendant approcher, elle se tourna vers moi.

- Alex ? Qu'est-ce qui s'passe ?

- Juste un p'tit problème, mon ange. Attends un instant.

Elle acquiesça, mais je remarquais qu'elle claquait des dents. Mes pensées se tournaient vers le tee-shirt léger qu'elle portait en craignant qu'elle risquait d'avoir froid car un léger vent s'était mis à souffler. Même si son manteau matelassé à capuche la protégeait efficacement du froid, il aurait été plus sage d'opter pour une couche d'épaisseur en plus. En baissant les yeux, je remarquais qu'elle portait des bottes de ville. Il était clair que ces chaussures élégantes n'étaient pas du tout conçues pour le froid.

Putain.

Des reproches silencieux m'envahissaient alors que je réalisais que je n'avais pas prêté attention à son choix de chaussures avant de quitter la maison. La tenant étroitement contre moi, je la frottais vigoureusement le long de ses bras pour essayer de la réchauffer. Quelques minutes plus tard, mon téléphone vibra, signalant l'arrivée d'un message.

Aujourd'hui
17:05, Hale :
Ce n'est pas le disjoncteur. Certainement un problème avec les ampoules. Que voulez-vous que je fasse ?

Putain !

Mon regard passa rapidement de mon téléphona à Krystina, qui avait toujours les yeux bandés et qui attendait, puis de Krystina à mon téléphone.

17:06, Moi :
Ne faites rien pour l'instant.
La surprise attendra.
On pourra toujours réparer ça ce weekend.

17:07, Hale :
C'est noté, chef.
Désolé que votre soirée ait été gâchée.

Glissant mon téléphone dans ma poche, je secouais la tête.

Moi aussi, Hale. Moi aussi.

- Changement de programme, mon ange, dis-je en la tournant vers le chemin qui menait chez nous. Je lui enroulais mon bras dans le sien et essayais de ne pas laisser transparaître mon agacement dans ma voix. On fera ça un autre jour.

- Attends, quoi ? s'enquit Krystina avec un mélange de confusion et d'incrédulité. Que veux-tu dire ?

- Rien ne fonctionne aujourd'hui, grognai-je sans parvenir à cacher mon irritation cette fois-ci.

Se libérant de mon bras, Krystina arracha le bandeau de ses yeux avant que je ne puisse l'en empêcher. Elle écarquillait les yeux alors que sa vision s'ajustait pour comprendre son environnement, qui ne ressemblait pas à grand-chose sans éclairage. Pourtant, j'étais intimement convaincu qu'elle en avait saisi l'essentiel.

- Alex, c'est quoi tout ça ?

- C'est rien maintenant. Les lumières ne fonctionnent pas.

Mes poings se serraient et se desserraient, et j'étais profondément déçu et en colère que les choses ne se soient pas passées comme prévu. Baissant les yeux, je me penchais pour ramasser un petit caillou et le lançais dans l'étang. Il fit une brève éclaboussure avant de disparaître sous la surface lorsqu'il touchait l'eau.

- Pourquoi les lumières ne fonctionnent-elles pas ? demanda-t-elle.

- Je n'sais pas. Je les ai branchées et rien. Nada. Hale a vérifié le disjoncteur, et tout est en ordre de ce côté-là aussi.

À ma surprise, Krystina se mit à rire :

- Oh. Tu as un moment à la Clark Griswold ?

- C'est qui ?

- Tu sais. Il joue dans le film *Le sapin a les boules*[2]. Mais au moins, on n'a pas d'écureuil volants ! plaisanta-t-elle.

Mes sourcils se levaient dans ma confusion :

- Des écureuils volants ?

- Ouais ! Tu sais, c'est quand Clark est à côté de l'arbre, et que tante Bethany entend comme un couinement et… s'arrêtant brusquement, elle secouait la tête en rigolant. Qu'importe. Je pensais avoir progressé dans tes connaissances cinématographiques, mais je suppose que j'ai raté celle-ci. Je devrais l'ajouter à la liste.

- Je suis ravi de voir que tu trouves ça amusant, dis-je sèchement.

Les connaissances de Krystina en culture pop

dépassaient largement les miennes - un fait qu'elle aimait me rappeler et dont elle savourait l'expérience de m'éduquer. Parfois, j'appréciais. D'autres fois c'était une torture.

- D'accord. Désolée. J'arrête avec ça, dit-elle. Mais sérieusement, pourquoi tout ça ? Je veux dire, la plupart des gens décorent l'avant de leurs maisons.

- Je me fous des autres gens. J'ai voulu faire ça pour toi. J'ai travaillé dessus ces derniers jours. Tu aimes tellement Noël, surtout les décorations en ville. Mais tu sais pourquoi je ne veux pas que tu t'aventures jusqu'à Rockefeller Center. Il y a tout simplement trop de monde. Alors, même si je sais que ce n'est pas pareil, c'était ma façon d'apporter toutes ces décorations extravagantes jusqu'à toi. Si tu te sens mal à l'idée d'être coincée à la maison, je pensais que ça pourrait être une petite évasion pour toi.

- Tu as fait tout ça pour moi ? Comment… tout seul ?

Je ramassais un autre caillou et l'envoyais dans l'eau. Certes, avec moins de fougue cette fois-ci, car un sentiment de déception commençait à éclipser ma colère.

- En quelque sorte. Hale m'a aidé, lui dis-je. Je lui montrais du doigt une tente à dôme transparent sur notre gauche. Tu vois ça là-bas ?

- Oui. C'est quoi ?

- Un igloo de jardin. J'ai pensé qu'on pourrait y passer Noël, sous les étoiles avec toutes les lumières autour de nous. Il fera assez chaud à l'intérieur pour qu'on n'ait pas à se soucier du froid. J'en ai aussi parlé à Viviane. Elle a dit qu'elle trouverait un moyen de nous servir le dîner là-bas si on le voulait. Et… je me figeais en voyant la lèvre de

Krystina trembler et ses yeux se remplir soudainement de larmes. Qu'est-ce qui ne va pas ?

- Désolée, Alex. Je ne vais pas pleurer, dit-elle à travers un reniflement. Ses mains gantées se tortillaient devant elle, un signe révélateur qu'elle était anxieuse ou nerveuse à propos de quelque chose alors qu'elle me regardait à travers de ses yeux vitreux. Même si les lumières ne fonctionnent pas en ce moment, je sais ce que tu essaies de faire, et je l'apprécie beaucoup. En fait, c'est comme si mon cœur allait éclater juste en sachant à quel point tu tiens à moi.

- Je sens un « mais » quelque part là-dedans, dis-je de manière hésitante.

- T'entendre parler de passer le réveillon de Noël ici, juste tous les deux, était un autre rappel que ce Noël sera différent. Elle posa sa main sur mon bras. Je m'ennuie vraiment, et mes amis et ma famille me manquent, tu sais ?

Ses yeux suppliaient, me demandant presque de comprendre. Même si elle essayait clairement de garder un ton égal, elle ne pouvait masquer la nostalgie dans sa voix, ce qui rendait la déception des lumières défaillantes dix fois plus grande à mes yeux. Ce que j'avais fait n'était pas suffisant. Rien ne sera jamais suffisant.

- Je sais ce que tu veux, Krystina. J'essaie juste de trouver un équilibre du mieux que je peux, dis-je avec agitation. Me penchant, je ramassais un autre caillou.

- Attends ! s'exclama Krystina en me prenant la main. Dépliant mes doigts, elle regardait le caillou dans ma main. Ne le lance pas. C'est une pierre porte-bonheur. Une sorte de pierre de souhait.

- C'est quoi ? demandai-je un peu trop durement avec un hochement impatient de la tête.

- C'est une pierre grise dotée d'une fine bande blanche qui en fait le tour. Regarde, dit-elle. Retirant ses gants, elle les fourrait dans sa poche et commençait à suivre du doigt un trait fin de quartz pâle qui encerclait le caillou. Il semblait infini. Si tu fais un vœu pour toi-même en tenant cette pierre, il est censé se réaliser. Et si tu fais un vœu pour quelqu'un d'autre, ce sont les deux vœux qui se réalisent.

Je ne croyais pas trop en ce genre de superstitions, mais il y avait quelque chose dans le regard de Krystina qui me fit marquer une pause. L'air semblait remuer pendant que je l'observais. Elle était la raison pour laquelle plus aucune ombre ni cauchemar ne me hantaient. Elle était mon ange à moi, ma lumière de mes ténèbres, la femme qui m'aidait à chasser mes démons et qui osait me faire rêver.

Si j'avais un vœu à faire ce Noël, ce serait de lui donner ce qu'elle désire. Oui, elle parlait de vouloir ses amis et sa famille, mais je savais ce qui était dans son cœur. Elle voulait désespérément un bébé plus que tout autre chose. C'était aussi ce que je voulais.

Peut-être que si on le souhaitait tous les deux...

Je secouais la tête, incapable de croire que je considérais de telles absurdités. Krystina avait clairement trop d'influence sur moi. Pourtant, je ne pouvais m'empêcher de lui faire plaisir. Enveloppant ma main autour de la sienne, je pressais la pierre entre nos paumes.

- Fais un vœu, mon ange.

- Non. Ensemble, dit-elle en me souriant.

Je la regardais fermer les yeux, puis je fis de même et

formulais mon vœu. Je faillis rire à l'idée ridicule que cela ferait une différence dans le fait d'avoir un bébé ou pas. Mais ensuite, je me surpris à frissonner contre une brise froide. Le vent se levait, tourbillonnant autour de nous en soulevant des tourbillons de neige sous les étoiles.

- T'as vu ça ? chuchota-t-elle.

J'ouvrais les yeux pour la regarder une fois de plus.

- Le vent ? demandai-je.

- Oui. Le vent. Il a soufflé exactement au moment où nous faisions notre vœu. Un peu comme de la magie.

Ma bouche s'inclinait en amusement.

- La magie de Noël tu veux dire ? Ou bien alors, c'était peut-être le Fantôme du Noël Passé ?

- Tu t'fous d'moi ?

Elle poussa sa lèvre dans une fausse moue.

- Pas du tout, Madame Stone. Je trouve ça très sexy quand vous parlez de magie.

- Vraiment ?

Sans répondre, je me penchais sur elle et effleurais mes lèvres contre les siennes. Poussant ma langue au-delà de ses lèvres, notre baiser s'approfondissait en devenant intense en un rien de temps. C'était toujours comme ça, avec nous. Un baiser tout doux pouvait se transformer en une flamme rouge intense en un clin d'œil. Malgré nos différences et nos nombreuses erreurs de parcours, Krystina et moi ne manquions jamais de passion.

Son corps se détendait contre le mien, et je ressentais sa soumission au niveau moléculaire, chaque cellule de mon corps s'agitant pour la prendre ici même. J'aimais cette femme de toutes les fibres de mon être. Elle était parfaite de l'intérieur comme de l'extérieur, de sa force intérieure inébranlable jusqu'à la forme parfaite de ses lèvres.

- Tu veux quand même pas qu'on fasse ça dans la neige ? chuchota-t-elle contre mes lèvres.

Un petit rire grave résonnait dans ma poitrine alors que je déplaçais ma bouche le long de sa mâchoire.

- Mon ange, si je ne m'inquiétais pas de te voir mourir de froid, je pourrais éventuellement considérer cette option.

Me retirant brusquement d'elle je me penchais pour la soulever par derrière les genoux. Hors d'haleine, elle se mit à rire en me tapant l'épaule alors que je la berçais contre ma poitrine.

- Lâche-moi, espèce de néandertalien !

- Pas question, du moins pas avant d'arriver dans notre chambre où je pourrais te déshabiller sans craindre que tu ne meurs de froid.

- Hummm... me déshabiller, hein ? Que comptes-tu faire d'autre ? Me traîner à travers la pièce en me tirant par les cheveux comme l'homme des cavernes que je sais que tu es ?

- C'est possible. Il pourrait aussi y avoir des menottes, si tu continues à m'appeler comme ça, la taquinai-je.

Elle me lançait un sourire diabolique.

- Je vais donc m'y mettre de bon cœur !

12

Krystina

La tension sexuelle était palpable lors de notre retour jusqu'à la maison. Alexander m'avait finalement reposée par terre pour que nous puissions marcher à un rythme plus rapide. D'ailleurs, plutôt que de nous attarder comme nous l'avions fait au début pour descendre jusqu'à l'étang, nous courions presque. C'était comme si aucun de nous deux ne pouvait attendre d'être nu dans les bras de l'autre. Je regrettais que nous n'ayons pas pris de voiturette de golf, l'un des nombreux petits véhicules que nous rangions dans les garages. Même si le chemin jusqu'à l'étang était facilement praticable à pied, il n'était pas forcément aisé de parcourir les quinze hectares de terrain restants - c'était pourquoi nous utilisions souvent des voiturettes de golf ou des VTT pour nous déplacer. Et si nous en avions pris une pour descendre jusqu'à l'étang tout à l'heure, nous serions rentrés chez nous beaucoup plus vite.

Lorsque nous eûmes enfin atteint le hall d'entrée, je constatais que les minuteurs automatiques avaient allumé le sapin de Noël de l'entrée, ainsi que la guirlande lumineuse installée sur la porte d'entrée et les fenêtres extérieures. La maison avait une lueur festive, mais je me sentais tout sauf festive pour le moment. Je me concentrais uniquement sur Alexander. Mon corps bourdonnait d'anticipation.

Une fois à l'intérieur, Alexander claqua la porte d'entrée inutilement fort, puis il se retourna pour me pousser brusquement le dos contre cette dernière. Son sourire en coin me fit battre le cœur encore plus vite, et soudain, ses mains étaient partout sur moi. En quelques secondes, il m'avait enlevé tous les vêtements d'hiver que je portais jusqu'à ce qu'il ne me reste plus que mon tee-shirt à manches longues et mon jean.

- Doucement, mon ange. Tu sais que la suite des opérations se déroulera dans la chambre. Je t'y rejoins dans un instant.

J'acquiesçais, faisant abstraction de la déception due au fait que nous n'allions toujours pas dans la salle de jeux, puis je montais hâtivement l'escalier pour me préparer pour mon mari insatiable. Me déplaçant rapidement vers la salle de bain, je me déshabillais et entrais sous la douche aux parois de verre pour me raser rapidement les jambes et les parties intimes. Je ne m'étais pas rasée ce matin-là, et s'il y avait une chose qu'Alexander aimait, c'était quand ma peau était bien lisse.

Après m'être activée rapidement sous la douche, je

m'appliquais une lotion parfumée et me mettais à genoux au pied de notre lit à baldaquin en un temps record. Ce n'était pas le même que celui que nous partagions dans le loft, qui lui, avec son cadre métallique et sa croix de Saint-André dissimulée, avait été relégué à la salle de jeux. C'était une décision qu'Alexander et moi avions prise lorsque nous avions décidé de fonder une famille, pensant qu'il valait mieux garder certaines de nos préférences hors de vue.

Mon cœur battait la chamade alors que j'attendais qu'Alexander arrive dans la pièce éclairée de manière tamisée. Nue et à genoux, le suspense qui découlait de devoir attendre était une source d'excitation enivrante. Je ne savais pas combien de temps s'était écoulé, mais quand Alexander entra enfin dans la chambre, j'étais trempée d'excitation.

Je le regardais au travers de mes paupières baissées. Il était complètement nu - un mètre quatre-vingts de perfection masculine avançant vers moi comme un prédateur poursuivant sa proie. La puissance de son corps musclé et élancé était indéniable. Il s'arrêta à deux mètres de moi, prenant le temps de contempler chaque centimètre de mon corps. Alors qu'il contournait l'endroit où j'étais agenouillée, une énergie sombre bourdonnait dans l'air.

- Que vais-je faire de vous, Madame Stone ?

Sa voix était ferme et maîtrisée, mais je gardais la tête baissée sans répondre, parce que je n'avais pas besoin de le faire. Pour l'instant, tout ce que j'avais à faire était d'attendre ses instructions. Même si nous faisions beaucoup l'amour de manière classique, le fait de me dominer était ce qu'Alexander désirait par-dessus tout, et j'étais plus qu'heureuse de le laisser faire. Pour lui, mon corps était toujours à prendre. Il lui suffisait de me dire d'être nue et à genoux pour que je sache qu'il avait besoin de ma soumission. Et ce soir, j'étais là pour son plaisir.

Il s'arrêta derrière moi et se pencha pour parcourir du doigt la base de mon cou jusqu'au long de ma colonne vertébrale. Il stoppa lorsqu'il atteignit la raie de mes fesses, puis il se retira et donna une claque sur le haut de ma fesse droite. Ne m'y étant pas attendue, j'expirais fortement sans bouger. Et ce n'était que le début.

Revenant devant moi, il me tira les pieds. Écartant ses doigts autour de l'arrière de ma tête, il me saisissait les cheveux tandis que son autre main me maintenait fermement la mâchoire. M'inclinant la tête en arrière, il força mon regard à rencontrer le sien, puis pressait sa bouche sur la mienne.

Il joua pendant un moment, me mordillant et me suçant la lèvre inférieure avant de la tirer entre ses dents. Il mordit fort, son geste destiné à causer de la douleur, mais pas assez pour me faire saigner. Ensuite, lorsqu'il en eut assez, il plongea sa langue dans ma bouche pour prendre davantage de ce qu'il désirait.

Ce baiser était sauvage, se déroulant à un rythme frénétique, attaquant, poussant, goûtant, dévorant jusqu'à ce que je commence à sentir la vibration de ses gémissements contre mes lèvres. Le son de son plaisir me propulsait dans un état euphorique de luxure. Et quand il arracha enfin sa bouche de la mienne, des yeux bleus intenses et fumants rencontrèrent les miens.

- Tourne-toi, m'ordonna-t-il.

Je m'exécutais, le laissant tirer mes bras derrière mon

dos pendant que je me tournais. Ses mains se resserrèrent autour de mes poignets pour me montrer son autorité, déclenchant cette partie de moi qui forçait l'ensemble de mon corps à se rendre. Il ne fallut pas longtemps avant que je sente la texture familière d'une corde de soie être attachée autour de mes poignets. Après avoir sécurisé le nœud, Alexander se pencha et effleurait le contour de mon oreille de sa langue avant de me pousser vers le lit.

- Assieds-toi sur le rebord, mais ne recule pas, m'indiqua-t-il.

Une fois de plus, je lui obéissais sans poser de questions. Une fois que j'étais assise, il m'écartait les genoux et se plaçait entre mes cuisses. Positionnant un doigt entre mes jambes, il le glissait à travers l'ouverture humide de mon vagin. Il l'enfonçait jusqu'à la deuxième phalange et se mit à faire des va-et-vient rapides.

- Oh ! fis-je.

Il ajoutait un autre doigt, enfonçant plus profondément sa main, et mes muscles palpitants se resserraient autour de lui. Avec un mouvement de torsion douloureusement lent, il me massait le clitoris jusqu'à ce que je me tortille sous sa paume.

- Ne bouge pas, m'ordonna-t-il.

J'arrêtai de bouger mais je dus étouffer un gémissement lorsqu'il s'agenouilla entre mes jambes. Arrachant cruellement ses doigts de mon corps avant que je ne puisse atteindre l'extase, il me repoussa en arrière. Mon dos se cambra sur mes poings serrés à la base de ma colonne vertébrale jusqu'à ce que mes épaules effleurent les draps de satin. Ensuite, il glissa lentement ses mains le long de mes mollets pour m'écarter les genoux. Je savais ce qui allait suivre. Il voulait me torturer, sachant qu'il était presque impossible pour moi de rester immobile pendant qu'il me dévorait.

- Je veux goûter à ta chatte, me dit-il en faisant tressaillir mes terminaisons nerveuses de plaisir.

Attrapant mes jambes, il les levait jusqu'à ce qu'elles pendent au-dessus de ses épaules, puis ramenait ses mains vers mon sexe pour en écarter les lèvres avec deux doigts. Mon désir pour lui à son apogée, je poussais mes hanches en haut en attendant simplement la première caresse de sa langue.

Quand enfin, je le sentis balayer mon clitoris, je relâchai le gémissement que je retenais. Il commença doucement, me taquinant presque, me mordillant et me suçant le long de ma chair tendre. Mes mains se contractaient derrière mon dos alors que chaque muscle de mon corps tremblait. Je savais que je devais rester immobile, mais il m'était presque impossible de ne pas bouger mes hanches contre sa bouche impitoyable. J'étais proche de l'orgasme. Tellement proche.

Finalement, Alexander retira sa bouche de mon corps pour se lever.

- Tourne-toi. Allonge-toi face contre le lit, et fait pendre tes jambes sur le bord.

Mon estomac se contractait parce que pour moi, cette position pouvait signifier tout et n'importe quoi. Alors que je m'installais, mon imagination s'emballait. La curiosité l'emportait sur moi, et j'inclinais la tête pour lancer un regard en arrière et tenter de voir ce qu'il faisait.

Il se tenait à environ trois mètres de distance, les yeux fixés sur mes fesses. Il empoignait son sexe, le caressant langoureusement de la base à la pointe. Le voir se faire plaisir était toujours excitant pour moi, et aujourd'hui ne faisait pas exception : cela provoquait des spasmes dans mes muscles internes de la manière la plus titillante.

Le resserrement s'intensifiait dans mon ventre. Les pieds fermement plantés au sol, je poussais mon bassin contre le lit, désespérée d'obtenir un soulagement.

- Tu veux quelque chose, mon ange ? me taquina-t-il d'une voix profonde et rauque.

- Oui, s'il te plaît. Alex, j'ai besoin de te sentir, le suppliai-je.

À ma grande satisfaction, il ne me fit pas attendre beaucoup plus longtemps. Se rapprochant de moi, il positionna son érection au niveau de mon vagin. Sa pointe dure s'insinua entre mes lèvres, me tendant et me remplissant à la perfection. Sa pénétration par derrière me sembla incroyablement profonde, et mon cri immédiat de plaisir était palpable.

- Je ne veux pas que tu jouisses. Moi d'abord. Ton tour viendra ensuite, me prévint-il.

Puis il se mit à bouger en moi. Il n'était ni doux ni délicat, poursuivant son plaisir avec une force implacable. Je soupirais lorsqu'il pressa le plat de son pouce contre mon derrière serré pour ensuite me pénétrer plusieurs fois. Ses mouvements étaient sauvages et électriques, provoquant quelque chose en moi qui montait jusqu'à ce que mon regard commence à scintiller sous la pression.

- Je vais bientôt jouir ! haletai-je entre ses poussées impitoyables.

- Pas maint'nant, m'ordonna-t-il à nouveau.

- Mais... je m'arrêtai net lorsque sa main s'abattit

violemment contre mes fesses, me rappelant que ce moment était pour lui. Il était aux commandes, et je n'étais rien d'autre que l'esclave de ses moindres désirs. Quand il me gifla à nouveau, je faillis jouir.

Grouille-toi ! Je ne vais pas pouvoir tenir beaucoup plus longtemps.

Le désespoir circulait dans mes veines. C'était l'aphrodisiaque le plus électrisant imaginable. Se penchant, il glissa ses mains sous mon corps pour me saisir les seins et me pincer les tétons assez fortement. Une douleur aiguë et délicieuse ricocha à travers moi, menaçant de me submerger violemment. Il me testait, ne me laissant délibérément pas un instant pour me préparer. Je criais, luttant contre le besoin convulsif qui voulait me submerger alors qu'Alexander intensifiait ses mouvements.

Mon Dieu, mais là, il est bien trop profond. Vraiment trop profond. Merde.

Je serrais les dents, ma tête se débattant de gauche à droite, alors qu'une sensation de picotement se propageait dans mes membres. Alexander devait avoir senti à quel point j'étais proche de l'éruption parce qu'il arrêta d'un coup pour se pencher vers moi et me chuchoter :

- Est-ce que je t'ai donné la permission ?

- Non, répondis-je à travers des souffles laborieux.

- Ne jouis pas maintenant, répéta-t-il.

Puis il se remit à bouger en moi. Cette fois, ses coups de reins étaient plus agressifs, me martelant comme une bête sauvage qui ne se préoccupait de rien d'autre que de satisfaire sa luxure. Et j'adorais ça, j'aimais chaque minute de sa domination brutale. Ses doigts continuaient de me tirer et de me pincer les mamelons. Puis il me libéra finalement les seins pour se déplacer vers mes hanches. Sa prise était ferme, presque meurtrière, et je savais qu'il était proche de l'orgasme. Ses doigts s'enfonçaient dans ma chair, signalant qu'il ne faudrait que quelques secondes avant que je sente sa verge gonfler. Il s'enfonçait de encore plus profondément en moi, comblant le peu d'espace qui restait en moi. Je me mordais fortement la lèvre inférieure jusqu'à ce que je sente le goût du sang, luttant pour contenir mon propre orgasme de manière presque dévastatrice.

- Putain, Krystina. Je...

Il s'interrompit, son ton guttural devenant silencieux alors que son érection commençait à pulser en moi. Je me figeai, retenant fermement mon orgasme et me permettant de ressentir chaque sensation délicieuse de son sperme jaillissant dans mon corps.

13

Alexander

Je me laissais un moment pour reprendre mon souffle avant de me retirer. Au même moment, Krystina poussa un petit cri. Elle tremblait, désespérée de la libération que je lui avais refusée.

T'inquiète pas mon ange, c'est ton tour maintenant.

Debout au bord du lit, je dénouais la corde de ses poignets. Elle restait immobile, mais sa respiration était laborieuse, et je savais que son excitation était proche de l'explosion. J'avais délibérément poussé ses limites car je savais très bien à quel point elle était proche de l'extase. Néanmoins, sa soumission irrévocable était une chose magnifique, et elle méritait d'être vénérée pour le reste de la nuit.

Après lui avoir libéré les poignets, je savourais le spectacle de son corps à demi-nu sous le drap. Krystina faisait régulièrement de l'exercice dans la salle de sport que nous avions installée chez nous, et les résultats de ses efforts se montraient dans chaque ligne de son corps. Ses courbes séduisantes étaient tout en muscles et en douceur. Elle était exquise et entièrement à moi pour la prendre.

Je lui passais un doigt le long de la colonne vertébrale, m'arrêtant à la courbe de ses fesses. Je remarquais le contour rouge de ma main là où je l'avais frappée. Alors qu'elle était là, attendant patiemment ma prochaine instruction, je passais lentement ma main dessus.

Bon, que vais-je faire de toi ?

Je lançais un regard furtif sur la bibliothèque qui cachait l'escalier menant à notre salle de jeux en me demandant si je devais lui ordonner d'y aller ou non. Je savais que c'était ce qu'elle voulait. Putain, c'était aussi ce que je voulais.

Pressant mes lèvres l'une contre l'autre, j'envisageais brièvement quelles étaient mes options, mais il ne me fallut pas longtemps pour décider que nous n'irions pas dans la salle de jeux. Même si elle n'était peut-être pas enceinte, je ne pouvais tout simplement pas courir ce risque, surtout après ce qui s'était passé la dernière fois. Peu importait à quel point je voulais voir son corps nu enchaîné devant moi. J'étais observateur, et j'avais remarqué récemment des changements au niveau de son corps. Ils étaient subtils, certes, mais ils étaient là quand même. J'avais mémorisé chaque détail du corps de Krystina, et ses seins plus fermes que d'habitude et sa vulve légèrement gonflée pouvaient être le signe qu'elle était enceinte mais qu'elle ne le savait pas encore.

Je me maudissais en silence de ne pas avoir fait

attention à son cycle menstruel, mais tant que j'étais incertain, il y avait des options plus sûres qui ne nécessitaient pas l'utilisation de la salle de jeux. Heureusement, un jouet attendait sagement dans ma table de chevet pour une telle occasion.

- Installe-toi plus haut sur le lit, pour que tu aies la tête sur les oreillers, l'informai-je. Puis écarte les jambes, mon ange. Je veux que tu t'ouvres pour moi. J'ai une surprise qui te plaira certainement.

- Une surprise, hein ? demanda-t-elle.

Sa question ressemblait plus à un murmure séducteur alors qu'elle roulait sur le dos. Elle m'observait. Ses joues étaient rouges, et ses yeux comme du feu en fusion. Ce regard était comme une décharge électrique directe dans mon entrejambe.

- J'adore te regarder après l'amour. T'es tellement putain d'sexy, grognai-je en luttant contre l'envie de la monter comme une sorte de bête sauvage. Avant que la nuit ne se termine, j'aurai goûté chaque millimètre carré de ton corps.

Presque instantanément, j'entendais sa respiration laborieuse s'accélérer, et je souriais de satisfaction. Une fois qu'elle fut repositionnée sur le lit, je me dirigeais vers la table de nuit pour récupérer une petite balle vibrante de forme ovale dans le tiroir, puis je grimpais sur le lit et rampais sur son corps délectable. Attrapant un de ses mamelons entre les dents, je mordillais et suçais sa chair sensible avant de déposer des baisers chauds et humides sur son ventre et sur la courbe de ses hanches. Je continuais vers le bas de son corps jusqu'à ce que ma tête se trouve entre ses jambes et que je puisse fixer mon regard sur son joli sexe rose. Un filet d'humidité, mélange de son excitation et de ma semence, scintillait sur ses plis lisses.

J'inspirais et me mettais à gémir. Elle sentait divinement bon, le sexe, le péché et toute son odeur rien qu'à elle. Incapable de résister plus longtemps, je suivais la ligne de son petit orifice avec mon doigt. Elle dégoulinait de désir.

- Alex..., gémit-elle.

Sa supplique sonnait désespérée. Je savais qu'il ne faudrait pas grand-chose pour la satisfaire, mais je voulais prendre mon temps avec elle. Je continuais à la caresser et à explorer son corps jusqu'à ce qu'elle commence à trembler. J'effleurais l'intérieur de ses cuisses avec mes dents en respirant profondément pour m'imprégner de son parfum, puis j'écartais ses lèvres et lui soufflais doucement sur le clitoris. Lorsque ma langue l'effleura, elle faillit être projetée du lit.

- Tu veux jouir ? demandai-je en la taquinant délibérément avec un autre petit geste.

- Oh, oui. S'il te plaît, Alex.

- D'accord, mon ange. Mais d'abord, détends-toi. T'es prête ?

- Oui, soupira-t-elle.

Tendant la main du côté gauche, je saisissais la balle argentée que j'avais prise sur la table de nuit. Utilisant ma main libre pour écarter les lèvres de son vagin, j'insérais l'objet frais dans sa chaleur humide. Puis, sans lui laisser le temps de réagir, j'en actionnais l'interrupteur pour activer le vibromasseur, lui écartant davantage les jambes, et pressant ma langue contre le niveau de petits nerfs palpitants de son clitoris.

Elle émit instantanément des cris de plaisir. Agrippant fermement ses hanches pour la maintenir immobile, je la dévorais comme un homme affamé, implacable dans ma quête dans son plaisir. Je ne me lasserai jamais de son goût. De son parfum. De sa chaleur. Alors qu'elle atteignait l'orgasme, j'enfonçais ma langue dans sa source sucrée et me désaltérais à sa fontaine. Ses cris avides emplissaient la pièce tandis que son intimité tressaillait sous l'assaut de ma langue. Je voulais avaler chaque dernière goutte de son désir.

Elle poussait son bassin contre ma bouche, me tirant les cheveux en gémissant tout en secouant la tête de droite à gauche. Un grognement m'échappa, et je ne désirais rien d'autre que de me perdre à nouveau dans sa chaleur ardente. Mon érection frémissait d'impatience, prête à la réclamer.

- C'est ça, mon ange. Tu le méritais, mais j'en n'ai pas encore fini avec toi, lui dis-je. Met les bras au-dessus de ta tête. Accroche-toi aux barreaux de la tête de lit, et ne lâche rien.

Avec la boule vibrante toujours en action en elle, je courbais mon index et le glissais dans sa chaleur trempée. Je jouais un moment avec elle en frottant mon doigt sur son point G. Puis je le retirais pour ensuite titiller brièvement l'entrée de son postérieur avant de m'enfoncer doucement dedans.

Son corps se tordit de plaisir, mais en gentille fille que je lui avais appris à être, ses bras ne bougeaient jamais au-dessus de sa tête. Je la travaillais avec une litanie de sensations : langue, vibromasseur, doigt. J'explorais tous ses points sensibles jusqu'à ce que ses cris deviennent frénétiques et que je ne puisse plus faire la différence entre une prière et une malédiction.

Lorsque son deuxième orgasme la frappa, elle jouit intensément et violemment, son corps se cabrant et tremblant sous l'impact. Me retirant, je retirais mon doigt et la boule vibrante, puis je me repositionnais pour carrément lui monter dessus et lui prendre totalement la bouche.

Nos langues se mélangèrent, notre salive se mêlant aux jus piquants de notre extase. Je l'embrassais à bouche ouverte sur sa mâchoire, lui mordillais le lobe d'oreille et lui suçais le cou et la courbe des épaules. Lorsque je commençais à téter la peau douce au niveau du sommet de son aréole, son dos s'arquait alors qu'elle en demandait plus.

- T'en veux encore, Krystina ?

- Oui, s'il te plaît, murmura-t-elle.

- Je peux te baiser de toutes les manières imaginables si c'est ce que tu veux, la rassurai-je. Mais d'abord, touche-moi. Tu peux lâcher la tête de lit maintenant.

Elle n'avait pas besoin de plus d'encouragements. En un instant, ses mains étaient partout sur moi. Ses doigts s'enfonçaient dans mes cheveux puis me griffaient le dos de haut en bas en me marquant la chair. Elle me saisissait les hanches, pour se positionner face à mon sexe et envelopper ses doigts délicats autour. Lorsqu'elle tira dessus, je lâchai un souffle de plaisir alors que son pouce s'attardait sur mon gland tout en le massant. Elle passait le liquide séminal sur tout le long de mon sexe tandis que son autre main exerçait une douce pression sur le bas de mes testicules.

Mes yeux ne quittaient jamais son regard incandescent alors qu'elle continuait d'explorer mon corps. Elle jouait avec mon sexe sans s'arrêter, ses hanches montant et descendant avec le mouvement de sa main. Puis, écartant ses jambes, elle positionna mon membre rigide contre son clitoris et commençait à se frotter contre moi. Sa chatte lubrifiée était brûlante tandis qu'elle se donnait du plaisir, et je gémissais en sentant sa chaleur humide.

Lorsque sa respiration devint irrégulière, je savais qu'elle était proche de jouir à nouveau.

- C'est ça, mon ange. Laisse-moi te voir jouir toute seule.

- Quand je jouirai, je te veux en moi. S'il te plaît, Alex, supplia-t-elle hors d'haleine.

Me retirant, ses yeux mi-clos fixés aux miens, la retenue n'était pas une option. Je n'avais aucune volonté de lui refuser sa supplication intrépide. Sans attendre un instant de plus, je lui saisissais les mains et les lui collais de chaque côté de sa tête. Agrippant fermement ses poignets, je plongeais dans sa chaleur fondante pour lui donner ce qu'elle m'avait demandé.

Je m'enfonçais profondément en elle, la pénétrant avec agressivité et me perdant en elle jusqu'à ce qu'il n'y ait aucun moyen de dire où nos corps commençaient et se terminaient. Ses poignets tournaient dans mon emprise, ses doigts griffant le peu de drap qu'elle pouvait trouver en essayant de s'accrocher quelque part.

Nous étions un, deux moitiés d'une seule âme qui ne pouvaient jamais être complètes l'une sans l'autre. Elle était mienne, et seulement mienne, pour toujours. Alors, lorsque mon orgasme explosa enfin, je la suppliais silencieusement d'accepter ma semence dans son ventre, désespéré de voir un jour son corps gonflé par mon enfant.

———

KRYSTINA REPOSAIT dans le creux de mon bras pendant que nos battements de cœur effrénés retrouvaient un rythme normal. Un de ses bras était tendu au-dessus de sa tête pendant que je faisais courir un doigt entre ses hanches. Notre peau était humide de sueur, mais je pouvais toujours apprécier la douceur de sa peau.

- Alex, je pensais à quelque chose, dit-elle en se déplaçant pour soutenir sa tête d'une main.

Son expression était espiègle, provoquant un faible rire qui m'échappa.

- Je connais ce regard, mon ange. Que veux-tu ?

- Rien, vraiment. Enfin, si, en quelque sorte. Je pensais simplement à tes préoccupations concernant la salle de jeux. Tu la considères comme une limite stricte, et je la respecterai, mais tu sais qu'on n'est pas non plus obligés d'aller trop loin lorsque nous y sommes. N'est-ce pas ?

Je fronçais les sourcils en essayant de comprendre pourquoi elle insistait autant pour que l'on aille dans la salle de jeux. Elle connaissait mes inquiétudes, et elle avait semblé comprendre ma logique quand je les lui avais expliquées pour la première fois.

- Je ne sais pas où tu veux en venir. Je t'ai déjà dit pourquoi...

- Oui, oui. Je sais. Pas besoin de revenir là-dessus, car maintenant je n'arrête pas de penser à ce qui s'est passé le lendemain. Pourtant, je ne vois simplement pas pourquoi nous ne pourrions pas transposer ce que nous venons de faire ici, dans la chambre, à la salle de jeux. Ça pourrait peut-être ajouter un peu plus de piquant ?

- Pourquoi tu dis ça ? Tu n'es pas satisfaite de notre vie sexuelle ?

- Oh, mon Dieu ! Bien sûr que non ! répondit-elle précipitamment en secouant la tête. Je m'inquiète juste que... eh bien...

Je penchais la tête et fronçais les sourcils, curieux de savoir pour quelle raison elle hésitait.

- Vas-y, je t'écoute, l'encourageai-je.

- Je ne veux pas que tu te lasses de faire l'amour avec moi de manière plus classique et que tu finisses par te lasser de moi.

Cette fois, je rigolais pour de bon en la serrant fort contre ma poitrine pour m'assurer qu'elle savait que je ne me moquais pas d'elle. Je trouvais simplement l'absurdité de son inquiétude comique.

- Mon ange, je ne pourrai jamais me lasser de toi. Je ne me fais simplement pas confiance pour être aussi prudent que j'ai besoin de l'être avec toi quand nous sommes pris dans l'instant.

- Je ne comprends pas.

- C'est difficile à expliquer. Te dominer dans la salle de jeux, c'est comme réaliser chacun de mes fantasmes. Tout un ensemble de choses peut faire naître le démon en moi : ta volonté de te soumettre, la texture du fouet en cuir, le son qu'il fait en frappant ta peau, voir ta chair rosée, l'odeur lourde du sexe dans l'air, l'adrénaline qui monte. Je fis une pause momentanée en entendant son soudain souffle retenu, sachant qu'elle imaginait tout ce que je disais. Je le visualisais aussi. Mon sexe tressaillait d'anticipation, mais je me forçais à continuer. Il était impératif qu'elle comprenne pourquoi nous ne pouvions pas aller dans la salle de jeux de sitôt. Tout cela me donne envie de te dominer, de te posséder. Parfois, mon désir de voir ta chair prendre une belle teinte rouge est irrésistible, et je perds toute notion du temps et de l'espace, me concentrant uniquement sur la tâche à accomplir. Alors que je veille à ne pas te pousser trop loin, tu sais combien les lignes peuvent parfois se brouiller. C'est pourquoi tu as un mot de sécurité.

- Je n'ai jamais eu besoin d'utiliser le mot *saphir* quand nous étions ensemble de cette manière, Alex. Je te fais confiance. Mais je sais combien il est important pour toi d'expérimenter la domination sexuelle, et je crains que tu ne reçoives pas ce dont tu as besoin quand nous sommes ensemble.

- Peu importe que tu me fasses confiance quand c'est moi qui ne me fais pas confiance. Et quand je me dis qu'il y a une chance que tu sois enceinte, je préfère nettement rester prudent par rapport à beaucoup de choses. Et en ce qui concerne mes besoins, c'est toi que je voudrai toujours. Et toi, tu es sûre que ce n'est pas toi qui te lasseras de moi ?

- Arrête de dire n'importe quoi, me dit-elle en me tapant gentiment la poitrine.

- C'est toi que j'aime, mon ange. Je ne veux rien d'autre que m'assurer que tu sois toujours loin du danger, même si cela m'inclut parfois.

Pressant ses lèvres en une ligne serrée, elle fronçait les sourcils.

- En parlant de me tenir à l'écart du danger, il y a

quelque chose d'autre que j'aimerais te demander, ajouta-t-elle de manière hésitante.

Son appréhension fit sonner un tas d'alarmes dans ma tête.

- Pourquoi ai-je le sentiment que je ne vais pas aimer ce que tu t'apprêtes à me dire ?

- Écoute-moi simplement, Alex. Tout ce truc avec Stone's Hope, ça met tout le monde dans des états pas possibles.

- Qu'entends-tu par *dans des états pas possibles* et qui est *tout le monde* ?

- Ce que je veux te dire, c'est que tout le personnel menace de démissionner parce qu'on a dû annuler la fête de Noël pour les mamans et les enfants.

- C'est ridicule, raillai-je. Comment une évasion massive aidera-t-elle qui que ce soit ?

- Eh bien, ils pensent que nous pouvons et que nous devrions en faire plus pour les aider. Ils ont raison, même s'ils ne comprennent pas les obligations légales engendrées. Cela dit, j'ai eu une idée. Turning Stone Advertising n'a plus aucune affiliation avec Stone Enterprise depuis que j'ai pu régler le rachat, alors je vais faire un don sous... le nom de l'entreprise publicitaire. J'ai déjà obtenu l'approbation de Stephen. Il ne prévoit pas de problème.

- Si Stephen t'a donné le feu vert, je ne vois pas pourquoi tu ne pourrais pas.

- Parfait. Donc ça ne te dérange pas si je passe au refuge pour leur dire moi-même ?

Me redressant brusquement, je me tournais pour la regarder, choqué qu'elle puisse même suggérer une telle chose après les efforts que nous avions déployés pour la maintenir isolée.

- Non mais t'es pas folle ? Absolument pas ! Je ne te permettrai en aucun cas de mettre les pieds dans un environnement à risque élevé, m'écriai-je.

- Me permettre ? contesta-t-elle en levant les sourcils.

- N'insiste pas, Krystina. Ce n'est pas le moment de jouer la carte de la femme indépendante avec moi. La réponse est non. C'est trop risqué.

- Alex, je pense vraiment que cela fera une différence pour le personnel si j'y vais. Tout le monde est tellement fatigué après ces dernières années. Ils ont besoin d'un coup de pouce moral, et je pense pouvoir le leur donner.

- Demande à Justine de le faire, répliquai-je.

- Justine en a déjà suffisamment à faire avec tout le reste de son travail. De plus, je ne vais pas lui demander de parler d'un don venant de *mon* entreprise. C'est absurde.

Absurde, ça l'était certainement, mais je ne voulais rien savoir. Il était hors de question que j'approuve cette demande de la part de Krystina. Le refuge était l'un des pires endroits où elle pourrait être en ce moment.

- Alors fais-le en une visio. De toute façon, tu ne vas pas te rendre au refuge en personne, insistai-je encore.

- Alex, tu es...

- Bon ça suffit maintenant. Pas besoin d'essayer de négocier quoi que ce soit. Essayons de dormir.

- Mais, on n'a pas fini notre conversation !

- Pour moi, on vient justement de la terminer !

M'allongeant à nouveau, je tirais la couette pour qu'elle nous recouvre tous les deux, puis je me tournais sur le côté, ce qui voulait dire pour moi que la conversation était close une bonne fois pour toutes. J'attendais en silence en espérant bientôt entendre sa respiration douce et régulière, signe qu'elle s'était endormie. Cependant, au bout de trente minutes de silence, tout ce que j'entendais étaient ses sanglots discrets.

14

Krystina

Avec pour seule lumière la lueur de la télévision en sourdine, j'étais allongée dans un plaid épais sur le canapé du salon. Il était déjà plus de trois heures du matin, mais le sommeil refusait de venir. Mon esprit était en ébullition, une multitude de pensées tourbillonnant sans relâche, et mes tentatives pour les apaiser se révélaient vaines.

Affirmer que la période que je traversais était stressante serait minimiser la réalité. À ce moment de l'année, ma charge de travail chez Turning Stone Advertising doublait généralement, car de nombreux clients mettaient l'accent sur les fêtes de fin d'année. Aussi, nos stratégies avaient évolué au cours des dix-huit derniers mois, allongeant déjà une liste de tâches conséquente. Avec un grand nombre de personnes travaillant toujours à distance, la circulation automobile avait diminué, rendant la publicité sur les panneaux d'affichage moins efficace. Les gens privilégiaient désormais Internet, ce qui avait entraîné une forte baisse des abonnements « papier » (comme les abonnements à des magazines ou à des journaux, par exemple). En conséquence, mon équipe et moi avions principalement orienté nos clients vers des publicités en ligne, ce qui se traduisait par des journées longues et épuisantes à élargir nos contacts et à renforcer notre présence virtuelle dans des domaines pertinents pour les besoins changeants des clients. Cela représentait beaucoup de choses avec lesquelles il fallait jongler, mais lorsque j'ajoutais les problèmes de Stone's Hope, tout semblait écrasant. Le refuge était ma responsabilité, une responsabilité que je chérissais, mais il n'y avait pas à nier à quel point j'étais fatiguée quand Alexander et moi nous couchions tous les soirs. La plupart du temps, nous dînions, puis nous retirions dans nos bureaux pour conclure nos dossiers inachevés de la journée, avant de nous retrouver pour regarder un épisode d'une série trouvée sur Netflix. Trop déprimée par les nouvelles du journal télévisé, j'avais opté pour la stratégie du visionnage rapide d'un épisode d'une série sur Netflix pour décompresser après une longue journée de travail. Finalement, c'était devenu une routine que j'appréciais vraiment.

Posant distraitement une main sur mon ventre, je me demandais à quel niveau ce petit bout de bonheur contribuait à mon épuisement et à mes insomnies récentes. J'approchais de la fin du premier trimestre et commençais à me sentir plus optimiste. Mis à part les nausées matinales, je me sentais bien et ai même failli parler à Alexander du bébé lorsque nous étions près de l'étang. Mais lorsqu'il m'avait parlé de Noël, je m'étais rappelée à quel point ma famille et mes amis me manquaient, ce qui avait réussi à me faire pleurer. Finalement, j'avais décidé de ne pas lui dire, car ça ne me semblait pas être le bon moment. Je ne voulais aucune distraction lorsque je lui annoncerais. Je voulais que le moment soit parfait.

Prenant une inspiration profonde, je me laissais aller à un bon bâillement, que je pris comme le signe que je pourrais probablement me rendormir vite si je montais me coucher. Attrapant la télécommande, j'étais sur le point d'éteindre le téléviseur, mais je m'arrêtai en voyant le titre défilant en bas de l'écran.

Pour le septième jour consécutif, aucun cas n'a été enregistré à New York City

Mais de quoi ils parlent ?

Ils ne pouvaient certainement pas faire référence au virus. Regardant furtivement la télécommande, j'annulais le mode muet de la télévision pour pouvoir écouter le reportage.

... son septième jour sans aucun cas. Lors de la conférence de presse d'aujourd'hui, le maire a remercié le personnel de la santé du secteur public, et surtout les New-Yorkais, pour tout ce qu'ils ont fait pour surmonter la pandémie. Après avoir annoncé qu'il n'y aurait plus de restrictions publiques en place, le maire a pris le temps de parler des établissements de soins collectifs, réitérant la nécessité d'être vigilant. Toutes les

exigences obligatoires sont levées à partir de lundi. Au bout de presque deux ans, les New-Yorkais sont maintenant soulagés. Cependant, certains responsables de la santé avertissent que nous ne devrions pas baisser notre garde et ne sont pas d'accord avec...

Mes yeux s'écarquillaient, et j'étais à peine capable de traiter ce que je venais d'entendre alors qu'un million d'émotions me submergeaient. Mes mains commençaient à trembler. Je n'avais pas besoin de connaître la suite. J'en avais même entendu bien assez. Pointant la télécommande vers la télévision, je l'éteignis.

La pièce maintenant plongée dans l'obscurité totale, je m'appuyais contre le canapé. Si une partie de moi était ravie d'entendre cette bonne nouvelle, l'autre était vraiment furieuse : j'avais été trahie par la personne en qui j'avais le plus confiance.

Plus aucun cas local n'a été répertorié.

Les restrictions ont été levées et les prescriptions abandonnées.

Et Alexander continuait de me garder enfermée à la maison.

Mes poings se serraient à mesure que ma colère montait. Des secondes s'écoulaient, se transformant finalement en minutes jusqu'à ce que je ne sois plus sûre du temps que j'avais passé assise dans le noir.

Je savais dans quoi je m'étais engagée en épousant Alexander. Il y avait des moments où il agissait de manière contrôlante et présomptueuse, mais cela était équilibré par énormément d'amour et de tendresse. Lorsque tout était combiné, cela constituait l'homme que j'avais appris à aimer et à vraiment bien connaître. Je pouvais même comprendre pourquoi il avait besoin de maintenir son autorité, mais sa réaction excessive à la pandémie avait été plus extrême que je ne l'avais réalisé.

Le besoin d'Alexander de tout contrôler, y compris moi, avait été trop loin. Pendant tout ce temps, j'avais été tellement isolée, incapable de voir mes amis et ma famille, et pour quoi faire ? Pour qu'il se sente en sécurité avec moi dans une bulle ? Je savais, et j'avais même argumenté, que le monde semblait reprendre une vie normale, mais je n'avais pas réalisé à quel point cela était sous-estimé.

Je supposais que je ne pouvais m'en prendre qu'à moi-même de ne pas savoir. Mon excuse était que j'avais été tellement occupée par le travail et à essayer de me distraire de ma solitude que je n'avais pas pris le temps de rester informée. Les rares émissions de télévision que je regardais provenaient de services de streaming et n'étaient jamais liées à l'actualité. Je n'étais plus sur les réseaux sociaux, car les paparazzis en faisaient tout un foin. Même les notifications d'actualités étaient désactivées sur mon téléphone, car toute mise à jour du monde extérieur était déprimante, ne faisant que de me rappeler la raison pour laquelle j'étais enfermée. D'une certaine manière, j'avais indirectement créé ma propre forme d'isolement en dehors de tout ce qu'Alexander avait imposé.

Mais lui, par contre, il savait sûrement tout ça, parce qu'être au courant des événements actuels était primordial pour son business. Et il ne m'en avait jamais parlé.

- Quel menteur, sifflai-je entre mes dents serrées. Comment ose-t-il ?

Je me levais et commençais à marcher, ma fureur coulant brûlante dans mes veines. À mesure que ma rage grandissait, je pensais à monter à l'étage pour réveiller mon mari névrotique. Je voulais régler ça avec lui plus que tout, mais une idée bien meilleure m'était venue à l'esprit.

Lui crier dessus ne me mènerait nulle part. Cela ne ferait que l'irriter et le pousser à renforcer son argument. La meilleure solution serait d'ignorer complètement ses règles stupides et de laisser les choses se passer comme elles le devaient. À moins de me ligoter, il ne pouvait pas m'obliger à rester dans la maison. Je pressais mes lèvres ensemble en une moue. Le fait que je n'aie aucune difficulté à imaginer ce scénario exact était préoccupant. Peut-être même qu'on devrait en parler au plus vite avec le Dr Tumblin. Mais en attendant, je n'avais aucune intention de rester enfermée chez nous plus longtemps. La première chose que je ferai demain matin sera d'aller au refuge de Stone's Hope. C'était là qu'on avait besoin de moi, et je ne permettrai pas à Alexander de m'en empêcher.

La carte de la femme indépendante, mon cul.

Mes raisons de me rendre au refuge n'avaient rien à voir avec le fait que je sois indépendante. C'était le côté de ce qui était juste qui comptait. Bien sûr, Alexander serait furieux de découvrir que j'agisse contre lui, mais je m'occuperai de ce détail en temps voulu. Mon problème serait de passer inaperçue devant Viviane et Hale, qui alerteraient Alexander immédiatement en me voyant partir. En même temps, même si j'étais prête à en découdre avec lui à ce sujet, je ne voulais pas que Stone's Hope soit le bouc émissaire. Y aller était trop important et je ne voulais rien avoir sur mon chemin. Pour la journée de demain, je devrais rester sous le radar. Ensuite, il n'y aurait plus de furtivité. En fait, je voyais même un déjeuner avec Allyson dans un avenir très proche.

- Et oublie cette connerie de travailler depuis la maison, murmurai-je pour moi-même.

Je n'avais aucun doute dans mon esprit que je serais de retour au bureau lundi matin. Je serais prudente, bien sûr, et prendrais encore des précautions. Je ne voyais pas du tout pourquoi je laisserais ma rancune mettre en danger le bébé. Je devrais travailler avec le personnel de Turning Stone Advertising en établissant des protocoles au bureau, mais je ne voyais aucune raison pour laquelle nous ne pourrions pas revenir à des journées de travail quasiment normales tant que les risques étaient faibles.

Souriant pour moi-même, j'anticipais toutes les façons dont je torturerais mon mari avec ma liberté retrouvée. Il aurait peu de choix que de me voir aller et venir à la Cornerstone Tower, mijotant sur son perchoir du cinquantième étage, incapable de m'arrêter.

Et ça serait bien fait pour lui.

15

Krystina

La bouche arrondie en « O », je m'approchais du miroir de la salle de bain de la chambre pour une séance de « retouche de rouge à lèvres ». Après m'être redressée, je clignais des yeux à plusieurs reprises avant de contempler mon reflet : la femme qui me fixait semblait tout, sauf sereine. Exaspérée, je balançais le tube dans ma trousse de maquillage.

- Tu peux le faire. Tout va bien s'passer, me dis-je à moi-même.

Je prenais une profonde inspiration et me dirigeais vers ma chambre pour m'installer sur le canapé qui dominait le jardin. Tout ce qu'il me restait à faire, c'était d'attendre le feu vert.

Hale était déjà parti depuis longtemps. Compte tenu du nombre de choses qu'il avait à récupérer, je ne m'attendais pas à ce qu'il revienne avant le dîner. Viviane devrait partir d'une minute à l'autre pour aller faire des courses. Pourtant, je devais me méfier : bien souvent, elle faisait rapidement les courses, et trouver un moyen de la maintenir à distance de la maison pendant plus d'une heure avait été un défi pour moi. J'avais donc commencé ma journée beaucoup plus tôt que d'habitude.

Après avoir terminé mon travail sur la campagne de Beaumont vers huit heures, j'avais ensuite passé le reste de la matinée à créer une liste de courses pour des articles qui n'étaient pas vraiment nécessaires et en avais organisé le retrait à divers endroits de la ville. Tout ça, pour occuper Viviane un peu plus longtemps. Lorsque je lui avais parlé du pull en cachemire incontournable que je voulais chez *Saks*[1], elle m'avait regardée curieusement mais, heureusement, elle ne m'avait pas posé de questions.

Avec les arrêts supplémentaires que je lui avais donnés, elle serait hors de la maison pendant au moins trois heures. Ainsi, j'aurais amplement de temps de me rendre en ville afin de parler au personnel de Stone's Hope et de revenir avant Hale ou Viviane. Avec un peu de chance, Alexander n'y verrait que du feu. Et s'il découvrait quelque chose, eh bien, tant pis. J'en avais fini de vivre dans sa cage dorée. J'en avais ouvert grand la porte, et je n'avais aucune intention d'y être enfermée à nouveau. De plus, c'était pour une bonne raison. J'avais déjà supporté sa colère, et je la surmonterais à nouveau si nécessaire. Il ne restait jamais fâché contre moi bien longtemps.

Pourtant, ma tentative de détachement n'avait rien fait pour mes nerfs. Peu importe à quel point je pensais qu'Alexander était oppressant, je ne pouvais pas ignorer la raison pour laquelle il s'inquiétait de ma sécurité en premier lieu, même s'il ne comprenait pas encore pleinement à quel point il devrait vraiment s'inquiéter. Ma bravade de la veille avait depuis longtemps disparu. Oui, j'étais toujours en colère contre mon mari, mais elle avait été éclipsée par l'inquiétude pour mon bébé à venir. Si je devais aller de l'avant avec cela, je devais être extrêmement prudente.

Lorsque je vis la Oldsmobile bordeaux de Viviane faire le tour de l'arrière de la maison et disparaître dans l'allée, je savais qu'il fallait agir. Après avoir récupéré une bouteille de désinfectant pour les mains et deux masques, je descendis. Je savais que porter deux masques était excessif, mais après avoir écouté les préoccupations d'Alexander pendant des mois, je pensais qu'il valait mieux prévenir que guérir. Trop de choses étaient en jeu. Avec notre triste historique de fausses couches, je ne voulais pas qu'un simple problème de couverture faciale mette le bébé en danger.

Passant par la cuisine et sortant par la porte arrière, je me dirigeais vers la Porsche Cayenne Turbo S garée dans le garage, l'une des nombreuses voitures de la collection d'Alexander. Ce véhicule, le plus grand de la collection, était loin d'être mon préféré à conduire car je préférais les voitures plus basses, mais elle serait la plus sûre. Des chutes de neige importantes étaient prévues pour plus tard dans la soirée, et la transmission intégrale du SUV pourrait être utile au cas où elles commenceraient plus tôt que prévu.

M'installant au volant, j'attachais ma ceinture de sécurité. Mon corps bourdonnait de nervosité alors que je reculais du garage et commençais le trajet vers la ville qui ne dort jamais.

MOINS D'UNE HEURE APRÈS, je garais la voiture dans le parking situé à quelques pâtés de maisons de Stone's Hope. Cela ne m'avait pas pris tant de temps que ça, et j'avais été surprise par la fluidité du trafic. Mais ce qui était encore plus surprenant, c'était le manque de personnes dans les rues de la ville, et je ne pouvais m'empêcher de me demander si j'avais imaginé les nouvelles que j'avais vues à la télévision la nuit dernière. Je m'étais vraiment attendue à ce qu'il y ait plus de monde que ça en ville : même en hiver, les gens étaient toujours entassés sur les trottoirs, allant et venant de chez eux, de leur lieu de travail ou des commerces.

Je ne pouvais m'empêcher de remarquer également le nombre de vitrines vides que j'avais croisées sur mon parcours. Je n'avais pas mis les pieds en ville depuis plus d'un an, et même s'il m'était arrivé d'entendre des bribes d'informations concernant l'impact du virus sur les entreprises, j'avais simplement supposé que leur malheur était un peu exagéré. Malheureusement, cela ne semblait pas être de l'exagération du tout, et voir cette désolation de mes propres yeux était déprimant. Ce n'était pas du tout le New York que je connaissais, et cela me mettait en colère de savoir que j'avais été autant dans l'ignorance de sa souffrance, et tout cela à cause du besoin d'Alexander de me contrôler.

J'enfilais mes gants en descendant de la voiture. Mes

mains tremblaient, et je ne savais pas si c'était à cause du froid ou parce que j'étais toujours tellement en colère contre Alexander parce qu'il m'avait menti. Je marchais de ma place de parking jusqu'au refuge, et en approchant de l'entrée du bâtiment, je levais les yeux vers le ciel. Des nuages sombres et menaçants avançaient plus rapidement que je ne l'avais anticipé, et je croisais les doigts de manière superstitieuse en espérant que le pire de la neige attendrait que je sois rentrée chez moi.

Lorsque j'atteignais la porte vitrée du bâtiment, je me faisais craquer les cervicales pour tenter de me débarrasser de la tension. Après avoir ajusté les élastiques de mes masques autour de chaque oreille, j'entrais enfin.

Claire était assise derrière le bureau principal de la réception. Même de loin, je pouvais voir à quel point elle avait l'air fatigué. De profondes rides et des cernes entouraient ses yeux habituellement vifs. Étant donné le nombre réduit du personnel au refuge, je ne savais pas si elle était fatiguée à cause du surmenage ou du stress lié à l'argent volé.

Je regardais autour de moi. Derrière Claire, deux personnes étaient assises en train de taper sur leurs claviers dans leurs boxes. La salle d'attente était vide, mais je ne pouvais m'empêcher de remarquer les grands espaces entre les chaises. C'est alors que je vis la grande pancarte collée au mur.

Merci de tenir compte de notre environnement en collectivité.
La distanciation sociale est toujours en vigueur pour la protection de nos invités et de notre personnel.

Le port du masque est recommandé mais non obligatoire.

Je sentais une légère accélération de mon pouls en lisant que le port du masque était facultatif. Peu importe si les informations que j'avais regardées hier soir l'avaient aussi mentionné. Le vivre par moi-même me rendait extrêmement vulnérable.

Je regardais autour de moi une fois de plus, scrutant les visages de toutes les personnes que je voyais. Il y avait des femmes et des enfants dans la salle commune juste en bas du couloir. Je pouvais voir des petits garçons et des petites filles jouer avec des jouets à travers la paroi vitrée. À part les membres du personnel, très peu de gens portaient un masque. Cela ne devrait pas me rendre nerveuse. Après tout, ça faisait depuis une semaine qu'aucun cas du virus n'avait été déclaré.

Pourtant, les préoccupations d'Alexander s'étaient incrustées dans ma psyché et mes nerfs étaient à vif. Mes mains se tordaient devant moi, et je me demandais si tout cela n'était pas une mauvaise idée.

Fourrant mes mains agitées dans les poches de mon manteau, je m'approchais du bureau de la réception.

- Puis-je vous aider ? demanda Claire lorsque j'arrivais jusqu'à elle.

- Claire, c'est Krystina. Krystina Stone.

- Oh mon Dieu ! Je suis désolée. Cela fait si longtemps qu'on ne s'est pas vues, et je ne t'ai pas reconnue avec ton masque.

Elle s'empressa de quitter son siège derrière le bureau et vint me saluer.

Il y eut un moment gênant qui aurait normalement été

comblé par une brève étreinte, mais les exigences de distanciation sociale du refuge l'interdisaient. Ma poitrine se resserrait, réalisant soudain à quel point j'avais désespérément besoin d'une connexion humaine en dehors de mon foyer. Maintenant que je l'avais, je ne pouvais même pas en profiter pleinement.

C'est vraiment triste.

Je réprimais des larmes qui semblaient toujours prêtes à surgir alors qu'une nouvelle vague de mélancolie m'envahissait. Qu'Alexander exagère ou non, les choses avaient clairement changé. Je me demandais si le monde ne serait plus le même qu'avant.

- Ça me fait vraiment plaisir de te voir, lui dis-je d'une voix faussement enjouée en espérant malgré tout dissiper ma gêne.

- Pareil pour moi. Je ne savais pas que tu passerais aujourd'hui, dit Claire. J'espère que cette visite signifie de bonnes nouvelles.

- Eh bien, j'ai quelque chose à dire. D'abord, pourrais-tu rassembler le personnel et les résidents ? J'aimerais parler à tout le monde.

- Tous les résidents ? Y compris les enfants ?

- Oui. Surtout les enfants.

- D'accord. Tu peux d'ores et déjà te rendre en salle de thérapie de groupe, où il y a beaucoup d'espace pour tout le monde. Je vais dire aux autres de s'y rassembler.

Tandis que Claire partait chercher les autres membres du staff, j'empruntais le couloir qui menait à la grande salle de conférences utilisée pour les séances de thérapie de groupe et d'autres activités collectives. Je connaissais bien cette pièce, car j'avais été invitée à y donner des conférences plusieurs fois dans le passé. C'était initialement une partie de mon engagement à m'impliquer davantage dans le refuge, mais cela était devenu bien plus avec le temps. Cette période me manquait. Si cela me faisait mal de voir tant de femmes en difficulté, l'aide que nous leur offrions à Stone's Hope était une récompense suffisante pour passer outre. Le refuge avait changé la vie de tant de personnes, et j'étais fière d'en faire partie.

Lorsque j'atteignis la salle de conférences, je remarquais que les chaises étaient organisées en un grand cercle. Chacune de ces chaises avait un X rouge collé, signalant où les gens étaient autorisés ou non à s'asseoir. Je pensais au nombre de fois où j'avais vu une femme tendre la main à une autre lors de ces séances de groupe. Mon cœur s'enfonçait en voyant qu'elles n'étaient plus physiquement capables de le faire, et j'eus soudain une nouvelle appréciation pour les frustrations de Claire. Tout cela allait vraiment à l'encontre de la nature humaine et renforçait ma résolution que venir ici était la bonne chose à faire. Stone's Hope avait besoin de moi, elles avaient besoin d'un Noël, même si cela ne les feraient se sentir « normales » que pendant un petit moment. Espérons qu'elles ressentiront davantage de cette normalité après la levée de toutes les restrictions la semaine prochaine.

Quinze minutes plus tard, tout le monde était rassemblé dans la pièce. Les places assises limitées s'étaient rapidement pourvues, obligeant certains membres du personnel et certaines mères et leurs enfants à s'asseoir par terre ou à rester debout. Prenant place au milieu du groupe, je pivotais tout en observant les regards fatigués et méfiants de chaque mère et les expressions curieuses de leurs enfants.

- Merci à vous de prendre quelques minutes pour m'écouter, commençai-je. Pour ceux qui ne me connaissent pas, je m'appelle Krystina Stone. Mon mari, Alexander, est le fondateur de la Fondation Stoneworks, l'organisation à but non lucratif qui a créé Stone's Hope. Je suis ici aujourd'hui parce que j'ai de bonnes nouvelles à partager. Je ne suis pas sûre que beaucoup d'entre vous soient au courant du vol récent que nous avons eu à Stone's Hope.

Marquant une pause, je voyais la plupart de mon public acquiescer.

- Ouais, on sait ce qu'elle a fait, dit l'une des mères.

Elle secouait la tête avec déception. Sa fille se tenait devant elle avec de grands yeux. C'était une petite chose avec des couettes rebondissantes ornées de rubans roses. Elle ne devait pas avoir plus de quatre ans. La femme posa ses mains sur ses épaules.

- C'est bien dommage. Les enfants avaient vraiment hâte de faire la fête.

- Eh bien… si je vous disais que la fête de Noël est finalement d'actualité ? dis-je avec un clin d'œil.

Plusieurs cris d'excitation vinrent de la part des enfants, mais avant que je puisse élaborer davantage, un bruit sourd provenant de derrière moi me fit sursauter. Je me retournais pour voir ce qui avait causé ce bruit juste au moment où plusieurs hochements de tête remplirent l'espace silencieux. J'orientais mon attention dans la direction vers laquelle tout le monde semblait regarder. Instantanément, je portais mes mains à mon visage, mais il n'y avait aucun moyen d'étouffer mon propre hoquet de choc. Anna Wallace, la voleuse de Noël de Stone's Hope, se tenait dans l'embrasure de la porte de la salle de conférences, les bras tendus devant elle. Tenu fermement dans ses deux mains, il y avait un pistolet, un pistolet pointé directement sur moi.

16

Alexander

Mon attention errait négligemment vers le bureau monochrome, niché dans la Cornerstone Tower. Son mur d'écrans alignés diffusait sa lueur, mais le son restait en sourdine. Chaque écran affichait un aperçu différent de l'actualité nationale, comme les indices boursiers, les chiffres des sondages politiques, et même un talk-show sur Bloomberg TV. Pourtant, tout cela m'échappait presque complétement. Mon esprit était trop occupé par les inquiétudes suscitées par le comportement étrange de Krystina de ce matin-là.

Elle avait agi étrangement, très étrangement. Oui, il y avait cette affaire à Stone's Hope qui la tracassait. J'avais entendu ses pleurs jusqu'au milieu de la nuit et je savais qu'elle était contrariée parce que je lui avais interdit d'aller au refuge. Mais cela allait au-delà de tout ça. Krystina ne semblait pas être tout à fait elle-même bien avant que Claire ne l'appelle au sujet de l'argent volé. Même si je croyais en la solidité de notre relation, je ne pouvais m'empêcher de remarquer qu'un courant étrange semblait toujours être présent en arrière-plan. Depuis quelques mois, elle était différente, presque anxieuse, mais cela semblait avoir atteint un pic ce matin-là. J'avais du mal à mettre le doigt dessus. C'était comme si quelque chose d'autre la tourmentait.

Je laissais échapper un soupir frustré. Krystina était forte, comme elle l'avait prouvé maintes et maintes fois, mais elle avait aussi ses limites. J'aurais juste aimé avoir trouvé le moyen d'alléger ses fardeaux. Mis à part quitter le bureau plus tôt pour rentrer à la maison afin qu'elle ne soit pas autant seule, mes mains étaient liées. Je n'avais aucun contrôle sur trop de choses qui affectaient ma femme, et cela m'énervait au plus haut point.

J'examinais de plus près l'agenda de ma journée que Laura m'avait imprimé et posé sur mon bureau, et songeais à quitter les lieux plus tôt aujourd'hui, mais ma journée était bien remplie. J'avais des contrats à examiner, et je ne pouvais pas reprogrammer mes réunions. Je tournais la page pour voir ce qui était prévu pour la semaine prochaine. Il était clair que quitter le travail plus tôt quelques fois par semaine commençait à me rattraper. Mon emploi du temps semblait surchargé jusqu'au réveillon de Noël.

Putain.

Je ne pouvais pas travailler jusqu'à sept heures tous les soirs. Cet horaire ne fonctionnerait jamais si je voulais m'assurer que le bien-être mental de Krystina soit ma priorité. Je devrais déplacer certains de mes rendez-vous à la semaine prochaine.

Ouvrant le tiroir du haut de mon bureau, je fouillais à la recherche d'un surligneur pour marquer les rendez-vous que je devrais demander à Laura de déplacer. Dans ma recherche, je tombais sur une invitation carrée au Bal de bienfaisance des Gouverneurs qui avait mystérieusement été poussée à l'arrière du tiroir.

Mes doigts effleuraient les lettres dorées en relief, me ramenant à cette nuit. C'était une soirée caritative au profit des démunis qui donnait à tous l'occasion de graisser les rouages et de fréquenter l'élite, à trente mille dollars le ticket d'entrée. J'avais été invité au dîner parce que la Médaille de la Générosité d'Andrew Carnegie devait être remise ce soir-là, et la candidature de ma Fondation Stoneworks était à l'époque en cours d'examen pour ses contributions faites à la ville.

Au début, je ne voulais pas y aller. Les honneurs de ce genre ne m'avaient jamais attiré parce que je considérais que d'autres les méritaient bien plus que moi. Malgré cela, Krystina avait insisté pour que j'y participe. J'étais content d'avoir cédé uniquement parce que j'avais pu voir ma femme rayonner au milieu de la pièce.

Cela faisait depuis moins d'un an que nous étions mariés, et Krystina était encore novice dans les événements en smoking comme le Bal des Gouverneurs. Même si elle était nerveuse à l'idée de fréquenter des célébrités, il ne lui avait pas fallu longtemps pour s'intégrer. Avant la fin de la soirée, elle avait réussi à obtenir plus de trois millions de dollars de dons pour améliorer les conditions dans le quartier entourant Stone's Hope. Sa logique était que les femmes en difficulté ne voulaient pas se rendre dans un quartier délabré pour demander de l'aide pendant une période où tout ce qu'elles voulaient était leur propre sécurité et celle de leurs enfants.

Les stars de cinéma, les politiciens et la presse s'étaient enthousiasmés, ouvrant leurs portefeuilles pour un projet de revitalisation de quartier que New York n'avait pas vu depuis des décennies. Je ne pouvais même pas me rappeler qui avait finalement reçu la Médaille ce soir-là, car Krystina avait été celle qui avait volé la vedette à tout le monde.

Après l'avoir vue à l'œuvre, je lui avais demandé de superviser les opérations de Stone's Hope. Elle avait voulu s'impliquer davantage dans le refuge, donc dire oui avait été une décision facile pour elle. Elle aimait ça, et son succès était rapidement devenu une source de fierté pour elle.

Cependant, je commençais maintenant à me demander si elle n'en faisait pas trop. Ma femme ne faisait jamais les choses à moitié. Elle mettait son cœur et son âme dans tout ce qu'elle faisait. Peut-être n'avait-elle pas semblé elle-même ces derniers temps simplement parce qu'elle se sentait surmenée. Si c'était le cas, je devrais envisager d'intervenir.

La mâchoire serrée, je réfléchissais à ce que je pouvais faire. Puis je me rendais compte que la réponse était simple : tout ce que j'avais à faire était de dire à Justine de prendre les choses en main. Après tout, ma sœur était la directrice des opérations de la Fondation Stoneworks, et le refuge relevait de cette entité.

Écartant l'invitation au Bal des Gouverneurs, je tendais

la main vers mon téléphone portable. Mais avant que je puisse composer le numéro de Justine, le téléphone fixe du bureau se mit à sonner.

- Excusez-moi, Monsieur Stone, dit ma secrétaire.

- Oui, Laura ?

- J'ai Hale pour vous, en ligne un.

- Transférez-le-moi, s'il vous plaît.

Un moment plus tard, la voix de Hale se fit entendre à travers le haut-parleur.

- Bonjour, chef. Désolé de vous déranger.

- Ce n'est rien, Hale. Quoi de neuf ?

- J'ai deux-trois choses à aborder avec vous. D'abord, je viens de raccrocher avec Liz Schiller, des Relations Publiques.

Ma mâchoire se crispait. Si Hale parlait à quelqu'un de mon équipe des Relations Publiques, ce n'était pas vraiment une bonne nouvelle.

- Qu'est-ce qu'elle avait à dire ? m'enquis-je.

- Apparemment, Mac Owens a encore fouiné. Elle est inquiète à cause de cette photo que quelqu'un a prise de Krystina près de la piscine il y a quelques années, et elle voulait juste s'assurer que je renforçais la sécurité sur la propriété.

La simple évocation du reporter du *City Times* me fit crisser des dents. J'avais bataillé fermement pour garder mes mystères soigneusement dissimulés, surtout face à des types comme lui. Il était une épine dans mon pied depuis aussi longtemps que ma mémoire pouvait remonter, même si son nom n'avait pas résonné dans mes oreilles depuis un bon moment.

- Il est toujours là ? Il a toujours été beaucoup trop

suspicieux sur tout. Pourquoi serait-il à fouiner encore une fois dans mes affaires ?

- C'est à propos de Krystina. Il n'y a pas eu de photo d'elle en public depuis près de deux ans.

- Et alors ? On était en pleine pandémie mondiale.

- C'est vrai. Mais avec une grande partie du monde de retour à la normale depuis des mois maintenant, il voulait savoir pourquoi Krystina n'a pas été vue en public.

- Ça ne le regarde pas, ripostai-je.

- Je le sais, mais vous savez comment les paparazzis aiment la traquer. Si Mac Owens remet en question l'endroit où elle se trouve, il ne faudra pas longtemps avant que le reste des vautours décide de nous tourner autour eux aussi. C'est pourquoi Liz Schiller a appelé pour me mettre en garde. Mais honnêtement...

Hale fit une pause, et son hésitation était palpable.

- Continuez, l'encourageai-je.

Je l'entendis soupirer de l'autre côté de la ligne :

- Avec tout le respect que je vous dois, monsieur, pourquoi Krystina ne sort-elle jamais ? On ne peut pas la garder enfermée éternellement. À un moment donné...

- Ne franchissez pas cette ligne, Hale, le prévins-je en le coupant en plein milieu de sa phrase. Hale n'avait jamais été marié et n'avait pas d'enfants. Je ne m'attendais pas à ce qu'il comprenne ce que je ressentais à chaque fois que Krystina perdait un bébé. C'était la force motrice derrière mon besoin de la protéger des dangers. La seule chose dont vous avez besoin de vous inquiéter, ce sont des protocoles pour la maintenir en sécurité. Rien de plus.

- D'accord, répondit Hale, mais j'entendais le scepticisme dans sa voix, et c'était franchement irritant.

- Autre chose ? demandai-je.

- Oui, deux autres. Vous souvenez-vous de l'enquête que nous avons menée sur Krystina lorsque vous l'avez rencontrée pour la première fois ?

- Oui, je m'en souviens.

- Lorsque vous vous êtes sérieusement engagé avec elle, j'ai élargi mes recherches sur d'autres membres de sa famille également. C'était pour vous protéger, monsieur.

Je n'avais pas réalisé qu'il avait fait cela, mais en y repensant, je n'aurais rien attendu de moins de sa part.

- Bon, très bien. Pourquoi m'en parler maintenant ? demandai-je.

- J'ai suivi de près le père biologique de Krystina.

- Son père biologique ? Vous savez qui c'est ? Je ne pense même pas que Krystina connaisse son nom. Si c'est le cas, elle ne l'a jamais mentionné.

- Son nom est Michael Ketry. J'en parle parce qu'il a récemment déménagé à New York. Son appartement est à quelques pas de la Cornerstone Tower. Ce n'est peut-être rien, mais je trouve cela un peu suspect. Je vais le surveiller.

Me levant, je traversais la pièce jusqu'au minibar de mon bureau. Il n'était que deux heures de l'après-midi, mais ce que je venais d'entendre me troublait plus que d'habitude. J'avais peut-être décidé de ne pas boire d'alcool en présence de Krystina pendant que nous essayions de concevoir, mais cette règle ne s'appliquait pas quand elle n'était pas là. Attrapant un verre, je me versais une gorgée d'une bouteille de whisky - du single malt Glenmorangie Grand Vintage.

En regardant mon verre, je faisais tournoyer le liquide

brun un moment. Portant le verre à mes lèvres, j'en prenais une gorgée et réfléchissais à ce que les nouvelles de Hale pourraient signifier. Comme il l'avait dit, cela pouvait être rien. Mais cela peut-être pas.

- Surveillez cela de près, Hale. Je veux être informé de toute évolution.

- Cela va sans dire, m'assura-t-il.

Me dirigeant en direction de la baie vitrée pour contempler la skyline de Manhattan, je tentais de me rappeler ce que Krystina m'avait dit sur son père biologique. Ce n'était pas grand-chose. Elle l'avait qualifié de donneur de sperme et avait dit qu'il était parti quand elle n'était encore qu'un bébé. S'il la surveillait et découvrait qu'elle était mariée avec moi - ce qui était fort probable compte tenu de l'obsession de la presse pour chacun des mouvements de ma femme - il pourrait finir par être comme tous les autres vautours essayant de mettre la main sur mon argent.

Même si je n'avais aucune intention de délier ma bourse en sa faveur, les perturbations qu'il était susceptible de provoquer représentaient une situation que je ne voulais pas voir ma femme affronter.

- N'en parlez pas à Krystina, Hale. Je ne sais pas pourquoi, mais j'ai le sentiment que cela la bouleverserait. Il se peut que son déménagement à New York soit juste une coïncidence. Pas besoin de l'inquiéter à moins qu'il y ait quelque chose de plus concret.

- Bien, monsieur.

- Bon, parfait. Quelle est la dernière chose pour laquelle vous m'appeliez ?

- C'est certainement sans importance, mais une alarme

silencieuse a été déclenchée à Stone's Hope il y a une dizaine de minutes. La police est en route pour vérifier. Ils m'ont dit qu'ils m'appelleraient une fois sur place.

Je réfléchissais à la disposition du bâtiment et à son système d'alarme de pointe.

- Quelle alarme, plus précisément ?

- Celle de la salle de conférences. Quelqu'un l'a peut-être tout simplement heurtée pendant l'une des séances de thérapie de groupe. C'est déjà arrivé, mais je pensais quand même que vous devriez en être averti. Je suis en route vers le magasin de matériel médical de la 3ème Avenue, pour récupérer ce que le personnel infirmier m'avait demandé pour votre mère. Si la circulation est fluide, je pourrais être au refuge dans une vingtaine de minutes si vous voulez que je vérifie.

- Non. Comme vous l'avez dit, ce n'est probablement rien. Tenez-moi au courant. Je n'ai pas de réunions dans l'heure à venir : vous pouvez donc m'appeler directement sur mon portable si vous avez des infos pour moi. Pas besoin de déranger Laura.

- D'accord.

Mettant fin à la connexion, je marquais une pause plutôt que de composer le numéro de Justine comme je pensais le faire avant que Hale ne m'appelle. Quelque chose clochait, et mon instinct me poussait à composer le numéro de portable de Krystina. Dans ma logique, je me disais qu'elle serait contente de savoir si quelque chose de suspect se passait au refuge.

Après la cinquième sonnerie, je tombais sur la messagerie vocale. Supposant qu'elle était simplement occupée à finaliser ses annonces publicitaires, je lui laissais un message.

- Mon ange, c'est moi. Appelle-moi quand tu auras eu mon message.

Après avoir appuyé sur le bouton de fin d'appel, je commençais à tambouriner mes doigts sur le bureau. Les secondes passaient, chacune semblant plus longue que la précédente. Je ne pouvais me défaire du sentiment que quelque chose n'allait pas bien du tout.

Je rappelais le portable de Krystina, mais toujours sans réponse. Mon sentiment de malaise grandissant, je composais rapidement le numéro du téléphone fixe de la maison. La seule raison pour laquelle nous avions une ligne fixe était pour que je puisse joindre Viviane. Elle refusait d'avoir un téléphone portable, et pour la première fois, je fus reconnaissant pour son aversion pour la technologie.

Comme personne ne me répondait, la frustration commençait à s'installer en moi.

- Merde ! Pourquoi avons-nous autant de lignes téléphoniques si personne ne peut y répondre ? marmonnai-je en me poussant en arrière contre le dossier de ma chaise. Puis une nouvelle pensée me vint à l'esprit.

Si personne ne répond au téléphone de la maison, alors peut-être que personne n'y est.

Ça voudrait dire que...

Non. Elle me l'a promis. Krystina ne quitterait pas la maison.

À moins que ?

Peut-être qu'elle est tout simplement sortie faire une promenade à l'extérieur.

J'attrapais rapidement mon téléphone portable pour ouvrir l'application de géolocalisation pour tenter de trouver où était Krystina. Quelques minutes plus tard, sa position s'affichait à l'écran : elle n'était pas du tout sortie se promener. Elle n'était pas non plus chez nous. Elle était à Stone's Hope.

Mais putain, qu'est-ce qu'elle fout là-bas ?

Avant même que je puisse comprendre que ma femme ne m'avait pas obéi, mon téléphone se mit à sonner, le nom de Hale apparaissant sur l'écran.

- Dites-moi, Hale. Pourquoi Krystina est-elle au refuge et non tranquillement chez nous ?

- Elle est au refuge ? Au refuge Stone's Hope?

- Dans quel autre refuge pourrait-elle se trouver ? hurlai-je.

- Eh bien, c'est juste que... et merde ! jura Hale.

Je ne pouvais pas ignorer le ton alarmant de sa voix.

- Pourquoi, Hale ? Que se passe-t-il ?

- Je viens de m'entretenir au téléphone avec la police. Ce n'était pas une fausse alerte. Il y a une prise d'otages là-bas.

Tout l'air sembla s'échapper de mes poumons.

- Une prise d'otages ?

- Je ne connais pas tous les détails. La police ne m'a rien dit de plus. Je m'y dirige maintenant.

Une pression intense pesait sur ma poitrine, et je me mis à trembler de colère alors que des souvenirs refoulés revenaient.

Krystina dans le coffre d'une voiture. Elle perd du sang et elle est gravement blessée.

Le bip incessant des moniteurs à son chevet d'hôpital

résonnait dans mon esprit, me rappelant sa forme inerte et comment je l'avais presque perdue il y avait quelques temps.

- Hale, m'étouffai-je en sachant très bien que je n'avais pas besoin d'expliquer ce que je pensais.

Il comprenait parce qu'il était là à ce moment-là. Il avait été témoin de moi veillant auprès du lit d'hôpital de Krystina pendant dix-neuf longues journées après son enlèvement perpétré par son ex-petit ami et mon ex-beau-frère. Je ne pouvais pas revivre cela. Plus jamais.

- Je suis à cinq minutes de la Cornerstone Tower, m'indiqua-t-il précipitamment. Je passe vous y prendre à l'entrée principale.

17

Alexander

Le temps semblait avancer au ralenti alors que Hale se faufilait entre les voitures en direction de Stone's Hope. Pendant le trajet, je ressentais une étrange sensation de déjà-vu, comme si Hale et moi, nous étions déjà passés par ici. D'une certaine manière, c'était le cas, et je ne pouvais que prier pour que le dénouement soit différent cette fois-ci, et que Krystina soit d'une manière ou d'une autre à l'abri des dangers au refuge.

Des petits flocons de neige s'étaient mis à tomber, rendant les routes glissantes et ralentissant notre progression. Les prévisions annonçaient plus de sept centimètres pour la nuit, et je m'attendais à ce que la neige tombe encore plus rapidement après. Mes doigts tambourinaient impatiemment sur le panneau de la portière pendant que Hale nous guidait jusqu'au refuge.

Quand le bâtiment apparut enfin à l'horizon, mon cœur battait dans mes oreilles, et l'air semblait bourdonner. Un engourdissement froid m'envahit lorsque je vis les lumières clignotantes rouges et bleues de plusieurs voitures de police bloquant la rue devant Stone's Hope.

Hale s'approcha autant qu'il put avant d'être contraint de se garer. Il avait à peine éteint le moteur, mais j'avais déjà ouvert violemment la poignée de la porte passager. En sortant de la voiture, je me précipitais vers le refuge.

Une barrière métallique avait été érigée pour maintenir à distance l'amas de foule qui s'était rassemblé autour du bâtiment. Des hommes en uniforme se tenaient près d'une des voitures de police. J'essayais de discerner ce qu'ils faisaient en m'approchant, pour conclure qu'ils semblaient ne rien faire du tout. Vraiment rien du tout.

Ma mâchoire se contractait, instantanément furieux de leur manque apparent d'action, alors que je contournais la barrière et m'approchais d'eux.

- Excusez-moi, dis-je sèchement à l'un des agents.

Il se tourna vers moi. Vêtu d'un uniforme de patrouille traditionnel de couleur bleu marine, il avait l'air jeune et soigné. Il était probablement fraîchement sorti de l'académie car il ne semblait pas avoir plus de vingt-cinq ans.

- Monsieur, veuillez reculer derrière les barrières. Nous avons...

- Non, l'interrompis-je. Je suis le propriétaire de cet établissement, et j'ai des raisons de croire que ma femme est à l'intérieur du bâtiment.

L'officier débutant fit alors une pause, semblant me jauger.

- Vous êtes Alexander Stone ?

- C'est exact.

- Je suis l'agent Bailey. J'ai entendu parler de vous, mais c'est un plaisir de vous rencontrer en chair et en os.

Je serrais les dents, ma patience à vif. On n'avait pas le temps de faire les politesses.

- Moi aussi. Maintenant, en ce qui concerne ma femme, lui rappelai-je, essayant désespérément de rester calme. Le signal GPS de son téléphone indique qu'elle est à l'intérieur.

- Eh bien, Monsieur Stone, si c'est le cas, alors elle est peut-être en danger. Il y a un tireur hostile à l'intérieur, dit-il nonchalamment.

Je me retenais de ne pas lui tordre le cou.

- Un tireur ? l'incitai-je à développer devant son manque de coopération.

- Eh bien, en fait, c'est une femme. Les portes étaient toutes verrouillées quand on est arrivés, alors on a essayé d'appeler à l'intérieur. Personne n'a répondu, alors on a balayé le périmètre. C'est là qu'on a vu une femme au travers l'une des fenêtres. Elle agitait un pistolet et le pointait sur des gens.

Je regardai l'agent droit dans les yeux :

- Combien de personnes ? voulus-je savoir en essayant désespérément de masquer la panique qui stagnait dans ma voix. Vous n'auriez pas vu une femme brune aux cheveux bouclés, d'environ un mètre soixante-dix ?

- Ça, je ne peux pas vous le dire avec certitude.

- Et que veut-elle, cette femme ? demandai-je.

Si c'était de l'argent, je paierais n'importe quoi si cela

signifiait que ma femme ne serait plus menacée par une arme à feu.

- On ne connait pas ses demandes. On ne sait même pas si elle en a car elle ne nous a pas contacté. Pour l'instant, j'aimerais que vous vous calmiez pendant que nous attendons que l'équipe de négociateurs arrive. Ce sont eux qui tenteront de prendre contact. En attendant, je ne peux pas faire grand-chose d'autre. Comme les routes commencent à devenir glissantes à cause de la neige, je pense qu'ils seront là dans environ un quart d'heure.

Mes yeux s'écarquillaient d'incrédulité alors que la rage commençait à circuler chaudement et férocement dans mon corps. Je m'approchais de l'officier jusqu'à ce que nous soyons nez à nez.

- Me calmer ? Vous venez de me dire de me calmer, officier ? Ma femme est à l'intérieur, menacée par une arme à feu, pendant que vous restez là à attendre que quelqu'un d'autre arrive pour gérer la situation ? Beaucoup de choses pourraient se produire en quinze minutes !

- Monsieur, reculez. Je comprends ce que vous dites, mais je n'ai pas été formé aux situations d'otages. Il y a des protocoles, et aucun des officiers sur place n'est autorisé à prendre la prochaine étape en main, dit-il comme si cela justifiait sa décision de ne rien faire.

Je me retournais en sentant la main de Hale sur mon épaule. Je n'avais aucune idée de quand il était arrivé là, mais je savais qu'il sentait que j'étais sur le point de craquer. Je ne connaissais personne qui ne le ferait pas en étant à ma place. L'indifférence du policier face à la gravité de la situation était exaspérante. Et tout ce que je voulais faire, c'était de le remettre à sa place. Rejetant la main de Hale, je me retournais vers l'officier.

- C'est ma femme, qui est là-dedans, mais putain ! Qu'entendez-vous par *aucun des officiers sur place n'est autorisé à prendre la prochaine étape en main* ? Vous savez quoi ? Je me fous de tout ça et de vos protocoles. Je vais trouver comment entrer moi-même, grognai-je.

Je refusais de rester impuissant dans ce virage surréaliste des événements. Soudain, un son horrible résonna dans l'air, me faisant sursauter, ainsi que tous ceux qui se trouvaient autour de moi.

Un coup de feu.

Me retournant pour faire face au bâtiment, le sang de mes veines se transforma instantanément en glace. Toute notion du temps sembla se figer alors que je me retrouvais soudain submergé par les souvenirs de ma vie avec Krystina. Son sourire éblouissant le jour de notre mariage. Son rire qui pouvait illuminer les moments les plus sombres. Ses yeux expressifs d'un brun profond. Son toucher. Sa détermination féroce. Chaque moment que nous avions partagé semblait défiler devant mes yeux, m'étranglant jusqu'à ce que je pense pouvoir suffoquer. Tout comme les flocons de neige tombant du ciel, elle était unique à sa manière, et je ne pouvais imaginer ma vie sans elle. Toute pensée rationnelle était effacée de mon esprit. Ma bouche s'asséchait, et mon pouls déjà rapide s'accélérait encore plus. Peu m'importait de ce que disait le flic. L'envie de protéger la personne la plus importante de ma vie était la seule chose sur laquelle je pouvais me concentrer. Ignorant les protestations du flic, je le repoussais et me dirigeais vers le bâtiment.

- Monsieur Stone, attendez ! appela Hale.

Son appel était répercuté par celui de l'Officer Bailey et des autres flics à proximité, mais je continuais avec détermination. Je ne pouvais pas rester là à ne rien faire. Je devais rejoindre Krystina. Elle avait la fâcheuse habitude de prendre des décisions regrettables qui la mettaient dans des situations délicates. Avec le recul, il n'était pas étonnant que je sois si protecteur envers elle. Elle n'avait pas le meilleur dossier.

Tout va bien aller pour elle. Mon ange est une vraie battante.

Je me répétais cela tout en me précipitant vers le bâtiment. Lorsque j'étais presque arrivé aux portes vitrées, je sentis une main me saisir brutalement par l'épaule. Je pivotais avec l'intention de mettre hors d'état de nuire celui qui osait tenter de m'arrêter, pour me retrouver nez à nez avec trois hommes en uniforme bleu marine.

Avant que je puisse réagir, je fus projeté face contre terre sur le trottoir froid blanc de neige. Je luttais pour me libérer pendant qu'ils me tordaient les bras dans le dos.

- Libérez-moi ! rugissais-je.

Les policiers ignoraient ma demande, et lorsque les menottes se refermèrent, je sus que toute chance que j'avais de sauver Krystina était perdue.

18

Krystina

Mon corps tremblait alors que je m'agenouillais au sol, la tête baissée, les mains me couvrant la tête. Des morceaux de plâtre du plafond tombaient autour de moi. Chaque personne se trouvant dans la pièce s'était effondrée au sol lorsqu'Anna avait tiré avec l'arme. J'entendais les gémissements discrets des enfants et les chuchotements apaisants de leurs mères.

- Je suis désolée ! s'écria précipitamment Anna. Je ne voulais pas faire ça ! C'est juste parti tout seul et... et... je n'ai jamais utilisé d'arme...

Elle s'arrêta brusquement et étouffa un sanglot. J'inclinais la tête pour la regarder. Elle tenait le pistolet devant elle, le fixant avec un choc évident. Ses bras et ses mains tremblaient visiblement, et ses yeux étaient grands comme des soucoupes. Même si c'était elle qui avait tiré, Anna semblait aussi effrayée que le reste d'entre nous.

Je regardais à travers les baies vitrées qui étaient derrière elle. Même si je ne pouvais pas voir qui était dehors, je discernais les feux clignotants des voitures de police signalant que de l'aide était à proximité. Je ne savais pas comment ils savaient qu'il y avait des problèmes au refuge, mais cela n'avait pas d'importance tant qu'ils étaient là.

Je tournais la tête et balayais la pièce du regard, espérant trouver une arme quelconque. Mon examen rapide ne révéla rien d'autre que des décorations de Noël. Des guirlandes rouges, vertes et argentées étaient suspendues aux murs, et *Vive le Vent* pouvait être entendu doucement depuis des haut-parleurs ronds fixés au plafond. La combinaison contrastait fortement avec la situation qui se déroulait, et je me rappelais soudainement ma conversation avec Alexander à propos du film *Le sapin a les boules*. Je soupçonnais que cette chanson était la raison du déclenchement de ce souvenir, car j'avais tendance à tout relier à la musique. Cela me faisait imaginer une équipe d'intervention spéciale défonçant les fenêtres pour nous sauver de cette prise d'otages, tout comme dans le film.

Ensuite, l'image des voisins yuppies des Griswold perturbés dans leur sommeil vint m'envahir l'esprit. Un rire de maniaque menaçait de jaillir de mes lèvres alors que je réalisais que je ne pouvais pas traiter l'absurdité de ma pensée en un tel moment. Je réprimais des sentiments de pure hystérie, me forçant à me concentrer sur la crise qui était en cours.

Je devais faire quelque chose, n'importe quoi, pour désamorcer la situation. Ma respiration était erratique, mon souffle paniqué presque suffoquant sous mes deux couches de masques. Prenant un moment pour calmer mon cœur qui battait la chamade, je laissais mon instinct de préservation prendre le relais. Une fois que je me sentis un peu plus calme, je réfléchis aux meilleures façons de nous protéger, mon bébé et moi.

On dirait qu'Anna a peur. Peut-être que si je faisais appel à son côté rationnel, je parviendrais à la raisonner.

Levant lentement les mains en l'air, je relevais prudemment la tête du sol :

- Anna, c'est moi. Krystina, dis-je en bougeant très lentement pour pousser mes masques vers le haut afin qu'elle puisse voir mon visage.

J'avais jugé que le tutoiement serait de rigueur dans ces conditions.

- Je savais que c'était toi. Ce sont tes cheveux, balbutia-t-elle nerveusement. J'en ai toujours été jalouse.

- Merci. Quant à moi, j'ai toujours pensé que ces boucles étaient un peu compliquées à gérer au quotidien, dis-je d'un ton léger en me redressant progressivement. Écoute, Anna. C'est Noël. Que dirais-tu de laisser tomber le pistolet pour qu'on puisse en parler tranquillement ?

- Non ! dit-elle, semblant soudain retrouver son courage. Puis, replaçant le pistolet entre Claire et moi, elle dit : Qui de vous deux m'a dénoncée à la police ?

- Personne, Anna. On était là tout le temps, dis-je.

- Non, pas aujourd'hui. Je parle de l'argent. Qui a dit à la police que j'avais volé l'argent ?

- S'il te plaît. Tu dois comprendre. C'est moi… commença Claire depuis sa position accroupie au sol.

- Je le savais ! Tu sais ce qui va m'arriver maintenant ? hurla Anna.

- Non, non. Ce n'était pas elle. C'est le comptable qui a vu que de l'argent manquait, mentis-je en espérant que Claire jouerait le jeu sans oser un regard oblique dans sa direction. Maintenant, est-ce que tu peux poser le pistolet, s'il te plaît ? Parle-moi, Anna.

- Je… je n'peux pas. Tu n'comprends pas !

- Pourquoi ?

- Je n'ai pas besoin que tous ces gens soient au courant de toute ma vie ! rugit-elle. J'ai fait ce que j'ai fait, et maintenant je dois faire ce qu'il faut pour protéger ma fille.

Je regardais autour de la pièce, observant les regards terrifiés des femmes et des enfants. Ces derniers n'avaient pas besoin d'être soumis à cette terreur. Si je ne réussissais à rien faire d'autre, je devais au moins faire quelque chose pour les mettre en sécurité.

- Tu as raison, Anna, lui dis-je. Ces gens n'ont pas besoin de connaître toute ta vie. Pourquoi tu laisserais pas ces mamans s'en aller avec leurs enfants et le reste du personnel ? Après tout, c'est mon comptable qui a signalé la disparition de l'argent. Pourquoi on réglerait pas ça ensemble ? Rien que nous deux, je veux dire.

Ses yeux s'agitaient sauvagement dans la pièce, passant de Claire à moi, puis revenant à Claire. On aurait dit qu'elle essayait d'évaluer ses options. Finalement, elle inclina la tête vers la porte de sortie.

- Partez vite, mais toi, dit-elle en pointant le pistolet sur moi, toi, tu restes.

Claire se redressa brusquement, lançant le mouvement pour évacuer la pièce. Les yeux d'Anna scrutaient chaque personne qui sortait mais ne baissa jamais son arme. Mon pouls résonnait dans mes oreilles, le battement fort s'accélérant tandis que je commençais à douter de ma demande d'évacuation générale. Dans quelques secondes, j'allais me retrouver seule avec une femme qui avait un pistolet braqué sur ma poitrine.

Une fois la pièce déserte, elle se décala pour donner un coup de pied dans la porte afin de la fermer, ce qui provoqua un bruit qui résonna dans la pièce en me faisant monter le cœur dans ma gorge. Elle se rapprocha de moi tout en maintenant sa visée. Mon pouls rapide continuait de résonner dans mes oreilles, mais je refusais de détourner le regard d'elle.

Une fois à mes côtés, elle pressa le canon juste en dessous de mon sternum. Je prenais une inspiration de surprise en sentant le tremblement de sa main. Je savais qu'elle était tout aussi terrifiée que moi, mais ressentir physiquement l'instabilité de sa main me fit ressentir une toute nouvelle sorte de peur. Après son coup de feu involontaire dans le plafond, je savais qu'elle n'avait pas d'expérience avec une arme chargée. Un faux mouvement et elle pouvait décharger accidentellement une balle dans ma poitrine.

Je fixais directement ses yeux vitreux et injectés de sang, ayant besoin d'une meilleure lecture d'elle. Son visage grimaçait, mais ses yeux étaient emplis d'une douleur horrible et d'une confusion sauvage, combinées à une inquiétude et une peur écrasantes. Elle essayait de paraître dure, mais ne n'était qu'une façade. Mes instincts étaient justes. La femme qui était devant moi était désespérée, rien de plus. Je pouvais la calmer. J'en étais sûre.

Cependant, les personnes désespérées pouvaient être imprévisibles, et je devrais avancer avec précaution.

Et dire que je m'inquiétais d'un virus en franchissant les portes de Stone's Hope. Si seulement j'avais su...

Je baissais les yeux vers le canon froid du pistolet. Je ne connaissais rien aux armes à feu et ne savais pas si elle avait réussi à mettre la goupille de sécurité en place ou si elle était toujours désactivée. Je ne savais même pas à quoi ça ressemblait. Puis, en relevant les yeux pour croiser les siens, j'inclinais légèrement le menton pour ne pas montrer d'intimidation et focalisais mon regard sur elle.

- Tu as mentionné ta fille, dis-je. Je ne l'ai pas vue depuis le jour où tu es venue pour la première fois au refuge. Comment va-t-elle ?

La folie dans ses yeux s'atténuait un peu, révélant un profond sentiment de tristesse.

- Elle va bien. Eva est... elle est tellement belle et tellement intelligente, dit Anna avec nostalgie. Elle renifla et essaya de retenir les larmes qui commençaient à perler dans ses yeux. Elle n'a que quatre ans, mais elle sait déjà lire. Malheureusement, je ne peux pas me permettre de lui payer l'école maternelle, et c'est moi qui lui ai appris à lire pour qu'elle soit prête pour aller à l'école l'année prochaine.

- C'est incroyable ! Et qu'est-ce qu'Eva fait d'autre ? demandai-je en cherchant à la faire parler davantage. J'espérais que si je gagnais assez de temps, de l'aide finirait par arriver.

- Elle mange beaucoup.

C'est curieux, comme remarque.

- Ah bon ? fut ma seule réponse, mais quand elle parla à nouveau, la raison de sa déclaration devint claire.

- C'est pour ça que j'ai pris l'argent. Pour qu'on puisse manger. Et ne me fais pas la leçon sur l'aide disponible, toi qui vis dans une grande maison luxueuse. J'ai vu des photos à la télé. Des gens comme toi n'ont aucune idée de ce que c'est que d'être à ma place, souligna-t-elle avec amertume.

- Tu as raison. Je ne le sais pas, et je ne prétendrai pas comprendre. Mais je peux compatir et écouter. Parle-moi de tes difficultés, Anna. Peut-être que je pourrais faire quelque chose pour t'aider.

- Il n'y a rien que tu puisses faire.

- Dis-moi quand même.

- As-tu des enfants ?

- Non, mais... je m'interrompis, observant l'extrémité du pistolet tout en déplaçant lentement mes bras pour placer mes deux mains sur mon ventre. Je n'en ai pas encore, mais j'en attends un.

- Tu es enceinte ? me demanda-t-elle avec surprise.

- Oui, mais ne le dis à personne. C'est un secret, dis-je conspiratrice, espérant gagner suffisamment sa confiance pour qu'elle pointe le pistolet ailleurs.

- Eh bien, tu le sauras bientôt. Les enfants ont besoin de choses qu'on ne peut pas toujours leur donner. Mais tu as de la chance. Au moins, le père de ton bébé est là pour aider, et il est plein aux as. Le père d'Eva a été en prison tellement de fois que c'était surtout elle et moi pendant longtemps. Ça a été dur. Vraiment dur.

- J'en suis sûre, fis-je preuve de sympathie, espérant que mon ton l'encouragerait à continuer de parler. Jetant un coup d'œil rapide aux fenêtres, je ne voyais toujours que les lumières clignotantes des voitures de police quelque part à proximité.

Pourquoi mettent-ils autant de temps à entrer ? Claire doit les avoir laissés entrer à présent. Ou peut-être que les lumières de police que je vois ne sont pas du tout là pour nous, mais pour une autre urgence survenue juste à proximité.

Mes mains se resserraient autour de mon ventre, refusant de croire que j'étais totalement seule en ce moment. Recentrant mon attention sur Anna, je l'écoutais alors qu'elle poursuivait :

- Le problème, c'est qu'à chaque fois que son père sort de prison, il devient méchant et violent. Mais toi, tu sais tout ça parce que tu étais ici quand je suis arrivée au refuge.

- Je m'en souviens. Tu es arrivée ici plutôt amochée avec Eva. Elle portait un éléphant en peluche dans les bras, si je me souviens bien - un violet.

- C'est ça. C'est sa couleur préférée. Bonne mémoire, dit-elle en levant le coin droit de sa bouche dans un sourire bancal furtif qui disparut instantanément. Fronçant les sourcils, elle poursuivit : Elle a perdu cet éléphant quelques mois plus tard. Elle était dévastée et m'a tenue éveillée toute la nuit en pleurant.

- Pauvre bichette !

- J'aurais voulu lui en acheter un nouveau, mais je n'avais pas l'argent, dit Anna sur la défensive. Un petit peu après avoir commencé à travailler ici, j'avais réussi à économiser juste assez pour déménager et avoir mon propre chez moi. Pendant un court laps de temps, tout semblait aller bien, même si c'était serré au niveau financier. Puis, cette satanée pandémie est arrivée, et je n'sais pas. Tout est devenu de plus en plus cher. J'avais l'impression de me noyer. Puis, un matin, Eva pleurait parce qu'elle voulait des céréales pour le petit déjeuner. J'aurais essayé de la convaincre de manger autre chose, mais nous n'avions même pas de pain à la maison pour faire des tartines. Elle ne comprenait pas que je ne pouvais pas me permettre d'en acheter, mais je lui ai quand même crié dessus. Je suis restée au travail plus tard ce jour-là, et tout ce à quoi je pensais, c'était que je ne pouvais même pas nourrir mon unique enfant. Je me sentais tellement impuissante. Ensuite, quand j'ai vu que Claire avait oublié de se déconnecter du système bancaire en ligne, j'ai pris ça comme un signe. Je me suis précipitée, j'ai transféré l'argent sur mon compte, puis je me suis déconnectée. Je n'ai même pas réfléchi au-delà de ça, ni que je pourrais me faire prendre. Tout ce que je ressassais en permanence, c'était cette histoire.

- Et tu ne voulais tout simplement plus qu'elle pleure.

- C'est ça. C'était comme si je n'étais pas assez bien pour elle. Quelle sorte de mère ne peut pas nourrir ses enfants ? Eva mérite une meilleure maman, dit-elle.

Sa tête tomba dans la défaite alors qu'elle baissait le pistolet sur le côté.

Je soupirais de soulagement quand je ne sentais plus la pression dure du pistolet, mais je n'osais pas bouger pour autant. Je devais rester sur cette voie.

Laisse-la juste encore parler jusqu'à ce que les secours arrivent.

- Je ne pense pas que tu sois une mauvaise mère. Si tu l'étais, tu n'aurais rien fait du tout. Tu as juste fait une erreur. Je comprends, Anna. Je comprends pourquoi tu as fait ça. Tu étais désespérée, c'est tout.

- Le pire, c'est que je n'ai même pas dépensé un centime de cet argent, dit-elle amèrement. Je me sentais trop coupable. J'ai essayé de trouver un moyen de le rendre, mais quand le voisin m'a dit que la police avait frappé à ma porte avec un mandat d'arrêt, j'ai su que j'avais perdu ma chance. Alors, j'ai pris Eva et suis allée m'installer chez une amie, même si ce n'était qu'une question de temps avant que la police me trouve.

- Tu as peut-être raison à ce sujet. Ils t'auraient probablement rattrapée tôt ou tard, dis-je prudemment.

- Quand mon amie a su que j'étais en difficulté parce que j'avais volé de l'argent, elle a dit que je ne pouvais plus rester chez elle. Ça m'a paniquée parce que je n'avais nulle part d'autre où aller, alors j'ai laissé Eva chez elle et suis venue directement ici. J'espérais que Claire me permettrait d'une manière ou d'une autre de rendre l'argent et de retirer les accusations.

Mon cœur me faisait mal, incapable de comprendre comment quelque chose d'aussi simple que de ne pas avoir de céréales au petit déjeuner avait entraîné tant d'actes de désespoir.

- Je pourrais peut-être t'aider, Anna. Tu as dit que tu n'avais pas dépensé un centime de cette somme ? demandai-je.

Elle secoua la tête :

- Pas un seul.

- C'est ce qui pourrait jouer en ta faveur.

- Comment ça ?

- Eh bien, l'argent et l'accusation de vol mises de côté tu risques probablement des ennuis sérieux pour avoir retenu un bâtiment rempli de personnes ce soir. Cependant, je suis la femme d'un homme plutôt influent.

Je marquai une pause, imaginant la réaction probable d'Alexander face à toute cette situation. Il pourrait bien souhaiter qu'Anna soit condamnée à perpétuité simplement pour le fait de m'avoir menacée. Résolue à devoir le persuader du contraire, je poursuivis mon discours.

- Mon mari connaît du beau monde. Par défaut, j'ai des relations en commun avec lui.

- Les gens riches ont tendance à connaître tous les gens importants, dit-elle d'un ton sec.

- Écoute-moi. Si tu rends l'argent, on pourrait peut-être réduire les accusations, voire les abandonner. Quant à ce qui s'est passé ici ce soir, je pourrais peut-être convaincre les bonnes personnes en leur expliquant que c'était juste un malentendu. Tout ce que j'ai à faire, c'est parler au procureur, Thomas Green. Lui et moi, on a… je m'interrompis, cherchant les mots justes pour décrire ma relation avec le procureur qui m'avait aidée dans le passé. Lui et moi avons un certain passé, et je pense qu'il me rendra ce service.

- Je ne te crois pas.

- Je suis sérieuse. Est-ce que je t'ai déjà menti

auparavant ? La dernière chose que je veux, c'est que tu fasses de la prison et que ta fille finisse en famille d'accueil, surtout juste avant Noël. Je ne dis pas qu'il n'y aura pas de conséquences, mais je peux aider à les minimiser. Alors, qu'en dis-tu ? Est-ce qu'on peut sortir d'ici et nous concentrer sur la prochaine étape ?

19

Krystina

– Tu veux dire qu'il faut que je me rende à la police ? me demanda une Anna hésitante.

– Eh bien... je m'interrompis en cherchant les mots justes. J'avais peur qu'une confirmation la pousse à pointer à nouveau le pistolet sur ma poitrine. Néanmoins, l'honnêteté ne m'avait pas encore trompée, alors je continuais sur ma lancée. J'ai bien peur de ne voir aucune autre solution. Donc oui, cela signifie qu'il faut que tu te rendes, mais seulement pour que nous puissions régler tout ça.

J'étudiais son visage. Une guerre civile faisait rage dans ses grands yeux bruns. Je voyais bien qu'elle était déchirée entre l'idée d'accepter mon offre d'aide ou de la refuser. Quand sa lèvre inférieure commença à trembler et que des larmes commencèrent à couler, je retenais mon souffle. Je n'avais aucune idée de ce qu'elle pensait, mais j'espérais silencieusement que cette démonstration d'émotion était un signe de reddition. Sans avertissement, elle s'agenouilla. Le pistolet tomba au sol alors qu'elle portait ses mains pour couvrir son visage. Quand elle se mit à sangloter, ses cris étaient forts et déchirants. Tant d'émotions tourbillonnaient en moi - soulagement, colère, sympathie, tristesse. Je ne savais pas quoi faire, alors je laissai mes instincts me guider. À genoux sur le sol à côté d'elle, je poussais discrètement le pistolet hors de sa portée, puis j'entourais ses épaules avec un de mes bras.

- Chut, chuchotais-je. Tout ira bien.

Je caressais son dos pendant qu'elle pleurait. Nous restions ainsi pendant quelques instants avant qu'elle ne relève finalement la tête pour me regarder le visage couvert de larmes.

- Je ne sais pas ce qui va se passer une fois que je serais sortie d'ici, dit-elle. Je sais que tu penses pouvoir utiliser tes relations pour m'aider, mais connaissant ma chance, je ferais quand même de la prison.

- Tu n'en sais rien. Je peux...

- Non, écoute. S'il te plaît, m'interrompit-elle. Je sais que j'ai merdé, et je ferai ce que j'ai à faire pour arranger ça. Si un juge veut que je fasse du bénévolat en dansant déguisée en poulet à Times Square, c'est ce que je ferais. Mais s'il me donne une peine de prison, je n'ai personne pour prendre soin de ma fille. J'ai grandi en famille d'accueil, et ça ne peut pas arriver à Eva. Elle est bien trop pure. Alors si je dois m'absenter un moment, je dois savoir qu'elle sera en sécurité. Peux-tu t'en assurer ?

Je clignais des yeux, n'étant pas tout à fait sûre de ce qu'elle me demandait.

- Je peux essayer, Anna. Je ne sais pas si j'aurai beaucoup d'influence auprès des services de protection de l'enfance.

- Je doute que les services de protection de l'enfance osent dire à quelqu'un comme toi de ne pas prendre Eva chez elle.

Mon front se plissa dans ma confusion, et je fronçai les sourcils :

- Attends. Tu parlais de moi ?

- Seulement si je dois aller en prison. Je dois garder Eva loin de ce système. Tu peux comprendre ça, n'est-ce pas ?

Je réfléchissais à tout ce qu'Alexander m'avait dit sur son enfance. Il avait passé la majeure partie de sa jeunesse dans la pauvreté. Si ses grands-parents ne les avaient pas pris, lui et Justine, après la tragédie arrivée à ses parents, il aurait peut-être fini perdu dans ce système lui aussi. Compte tenu des fardeaux qu'il portait à un si jeune âge, qui sait comment il aurait réussi ? J'envisageais brièvement quelles seraient les pensées d'Alexander sur la possibilité de prendre la fille d'Anna, mais j'écartais rapidement toute réflexion à ce sujet. En fin de compte, je savais qu'il voudrait que je dise ce que j'avais à dire si cela signifiait sortir d'ici en un seul morceau. Lentement, j'hochais la tête.

- Je comprends ta préoccupation. Je ferai ce que je peux, mais espérons simplement qu'on n'en arrivera pas là.

Elle fermait les yeux, et je voyais ses épaules se détendre visiblement. C'était comme si elle pouvait enfin respirer, sachant que son enfant serait pris en charge si quelque chose lui arrivait. Quand elle ouvrit les yeux, ils étaient clairs. Sa détermination était évidente dans sa colonne vertébrale, comme si elle se préparait à relever n'importe quel défi que le monde lui lançait.

Inspirant un souffle tremblant, elle jeta un coup d'œil vers la porte et dit :

- Je suis prête à sortir. Il est temps de faire face à la réalité.

Ne voulant pas prendre une seconde de plus pour sortir du bâtiment, je me levai de ma position accroupie. Anna fit de même, et nous quittâmes toutes les deux la salle de conférences. Suivant le long couloir jusqu'à l'entrée principale, je m'arrêtais juste avant d'atteindre les portes vitrées. De mon point de vue, je pouvais voir plusieurs voitures de police dans la rue devant Stone's Hope. Des personnes en uniforme bordaient le trottoir, bloquant la foule rassemblée derrière eux. Je supposais que Claire faisait partie de ce groupe, tout comme le personnel, les mères et les enfants qui avaient réussi à s'échapper.

- Laisse-moi y aller en premier, dis-je à Anna. Mets les mains en l'air et suis-moi dehors.

Dès que nous sortîmes dans le froid, Anna fut immédiatement entourée par des policiers. Des ordres fusaient de tous les côtés, me plongeant instantanément dans un chaos total. Une seule chose me ramena à la réalité : une paire d'yeux bleu saphir perçante.

Alex.

Je n'avais jamais été aussi heureuse de le voir, et mes épaules se relâchaient de soulagement. Je voulais courir vers lui, mais la fureur dans ces yeux magnifiques me cloua sur place. Son regard était glacial et dépourvu de l'affection habituelle qu'il me témoignait. Je ne pensais pas l'avoir déjà vu aussi en colère. Instinctivement, je levais la main pour remettre en place mes masques qui avaient été accrochés sous mon menton, non pas parce que je pensais que c'était la seule raison de sa fureur, mais parce que je pensais que cela pourrait lui donner moins de raisons d'être si en colère. Entouré de deux policiers, il se tenait raide, les bras derrière le dos. Il ne portait pas de manteau d'hiver, mais juste sa veste noire impeccablement ajustée pour se réchauffer. Sa cravate rouge était nouée avec précision comme d'habitude, mais quelque chose clochait dans son apparence. Il semblait étonnamment négligé. J'avançais de quelques pas de manière hésitante, pour m'arrêter à nouveau quand je compris pourquoi il restait si figé.

Il porte des menottes ?

Mes yeux s'écarquillaient de surprise. Peu importe si je n'avais fait que ce que je pensais juste en venant ici tout à l'heure. S'il était menotté, il y avait clairement eu une altercation, et c'était très probablement à cause de moi.

Et merde.

Il n'y aurait pas moyen de raisonner Alexander maintenant. Peut-être l'avais-je poussé un peu trop loin cette fois-ci. Avançant d'un pas déterminé, je me dirigeais vers les trois hommes, affichant une confiance que je ne ressentais pas vraiment. Lorsque je les atteignis, je regardais tour à tour les deux policiers.

- Quelqu'un peut-il me dire pourquoi mon mari est menotté, s'il vous plaît ? demandai-je.

- C'est parce qu'il... commença l'un des policiers.

- Peu importe. La raison n'a pas d'importance, l'interrompis-je. Libérez-le, maintenant.

Les deux policiers se regardèrent. J'étais sûre qu'ils pesaient le pour et le contre, se demandant si Alexander valait la montagne de paperasse que son arrestation entraînerait.

Finalement, l'un des policiers regarda Alexander.

- Est-ce votre femme ? lui demanda-t-il.

- C'est elle, Officier Bailey, répondit mon mari entre ses dents serrées.

Secouant la tête, l'Officier Bailey se plaçait derrière Alexander.

- Je suppose qu'il n'y a pas de mal à vous laisser partir. Pas de raison pour que vous vous précipitiez dans ce bâtiment comme un fou furieux maintenant, n'est-ce pas ?

- Non, officier, répondit sèchement Alexander.

Un instant plus tard, ses mains étaient de nouveau devant lui. Lorsque les policiers s'éloignèrent, il me regarda froidement tout en se frottant les poignets.

- Alex, je suis tellement désolée, dis-je précipitamment. Je suis venue ici seulement pour...

- Tais-toi, m'ordonna-t-il.

S'approchant de moi, il m'arracha les masques du visage, puis fit taire mes mots qui se bousculaient avec une pression dure de ses lèvres. Il n'y avait rien de tendre dans sa bouche. C'était un baiser en colère motivé par l'inquiétude, la peur et le soulagement. Au bout de quelques secondes, il arracha sa bouche de la mienne et grogna d'une voix basse :

- Je suis tellement en colère contre toi.

- Je sais. Et j'en suis désolée.

- Tes excuses ne suffisent pas. J'ai à moitié envie de te

prendre sur mes genoux et de te donner une fessée ici, et je me fiche de qui est là pour voir.

- Je te mets au défi d'essayer, répliquai-je.

- Ne me provoque pas, Krystina.

Je relevais le menton avec obstination :

- Je pense avoir le droit de te provoquer autant que je veux après la façon dont tu m'as menti. Ton besoin de tout contrôler a été beaucoup trop loin cette fois-ci. Je t'ai désobéi en venant ici, et j'en ai enfin fini de vivre comme une prisonnière.

- De quoi tu parles ? me railla-t-il.

- Ne fais même pas semblant d'être innocent, répliquai-je en lui pointant un doigt. Tu m'as gardée enfermée inutilement à la maison pendant des mois. Le virus est pratiquement inexistant, surtout en ville. J'ai été extrêmement occupée avec des campagnes publicitaires pour les fêtes de fin d'année ces trois derniers mois et ne suivais pas les informations, comme tu t'en doutais pertinemment. Alors imagine ma surprise quand j'ai allumé les actualités hier soir.

- Ah oui ?

- Oh, ne pense même pas être blasé à ce sujet ! Les actualités ont signalé zéro cas au cours des sept derniers jours. Zéro ! Je te connais, et je sais à quel point tu suis religieusement les actualités nationales et locales en raison de ton business. Ne prétends pas que tu n'étais pas au courant.

- Je le savais. Je ne savais simplement pas que ça te préoccuperait autant. Nous avons convenu de prendre des précautions pour assurer ta sécurité pendant que nous essayons d'avoir un enfant. Fin de l'histoire. Ne pas te le dire ne fait pas de ça un mensonge.

- L'omission est la même chose que le mensonge, répliquai-je.

Dès que ces mots sortirent de ma bouche, une piqûre de culpabilité me frappa. J'accusais Alexander de faire exactement la même chose que moi. Je n'étais pas en train de mentir sur ma grossesse mais d'omettre la vérité, tout comme lui. C'était l'hôpital qui se foutait de la charité.

Je soupirais tout en me pinçant l'arête du nez. Après le stress de ces deux dernières heures, la dernière chose que je voulais faire était de me disputer avec Alexander. Tout ce que je voulais vraiment, c'était me blottir sous une couverture, me réfugier dans le confort de ses bras et de faire comme si tout cela n'était qu'un mauvais rêve.

- Écoute, Alex. Faisons simplement... je m'arrêtai net lorsque je vis Anna être conduite vers une voiture de police garée à environ quinze mètres de l'endroit où nous nous tenions. L'agent qui la tenait en garde plaçait sa main sur sa tête et la guidait vers la banquette arrière.

- Je reviens tout de suite.

- Tu n'en feras rien, s'exclama Alexander, mais j'ignorai ses protestations.

- Attendez ! criai-je à l'agent.

Me libérant d'Alexander, je me précipitais vers le véhicule avant que l'agent ne puisse fermer la porte.

- Madame, je dois...

- J'ai juste besoin d'une minute. S'il vous plaît, monsieur l'agent, dis-je.

- Faites vite, m'avertit-il.

Baissant mon corps jusqu'à être à la hauteur des yeux d'Anna, je posais une main sur son bras.

- Anna, je pense vraiment ce que j'ai dit. Je vais t'aider à traverser ça. Y a-t-il quelqu'un que je puisse appeler pour toi ?

- Mon amie, Madilyn. Eva est chez elle. Je ne sais pas si elle sera prête à la garder la nuit ou plus longtemps. Je ne sais pas ce qui va se passer et je ne… sa voix stoppa net et elle tenta de contenir un sanglot.

- Je sais que tu t'inquiètes pour ta fille. Je ne te laisserai pas passer la nuit en prison. Je paierai tout ce qu'il faut pour que tu sois libérée sous caution afin que tu puisses être avec elle.

Les yeux pleins de larmes, elle souriait et hochait la tête.

- Merci, Krystina. Tu as toujours été si gentille avec moi. Je suis vraiment désolée pour tout ça.

- Garde confiance. Tout ira bien. Je te le promets.

Me relevant, je m'éloignais pour laisser le policier fermer la porte. Après qu'il soit monté sur le siège du conducteur, je regardais la voiture jusqu'à ce qu'elle disparaisse de ma vue.

Alexander s'approchait de moi, sa présence imposante éclipsant tout autour de nous.

- Après toutes les merdes que tu m'as fait endurer, tu vas me dire ce qui s'est passé une bonne fois pour toutes ? me demanda-t-il.

L'adrénaline qui avait circulé dans mes veines au cours de la dernière heure avait depuis longtemps disparu, et l'épuisement pesait lourdement sur mes épaules. Oui, j'étais toujours en colère contre Alexander de m'avoir gardée enfermée, mais je lui devais aussi une explication. Je n'avais tout simplement pas l'énergie pour le faire en restant debout dans la neige dans une rue froide en plein centre-ville. Je voulais être chez moi, au chaud et en sécurité dans ses bras. Je ne voulais ni penser à de l'argent volé, ni à un virus, ni à d'autre sortes de risques pour notre bébé.

Levant les yeux vers mon mari, je remarquais qu'il y avait toujours de la colère dans son regard. Cependant, de l'inquiétude et du soulagement étaient gravés dans ses traits. J'aimais cet homme de tout mon cœur, et si j'avais réfléchi un peu mieux à cette idée folle de venir au refuge, j'aurais tout fait tellement différemment. Ma tendance à réagir d'abord et à réfléchir ensuite m'avait déjà causé beaucoup de problèmes par le passé, et je le savais mieux que quiconque.

Portant ma main au visage d'Alexander, je le regardais avec des yeux suppliants.

- Pour l'instant, rentrons simplement chez nous. S'il te plaît. Il y aura amplement de temps pour que je te raconte tout ça, Alex. Je promets de tout te dire.

- D'accord, me dit-il de manière réticente. Puis il ajouta sévèrement : Mais tant que tu ne seras pas en sécurité chez nous, remets vite ces satanés masques.

Je secouais la tête mais n'argumentais pas en remettant les masques pour me couvrir la bouche et le nez.

- Je suis encore désolée de t'avoir inquiété, Alex.

- Tu crois que tu m'as juste inquiété ? J'étais terrifié, Krystina. Il n'y a que toi pour réussir à te retrouver dans une prise d'otages. Parfois, je me demande si tu essaies de me pousser dans une tombe de manière prématurée, dit-il en semblant quelque peu déconcerté.

Son visage s'adoucissait alors - juste un peu - mais c'était suffisant pour que je sache que j'obtiendrais éventuellement un moment de répit. Me cachant derrière la protection des masques, je souriais secrètement de soulagement. Alexander n'était pas exempté de la manière dont il m'avait contrôlée et isolée, mais je savais que de toute manière, tout allait bien se passer.

20

Réveillon de Noël
Alexander

Je faisais les cent pas dans le hall en attendant que Krystina descende. Nous étions prêts à partir, mais au dernier moment, elle avait dû remonter précipitamment dans la chambre pour aller y faire quelque chose. Et là, ça faisait depuis dix minutes que je l'attendais.

Quand elle arriva enfin en bondissant en bas de l'escalier, ses joues étaient rouges, et il y avait une lueur espiègle dans son regard.

- Prête à y aller ! m'annonça-t-elle.

- Il était temps, marmonnai-je dans un petit sourire pour lui faire savoir que mon ton irrité n'était qu'une façade.

J'étais juste impatient de lui dévoiler la surprise que je lui avais préparée. Je la regardais encore pour m'assurer qu'elle était assez chaudement habillée. Elle n'avait aucune idée de ce qui l'attendait. Pour elle, nous retournions simplement à l'igloo près de l'étang pour profiter du dîner du réveillon de Noël que Viviane était en train de préparer dans la cuisine.

Me baissant, je ramassais le sac à dos que j'avais préparé un peu avant dans la journée, puis je le balançais par-dessus mon épaule. Krystina arqua un sourcil et regarda le sac avec curiosité :

- Tiens, ça ne serait pas la hotte du Père Noël ? s'enquit-elle.

- Quelque chose comme ça, répondis-je en lui adressant un clin d'œil.

Même si les premiers jours qui avaient suivi sa petite escapade en ville avaient été tendus, nous avions retrouvé notre équilibre. Je jurais qu'elle me défiait uniquement parce qu'elle savait à quel point cela me déstabilisait. Je me souvenais aussi bien de sa colère contre mon sentiment d'autorité, mais aussi à quel point je voulais la prendre sur mes genoux et lui donner la fessée qu'elle méritait. Le problème était que j'étais tellement heureux qu'elle s'en soit sortie en un seul morceau, et je me disais que je ne pouvais pas lui infliger une punition alors que tout ce que je voulais c'était la tenir dans mes bras. C'était contraire à ma nature, et je ne pouvais m'empêcher de penser que c'était directement lié à ce que j'avais ressenti lorsqu'elle avait été kidnappée il y a quelques années. Je ne voulais plus jamais ressentir cette peur.

Les arguments de Krystina pour aller au refuge m'importaient peu. Je n'étais toujours pas content des risques qu'elle avait pris.

Cependant, ma profonde compréhension de son cœur généreux m'avait permis de passer outre, tout comme le fait que Hale m'ait assuré qu'il serait désormais l'ombre de Krystina.

Lorsque nous sortîmes dans l'air froid de la nuit, j'inspirais profondément. La température était restée juste en dessous de zéro toute la semaine, laissant la quantité parfaite d'humidité dans l'air pour ne pas le rendre trop vif. Je levais les yeux pour constater qu'aucune étoile n'était visible. La couverture nuageuse et l'absence de vent assureraient que notre soirée en plein air serait agréable.

- Tu préfères marcher ou prendre une voiturette de golf ? lui demandai-je.

- Eh bien, si notre excursion se termine comme la dernière fois, je préférerais éviter la longue marche de retour. Prenons plutôt une voiturette.

Je souriais en me rappelant comment je n'avais guère réussi à atteindre la porte d'entrée sans la déshabiller. Il était très improbable que cela se reproduise ce soir, mais elle ne le savait pas.

- Bonne idée, mon ange. En voiturette ! C'est parti !

En marchant jusqu'au garage principal, je sortais une clé de ma poche, et l'insérais dans la boîte à clés extérieure, pour ensuite suivre les étapes de procédure de sécurité pour ouvrir la porte.

Lorsque nous entrâmes dans le garage, je me maudissais en mon for intérieur : seule l'une des trois voiturettes de golf utilisées pour naviguer dans la propriété était garée le long du mur du fond, tout comme les deux VTT. Cela signifiait que Hale avait probablement descendus les autres jusqu'à l'étang. Je regardais Krystina en espérant qu'elle ne remarquerait pas ce détail, puis je me plaçais rapidement devant elle pour lui bloquer la vue de cet endroit.

Enlevant le sac à dos de mes épaules, j'en dézippais le haut. Heureusement, Krystina était curieuse de ce que je faisais et gardait son attention sur moi. Elle ne semblait pas remarquer les petits véhicules manquants, et je soupirais intérieurement de soulagement.

Plongeant la main dans le sac à dos, je sortais un foulard en satin.

- Tourne-toi pour que je puisse te bander les yeux, lui dis-je.

- Alex, c'est ridicule de me bander les yeux à nouveau. Je sais déjà que tu as décoré la zone autour de l'étang.

- Comme la surprise a été gâchée la dernière fois, j'y ai apporté quelques ajustements. Pour commencer, je sais que les lumières fonctionnent cette fois-ci, déclarai-je en riant. Maintenant, tourne-toi.

Secouant la tête, elle s'exécutait.

- As-tu trouvé pourquoi elles ne fonctionnaient pas ?

- Une petite bête s'était débrouillée pour trouver la ligne électrique principale vers la remise et l'a grignotée, expliquai-je en faisant le nœud à l'arrière de sa tête. Une fois satisfait de l'avoir bien fixé, je me plaçais devant elle pour lui prendre le visage entre mes deux mains. Puis, tout en me penchant, je pressais un doux baiser sur ses lèvres en lui disant : J'espère que tu sais à quel point je t'aime.

- Mmmm... fredonna-t-elle en faisant sortir sa langue pour se lécher ses lèvres comme si elle cherchait plus que des baisers.

Cette petite action fit tressaillir mon sexe.

- Fais attention, mon ange. On n'arrivera jamais jusqu'à l'étang si tu ne remets pas cette langue dans ta bouche.

- Puisque je t'ai pardonné d'être un maniaque du contrôle névrotique, est-ce que ça signifie que tu m'as pardonnée d'avoir quitté la maison la semaine dernière ? demanda-t-elle avec un joli petit sourire.

- Aussi furieux que je l'étais, je ne peux pas rester fâché contre toi bien longtemps. Tu le sais bien.

Prenant son bras, je la guidais vers l'unique voiturette de golf et l'aidais à monter du côté passager. Ensuite, glissant sur le siège du conducteur, je sortais un casque antibruit du sac à dos et le plaçais sur les oreilles.

- C'est quoi, ça ? me demanda-t-elle, surprise. Je n'ai pas le droit d'entendre quoi que ce soit non plus ?

Je ris, puis déplaçais l'un des cache-oreilles pour qu'elle puisse m'entendre.

- Privation sensorielle, ma belle. Tu sais à quel point j'adore ça, la taquinai-je, puis je rigolais encore plus en entendant son souffle rapide.

Après lui avoir remis le casque, je démarrais le petit véhicule. Manœuvrant hors de l'allée principale, je refermais les portes du garage, puis entamais le trajet vers l'étang.

Il avait neigé cet après-midi, laissant une fine couche sur le chemin. Les traces de pneus des autres véhicules utilitaires avaient marqué le blanc immaculé. J'étais ravi d'avoir eu l'idée de bander les yeux de Krystina avant de quitter le garage. Si elle avait remarqué ces traces, cela aurait compromis ma surprise. La hotte du Père Noël, comme elle l'avait astucieusement baptisée, réservait encore d'autres mystères. Cependant, le cadeau le plus spécial que j'avais pour elle ce Noël ne se trouvait pas emballé sous le sapin.

Lorsque nous atteignîmes la fin du chemin, les arbres laissèrent place à la clairière autour de l'étang, et je retirai mon pied de la pédale de l'accélérateur. Regardant Krystina, je m'assurais que son bandeau était toujours bien en place. Satisfait qu'elle ne puisse toujours rien voir, je descendais de la voiturette et faisais le tour de son côté pour l'aider à descendre.

La guidant vers l'avant de la voiturette, je posai mes mains sur ses épaules tout en lui indiquant, par une prise ferme, de rester immobile. En tournant la tête vers la gauche, je découvrais le cadeau de Krystina : nos amis les plus proches, Allyson, Matteo, Bryan et Stephen, se tenaient ensemble à côté de la mère de Krystina et de son beau-père, Elizabeth et Frank Long. Hale et ma sœur, Justine, étaient également présents. Ils avaient amené ma mère pour la surprise en pensant qu'elle aimerait voir toutes les lumières de Noël. Elle était confortablement installée dans son fauteuil roulant, Hale veillant sur elle comme un protecteur dévoué, comme toujours.

Je mettais un doigt sur mes lèvres, signifiant qu'ils devaient se taire. Puis, me penchant, je retirais le casque des oreilles de Krystina.

- Donne-moi ton téléphone, lui dis-je.

- Mon téléphone ? demanda-t-elle. Pourquoi as-tu besoin de mon téléphone ?

J'expirais avec impatience.

- Pourquoi tu questionnes toujours tout quand je te demande de faire quelque chose ? S'il te plaît, passe-moi ton téléphone !

En plongeant une main dans la poche de son manteau, elle en sortait son portable pour me le donner. Après l'avoir déverrouillé, je cherchais sa playlist de Noël préférée, puis je la synchronisais avec le haut-parleur Bluetooth que j'avais caché dans le sac à dos. Au moment même où je posais le haut-parleur et le téléphone sur l'arrière de la voiturette de golf, Bruce Springsteen & The E Street Band se mirent à chanter *Merry Christmas, Baby*.

Revenant vers Krystina, je desserrais le nœud en satin de l'arrière de sa tête. Puis, avant de retirer complètement le bandeau, je me penchais et lui frôlais le contour d'une oreille de mes lèvres.

- Joyeux Noël, mon ange, chuchotai-je en laissant le tissu soyeux tomber de ses yeux.

Tout à coup, la musique fut momentanément noyée par un chœur de voix.

- Joyeux Noël !

Dans sa confusion, Krystina clignait des yeux, un peu comme si elle ne croyait pas ce qu'elle voyait. Elle regardait ses amis et sa famille, puis déplaçait son regard pour embrasser toutes les décorations parsemées autour de l'étang.

Cent anges blancs tournoyaient au bord de l'eau glacée. Leurs lumières éclatantes illuminaient la nuit. Le paysage hivernal que Hale et moi avions initialement mis en place le long du chemin avait été étendu à un festival de lumières qui rivaliserait avec certains des meilleurs du pays. J'avais fait appel à l'aide de Kimberly Melbourne, une ingénieure en conception avec laquelle je travaillais fréquemment, car j'étais certain qu'elle seule serait capable de créer tout ce que j'avais imaginé. Elle avait amené toute une équipe pour ériger une maison en pain d'épice lumineuse et une calèche grandeur nature complète avec le Père Noël et ses huit rennes. Des igloos se trouvaient sur la gauche. Des poinsettias rouges et blancs bordaient les bulles en plastique transparent, me rappelant les serres d'hiver. Des petites tables recouvertes de nappes rouges avaient été préparées pour le dîner que Viviane nous servirait plus tard dans la soirée. Alors que je regardais le visage de Krystina passer de la perplexité à de la joie pure, les faisceaux de lumière des arbres décorés tombaient comme des vœux sur son visage, et je savais que chaque effort et chaque centime dépensé pour créer cela pour elle en valaient la peine.

- Qu'est-ce que... comment as-tu... elle s'interrompit, semblant à court de mots. Tant de décorations et tout le monde est là. Comment... Alex, les règles. Je...

Je ne pouvais m'empêcher de rire. Il était rare de voir une femme aussi impertinente que la mienne avoir du mal à parler.

- J'ai réalisé que les cadeaux les plus significatifs ne sont pas toujours emballés dans un paquet, et je voulais te donner ce que tu méritais. De plus, une conversation avec le Dr Tumblin a peut-être réussi à me convaincre de relâcher un peu les règles. Bien sûr, des précautions sont toujours en place, mais j'ai réussi à trouver un moyen pour que nous soyons tous ensemble.

- Alex a insisté pour que l'on se fasse tous tester ce matin, déclara Elizabeth Long, semblant légèrement exaspérée par cet inconvénient. Mais on a tous convenu que c'était le prix à payer si cela signifiait qu'on pouvait passer Noël de manière quasiment normale.

- Oui, mais il faut malgré tout que nous fassions preuve de bon sens, ajoutai-je, plus comme un avertissement à la mère de Krystina.

Elizabeth avait été la plus réticente à mes règles, et je voulais m'assurer qu'elle n'oubliait pas.

- Maman, vous logez où ? Ça fait loin, depuis Albany. Vous n'êtes pas logés à l'hôtel, j'espère ?

- Alex était catégorique : pas d'hôtel ! Allyson a donc proposé de nous héberger dans ton ancienne chambre de l'appartement de la rue Bleecker, précisa Elizabeth.

Krystina semblait toujours sous le choc et ne faisait que de secouer la tête en signe d'incrédulité.

- Je n'arrive toujours pas à y croire... commença-t-elle pour s'interrompre à nouveau.

- Je sais à quel point je suis tatillon, et j'adore que tu acceptes cette facette de moi, expliquai-je. Mais je reconnais à quel point cette pandémie l'a amplifiée. Je détestais te voir enfermée, mais je ne pouvais pas repousser mon inquiétude. Tu as toujours été plus sociale que moi, et je n'ai jamais envisagé une telle isolation sur toi. Cela tuait lentement ton esprit. Je t'aime, et je veux juste que tu profites de ta période préférée de l'année. C'est ma façon de faire un compromis pour les vacances.

- Juste pour les vacances ? demanda-t-elle.

Ma mâchoire se crispait, même si je n'étais pas le moins du monde surpris par sa question.

- N'insiste pas mon ange. Je ne peux pas simplement changer tout ça d'un coup. Petit à petit, c'est d'accord ?

- Alex, c'est bon. Je veux dire qu'on avait convenu tous les deux que...

- Garde cette pensée pour plus tard, l'interrompis-je. J'ai

pas forcément envie d'entamer une conversation interminable sur quelles règles sont encore en vigueur pour le moment. D'ailleurs, ce n'est pas ton seul cadeau.

En me baissant vers le sac à dos posé à mes pieds, je sortais un paquet plat enveloppé dans du papier argenté et rouge que je lui tendis.

- Qu'est-ce que c'est ? demanda-t-elle.

- C'est le reste de ton cadeau, mon ange. Ouvre-le.

Son front se plissait alors qu'elle regardait le cadeau sans rien faire.

- Krystina, ne nous laisse pas plus longtemps languir ! s'exclama Allyson. Tu l'ouvres quand ?

- Chut Ally ! réprimanda Krystina, mais ses yeux souriaient. Je n'arrive toujours pas à croire que vous êtes tous là. C'est trop stressant d'être observée par autant de monde !

- Je peux t'aider si besoin, répondit Allyson.

Krystina ignora son amie et concentrait son attention sur le fait de déchirer l'emballage. À l'intérieur, se trouvait une enveloppe de papier kraft. Elle me regardait avec curiosité pendant un moment, puis ouvrait l'enveloppe pour en retirer une pile de papiers.

- Douze rendez-vous de Noël, lut-elle à voix haute.

- C'est exact. Aujourd'hui, c'est le premier rendez-vous : dîner dans un igloo de Noël entourée de personnes proches. Ensuite, à partir de demain, j'ai quelque chose de prévu pour les onze jours suivants, lui expliquai-je. Le premier est une sortie au Rockefeller Center. J'ai contacté mes relations de chez Tishman Speyer, et ils ont accepté de cloisonner la zone de l'arbre de Noël et de nous accorder deux heures de patinage en privé si tu le souhaites. *Pas de gens autour* de nous signifie *aucun risque*, ce qui nous convient parfaitement. Tu sors de la maison et je n'ai pas à m'inquiéter. Petit à petit, tu te souviens ? Le jour suivant, j'ai organisé une projection privée du Radio City Christmas Spectacular. Les Rockettes...

- Whoaou ! Attends une minute ! m'interrompit Krystina.

Elle secoua la tête, semblant appréhensive.

- Mon ange, qu'est-ce qui ne va pas ? demandai-je en remarquant ses yeux grands ouverts.

- Rien... tout. Je veux dire, je vois que tu essaies de lâcher prise, et j'apprécie cela, même si je ne suis pas au courant de ce que tu as prévu d'autre pour les douze rendez-vous. Je veux dire, une projection privée des Rockettes ? Mis à part le fait que c'est un peu à la Vanderbilt, je pense simplement... elle s'interrompit, regardant nerveusement autour de nous alors que nous attendions qu'elle termine. Tu ne trouves pas que c'est trop ?

Mes sourcils se levaient de surprise. C'était la dernière chose je m'attendais qu'elle dise.

- Krys ! s'exclama Elizabeth avec exaspération. Je t'ai élevée mieux que ça. Montre un peu d'appréciation !

Frank posa sa main sur le bras de sa femme, comme s'il voulait lui rappeler que sa fille était une femme adulte et qu'elle devrait se mêler de ses propres affaires. De son côté, Krystina se contenta de presser les lèvres l'une contre l'autre. Je m'attendais à ce qu'elle réplique à sa mère parce qu'elle venait d'adopter un ton très condescendant pour s'adresser à elle, mais au lieu de cela, une expression de confusion apparut sur son visage. C'était surprenant, car

Krystina tolérait à peine sa mère la plupart du temps. Peut-être que le temps et la distance étaient exactement ce dont elle avait besoin pour trouver un peu de patience envers cette dernière, qui avait parfois le don de tout savoir en se montrant parfois trop intrusive.

- J'apprécie le cadeau d'Alex, maman. Ce n'est pas ça, dit Krystina.

- Eh bien, qu'est-ce que c'est, alors ? demanda Elizabeth avec perplexité.

- Je... elle ne finit pas sa phrase alors qu'une autre vague d'appréhension déferlait sur son visage. Retournant son attention vers moi, elle me fixait avec des yeux inquiets. Tout ça, être tous ensemble et ces douze rendez-vous. Même si je ne sais pas ce à quoi retournent les autres rendez-vous, je peux déjà voir à quel point tu as pensé à tout. Cela signifie tellement pour moi, vraiment. Je suis tellement reconnaissante que tu aies soigneusement pris en compte ce que je ne cesse de te dire sur ton sentiment de contrôle et que tu fasses des efforts. Je pense simplement que je devrais te donner mon cadeau d'abord, et ensuite nous pourrons discuter de savoir si tu penses que tes cadeaux sont toujours, dirons-nous, sûrs. D'accord ?

Mes sourcils se fronçaient en une moue. Je n'avais aucune idée de ce que Krystina voulait dire par *sûrs*. Je ne lui aurais rien donné de tout ça sans prendre toutes les précautions possibles pour éviter tout risque.

- D'accord, mon ange, dis-je enfin, ma curiosité prenant le dessus sur tout le reste. Je suppose que comme ça j'aurai une explication sur pourquoi tu sembles si appréhensive. Je pensais que tu serais contente de mes cadeaux.

- Je le suis mais... baissant les yeux, elle plongeait sa

main dans sa poche et en sortait une petite boîte rectangulaire enveloppée dans du papier cadeau de couleur champagne avec un nœud bordeaux. Elle me regardait d'un air penaud, puis tendit la boîte dans ma direction. C'est pourquoi je m'inquiète. Joyeux Noël, Alex.

21

Krystina

Alexander me tendait lentement la main, semblant presque avoir peur de prendre le cadeau. J'étais sûre que mon comportement l'avait déconcerté, alors je m'empressais de le rassurer.

- Je suis désolée. Je n'étais pas vraiment préparée à tout ça. C'était un peu une décision de dernière minute. Je voulais attendre le matin de Noël pour te le donner, mais quand tu as dit que nous allions dîner près de l'étang, je ne savais pas à quoi m'attendre. Je ne voulais pas risquer de manquer le moment parfait. C'est pourquoi je suis remontée à l'étage tout à l'heure. J'ai dû l'emballer au cas où je déciderais de te le donner plus tôt. Et maintenant, avec tout le monde ici, je ne peux pas imaginer de meilleur moment.

Il me regardait curieusement pendant un moment, puis

glissait son doigt sous la fente de l'emballage et tirait le papier aluminium de la boîte. Soulevant le couvercle, une clé en triskèle doré reposait dans un lit de satin bleu saphir. Avec elle, il y avait une carte. Alexander l'ouvrit et nous l'écoutâmes tous le lire à haute voix.

Notre famille détiendra toujours la clé de mon cœur. Joyeux Noël, Alex.
Avec tout mon amour, ton ange

Les réactions simultanées d'Allyson, de ma mère et de Justine étaient prévisibles.

— Oh ! s'exclamaient ma meilleure amie et ma belle-sœur.

— C'est tellement mignon ! s'écria ma mère.

Je levais la main pour les faire taire et pointais la boîte du doigt. Concentrant toute mon attention sur Alexander, je dis :

— Prends la clé de la boîte et soulève le satin. Il y a une autre surprise à l'intérieur.

J'étudiais chacun de ses mouvements, mémorisant chaque détail de son expression alors qu'il dévoilait la couche soyeuse pour révéler le test de grossesse positif qui reposait au fond de la boîte.

Ses yeux s'écarquillaient lorsqu'il comprit ce qu'il était en train de regarder. Son regard balayait les visages de tout le monde, sauf le mien. Déplaçant son regard de nouveau vers la boîte, une expression mêlée de confusion et d'allégresse transparaissait sur son visage. Son silence était assourdissant alors que la tension dans l'air devenait si épaisse que j'aurais juré qu'on aurait pu la couper avec un couteau. C'était perturbant et je ne pus finalement plus le supporter.

- Alex, dis quelque chose, dis-je enfin.

Se tournant vers moi, il me serra dans ses bras et posa son front contre le mien. Nos souffles se mêlaient et mes yeux se fermaient alors que je prenais un moment pour apprécier l'intimité silencieuse qui passait entre nous.

Déposant un baiser sur mon front, Alexander murmura :

- Je n'arrive presque pas à y croire, et je... ses mots s'interrompirent, faiblissant presque alors que sa voix se fissurait sous l'effet de l'émotion. J'ai juste envie de t'embrasser.

Mes yeux se remplissaient de larmes et je souriais.

- Eh bien, fais-le.

- Si je le fais, j'ai peur de ne jamais m'arrêter. Depuis combien de temps le sais-tu ?

- J'en suis à treize semaines, murmurai-je.

La tête d'Alexander se retournait pour me regarder.

- Treize semaines ? Et tu as attendu tout ce temps pour me le dire ?

- Je voulais juste m'assurer que tout irait bien parce que... eh bien... tu sais.

Je ne donnais pas plus de détails puisque personne, à part Alexander et Allyson, n'était au courant des difficultés que j'avais eues à mener une grossesse à terme.

- Treize semaines ? De quoi parles-tu, Krystina ? demanda ma mère, me rappelant soudain qu'Alexander et moi n'étions pas seuls.

Comme Alexander n'avait pas sorti le test de grossesse

de la boîte, personne ne pouvait donc savoir de quoi il s'agissait.

Je me tournais vers elle et mon beau-père en souriant :

- Joyeux Noël ! Je crois que vous allez bientôt être grands-parents !

- Oh là là ! Non, mais tu es enceinte ! s'exclama ma mère, sans prendre la peine de cacher son choc.

Elle ne souriait pas, mais avait plutôt un air alarmé. C'était presque comique. Son expression valait vraiment le prix de l'admission.

- C'est une excellente nouvelle, ajouta Frank, sachant aussi bien que moi que ma mère mettrait du temps à l'accepter.

J'étais presque certaine que sa première pensée avait été de se dire qu'elle ne pensait pas être assez âgée pour être appelée *grand-mère*.

Je regardais nos amis. Allyson repositionnait son joli bonnet en tricot sur ses cheveux blonds. Elle arborait un grand sourire et tenait le bras de Matteo avec excitation. Il souriait lui aussi, mais son sourire n'atteignait pas tout à fait ses yeux. Suivant la direction de son regard, je constatais qu'il observait Alexander avec appréhension. En regardant Bryan, Stephen, Hale et Justine, je voyais des expressions similaires sur leurs visages. Avant que je puisse demander pourquoi ils semblaient anxieux, ma mère reprit la parole.

- Mais Krystina, tu en es vraiment sûre ? insista-t-elle.

- Oui, maman. Je suis...

- Krystina, et tes rendez-vous gynécologiques ? interrompit Alexander. Tu étais chez nous en quarantaine. Tu aurais dû y aller depuis tout ce temps et...

Il s'arrêta net, et c'est là que je vis de la peur dans ses yeux. Je ne la comprenais que trop bien. C'était ce qui l'avait rendu silencieux lorsqu'il avait vu le test de grossesse positif pour la première fois. Sa peur l'avait empêché d'espérer. Aussi fragile émotionnellement que je me sentais, il se sentait tout aussi instable que moi.

- J'ai eu droit à des rendez-vous en visio avec ma gynécologue. Elle est passée deux fois à la maison pour des rendez-vous à domicile, tentai-je de le rassurer.

- As-tu... as-tu..., hésita-t-il de manière inhabituelle d'une voix rauque. As-tu pu entendre ses battements de cœur ?

Ma poitrine se serrait et j'avais l'impression qu'elle allait exploser d'amour pour lui. Je souriais doucement en comprenant son incertitude. Il avait peur d'avoir raté quelque chose.

- Non. Je n'ai pas encore eu d'échographie. Le médecin aimerait en faire une bientôt. J'attendais juste que ce soit toi qui t'occupes de cette partie. Saches qu'organiser des visites à domicile pour que la gynéco soit là et qu'elle reparte avant que Viviane ait fini ses courses du vendredi était déjà un vrai défi pour moi. Si j'ai pu m'arranger avec elle, je ne pense pas que j'aurais pu faire entrer en douce du matériel d'échographie. Je ne suis pas très douée, rajoutai-je en riant.

- J'aurais aimé que tu me le dises plus tôt, Krystina. Je n'apprécie pas d'être laissé dans l'ignorance.

La blessure dans ses yeux était évidente, faisant naître un sentiment de culpabilité dans ma conscience.

- Je sais, Alex. Une partie de moi voulait tellement te le dire, mais je voulais d'abord m'assurer que tout allait bien.

Crois-moi quand je te dis qu'il était presque impossible de te le cacher. Mes talents de comédienne ont été mis à l'épreuve, crois-moi !

Les sourcils d'Alexander se soulevaient de surprise.

- Quand es-tu devenue aussi sournoise ?

- Dès que je t'ai rencontré, dis-je en riant. Mais sérieusement, après tout ce qu'on a vécu, je ne faisais que ce que je pensais être le mieux, avec toi qui contrôles tout et qui as tendance à gâcher toutes mes surprises.

- Elle a raison sur ce point, renchérit Matteo, et je me suis mise à éclater de rire.

- Désolé, Alex. Certains secrets sont faits pour être cachés, même si ce n'est que pour un temps, ajoutai-je.

Ses épaules se détendaient, et je poussais un soupir de soulagement intérieur. Je savais qu'il serait contrarié par le fait que je ne lui ai rien dit, mais je pourrais lui expliquer mon raisonnement plus tard.

- Alors, Alex, dit Stephen, tu n'as pas d'armes à feu ? Je demande ça juste par hasard.

Confus, Alexander fronçait les sourcils.

- Pas personnellement. Pourquoi ?

- Parce que si vous avez une fille, je ne veux pas avoir à te défendre au tribunal. Je plains tout homme qui viendrait lui tourner autour.

Bryan riait en rajoutant :

- Si un jour la fille d'Alex sort avec un gars qui a le malheur de faire comme lui était avec les femmes...

- Ne plaisante pas, mec. Surtout pas, le prévint Alexander.

- Qu'entends-tu par-là ? Comment était Alex avec les femmes ? voulut savoir mon beau-père.

Allyson renifla et je crus entendre un gloussement de la part de Hale.

- Ce n'est pas la peine de savoir, marmonna Justine.

Je haussais un sourcil, toujours incertaine de ce que Justine savait de la vie peu conventionnelle d'Alexander d'avant moi. En même temps, peu importe de ce qu'elle savait, je ne pouvais m'empêcher de rire à l'idée que Frank le sache. C'était un homme tolérant, mais d'une certaine manière, je ne pensais pas qu'il serait heureux d'apprendre les perversions d'Alexander - ou du fait que je les aimais tout autant. Comme je le disais souvent, certains secrets étaient faits pour rester cachés.

Alexander reçut des tapes de félicitations dans le dos, tandis que chaque invité, à tour de rôle, me pressait la main sur le ventre presqu'encore plat et me serrait un moment dans ses bras. Chaque étreinte était raide et maladroite, et se terminait un peu trop vite. Je ne savais pas si tout le monde le ressentait ou bien si c'était juste moi, mais je trouvais ça bizarre de tous nous retrouver à se faire des accolades après tant de temps sans l'avoir fait.

Une brève vague de tristesse m'envahissait en pensant à tout ce temps perdu, mais je pus facilement la repousser en me concentrant sur les visages souriants de toutes les personnes que j'aimais. On était tous réunis au même endroit pour la première fois depuis bien trop longtemps. Je voulais savourer ce moment, car je ne savais pas combien de temps s'écoulerait avant que nous ne soyons à nouveau réunis.

J'entendais du bruit provenant de ma gauche et je me retournais pour voir ce qui se passait : Viviane, qui semblait avoir surgi de nulle part, se tenait à côté d'une des voiturettes de golf et disposait des tasses fumantes sur un plateau.

- 'Tention, tou'l'monde ! dit-elle. Je crois que c'est le moment de porter un toast. J'ai apporté du vin chaud aux épices pour vous réchauffer le cœur en cette soirée glaciale !

Tout le monde se rassemblait autour d'elle alors qu'elle procédait à sa distribution de boissons chaudes. Quand elle arrivait à moi, je levais la main. Elle ne pouvait pas savoir que je ne pouvais pas boire d'alcool puisqu'elle n'était pas là lorsqu'il a été révélé que j'étais enceinte.

- Non merci Viviane. Pas de vin pour moi parce que... eh bien, parce que je vais avoir un bébé ! lui annonçai-je, impatiente de voir son expression.

- Oui, je le sais, ma chère. C'est pourquoi je vous ai préparé un cidre épicé à la place. Voilà ! dit-elle avec désinvolture en me tendant une chope.

Je clignais des yeux de surprise.

- Mais comment pouvez-vous le savoir ? Vous n'étiez pas là quand j'ai offert son cadeau à Alex.

Elle me regardait d'un air entendu.

- Il y a très peu de choses qui m'échappent. Je me suis dit que vous aviez vos raisons de garder le silence et que vous m'en informeriez en temps voulu.

- Et vous n'en n'avez jamais rien dit à Alex ? demandai-je avec incrédulité.

Elle se mit à rire.

- J'ai vite appris qu'il ne faut pas se mêler de vos affaires, à vous deux. Maintenant, assez parlé ! Je dois aller terminer les préparatifs du dîner. Hale, dit-elle en se tournant vers Hale qui se tenait à côté de la mère d'Alexander. L'équipe d'infirmières va descendre chercher Helena dans un instant. Je vais préparer le dîner dans les glacières pour qu'il reste chaud, mais j'aurai besoin d'aide pour attacher le tout à la voiturette de golf afin que je puisse l'apporter aux igloos.

- Pas de problème, madame. J'arrive dès que possible, répondit Hale.

Je regardais fixement cette femme âgée, émerveillée par son énergie inépuisable. Alexander avait peut-être raison. Peut-être qu'elle n'avait pas besoin d'une assistante après tout - du moins pas maintenant.

- Comme l'a dit Viviane, un toast s'impose, annonçait Alexander en levant son verre fumant. Après presque deux ans de tourmente - sociale, économique et personnelle - je pense que je peux enfin me diriger vers la lumière du bout du tunnel. Heureusement que j'ai une femme magnifique pour me garder sous contrôle.

- Tu as raison, lui dis-je en lui adressant un clin d'œil.

- On a beaucoup de choses à célébrer aujourd'hui, poursuivait Alexander en posant sa main libre sur mon ventre. Son regard balayait le groupe de nos invités, puis il baissait la tête pour me regarder avec insistance : Il est temps de laisser le passé derrière nous et de nous concentrer sur tout ce qui nous attend. À ce nouveau départ !

Tout le monde s'écriait à l'unisson :

- À ce nouveau départ !

Je souriais le cœur léger tout en buvant une gorgée de mon cidre. C'était vraiment la célébration d'un nouveau départ. Il semblait que la pandémie était heureusement derrière nous, que j'étais avec tous ceux qui m'étaient chers et que j'avais un nouveau bébé à attendre avec impatience. À ce moment-là, je ne pouvais pas imaginer de vie meilleure.

- Pourquoi on n'irait pas se promener autour de l'étang pour regarder les décorations ? proposa Justine.

- C'est une excellente idée, acquiesça Alexander.

Il se dirigeait vers moi, me prit la main et notre petit groupe commençait à marcher.

Des anges blancs avec des trompettes bordaient le chemin qui faisait le tour de l'étang, éclairant notre parcours à travers le pays des merveilles hivernales d'Alexander. Alors que nous passions devant un grand sapin décoré de lumières, d'ornements et de nœuds surmonté d'une grande étoile argentée, j'entendais la mère d'Alexander émettre un bourdonnement. Je me retournais pour la regarder. Il n'était pas rare qu'elle émette des sons lorsqu'elle essayait de trouver les bons mots pour communiquer, mais il ne s'agissait pas de bruits aléatoires. C'était plus organisé. Ce bourdonnement-là était silencieux au début et je n'arrivais pas à comprendre de quoi il s'agissait. Au bout d'un moment, elle semblait avoir trouvé un rythme précis et elle se mettait à fredonner un peu plus fort sur l'air de *Have Yourself a Merry Little Christmas*.

Jetant un regard de l'autre côté de l'étang, je réalisais que la version de Judy Garland de cette même chanson sortait du haut-parleur sans fil installé sur la voiturette de golf. Depuis ma distance, je pouvais l'entendre un peu. J'étais sûre qu'Helena l'entendait aussi.

Alexander s'arrêta de marcher pour la regarder, tout comme Hale, qui restait alerte chaque fois qu'Helena réagissait à quelque chose.

Agenouillé devant sa mère, Alexander prit sa main gantée dans la sienne. Il avait un regard lointain lorsqu'il murmura : « Je m'en souviens ».

- De quoi te souviens-tu ? lui demandai-je, confuse.

- Il y a quelques semaines, tu m'as demandé quelles étaient nos traditions pour les fêtes de fin d'année, me dit-il en levant les yeux vers moi. Je ne m'en souvenais d'aucune. As-tu fini par demander à Hale ?

- Non, j'ai oublié.

Hale nous lança un regard perplexe alors que nous attendions qu'Alexander développe.

- Je me souviens que ma mère nous emmenait, Justine et moi, à Dyker Heights pour voir toutes les lumières de Noël.

- Dyker Heights ? demanda Frank.

- C'est un quartier de Brooklyn où l'on trouve les décorations de Noël les plus extravagantes, expliqua Alexander. Ça l'est encore plus aujourd'hui que lorsque j'étais enfant, mais c'est toujours un spectacle à voir. Nous prenions la ligne D jusqu'à la 79ème rue et allions de maison en maison - et ma mère chantait. Justine, tu t'en souviens ?

Justine se pinçait les sourcils comme si elle tentait de raviver ses souvenirs en elle-même.

- J'ai un vague souvenir de... attendez ! s'exclama-t-elle soudain. Je me souviens. De sa voix. C'était...

Elle s'interrompit alors que des larmes commençaient à remplir ses yeux.

- C'était magnifique, termina Alexander à sa place.

Je repensais aux peu de fois où j'avais entendu Alexander chanter. J'avais toujours pensé qu'il avait une très belle voix. Peut-être avait-il hérité ce talent de sa mère.

- C'était notre tradition, dit Alexander, semblant se perdre dans ses souvenirs. Chaque année, on prenait le métro jusqu'à Dyker Heights et on allait de maison en maison en chantant des chants de Noël. J'attendais toujours cela avec impatience. *Have Yourself a Merry Little Christmas* était sa chanson préférée et c'est ainsi que nous terminions la soirée.

- C'était l'un des rares moments où nous n'avions pas à nous soucier de... commença Justine, mais elle s'arrêta net.

- Quand on n'avait pas à s'inquiéter que notre père rentre à la maison et qu'il gâche tout, termina sèchement Alexander.

- Oui, c'est vrai. On était heureux, tu sais ? Justine porta un doigt à son œil et renifla.

- Peut-être qu'on devrait reprendre cette tradition ? suggérai-je.

Alexander me regardait d'un air sévère.

- Il n'en est pas question, Krystina. Je ne vais pas aller de maison en maison à Brooklyn pour chanter devant des inconnus.

- Qui a parlé d'aller à Brooklyn ? Il n'y a aucune raison pour que nous ne chantions pas ici, suggéra Ally-son.

Je souriais devant la capacité de mon amie à lire dans mes pensées. Comme à l'accoutumée, le fredonnement d'Helena s'intensifiait. La fin de la chanson approchait, mais je ne voulais pas qu'elle signale la fin de notre soirée comme cela avait été le cas lorsqu'Alexander était enfant. La musique a toujours été une forme de thérapie pour moi. Je ne savais pas jouer d'un instrument de musique, pas plus que je ne pouvais chanter sur la bonne tonalité, mais j'ai toujours dit que je pouvais ressentir la musique, et c'était exactement ce que je voulais canaliser à ce moment-là.

Ainsi, lorsque la playlist passait à la chanson suivante, je sortis mon téléphone de ma poche pour augmenter à nouveau le volume du haut-parleur et que la musique puisse s'entendre plus clairement de notre côté de l'étang. Puis, je me mettais à chanter.

"City sidewalks, busy sidewalks…"

Personne n'eut besoin d'être encouragé pour reprendre les paroles de Silver Bells avec moi, et nous continuions notre tour d'étang en chantant. Si Alexander restait silencieux, on ne pouvait pas se tromper sur l'esquisse d'un sourire sur son visage. Les chansons se succédaient et ce ne fut qu'au moment de la chanson *Twelve Days of Christmas* de Straight No Chaser qu'il se mit enfin à chanter. La chanson était un a cappella entraînant qui donna de l'énergie à tout le groupe.

Mais bien sûr, Alexander ne faisait pas comme tout le monde, car ce n'étaient pas les paroles de Noël qu'il chantait, mais seulement la partie de la chanson consacrée au mashup afro-américain.

Un petit rire s'échappa de mes lèvres lorsqu'il m'attira à lui. Passant ses bras autour de ma taille, il me fit tourner.

"Nine ladies dancing, they were dancing for me" chanta-t-il dans une octave ridiculement haute qui me fit rire deux fois plus.

"Eight maids of milking, they were milking just for me. I had Christmas down in Africa…"

- Dieu merci, tu n'es qu'un investisseur immobilier, Alex, plaisanta Matteo. Je ne pense pas que tu pourrais réussir en étant sur scène.

Alexander plissa les yeux.

- Ce n'est pas à toi d'en décider, mon ami. Puis, à ma grande surprise, il s'agenouilla devant moi et appuya son visage sur le plat de mon ventre. Chuchotant d'une voix que j'étais la seule à entendre, il dit : Tout ce qui compte, c'est que mon fils ou ma fille m'aime.

S'accrochant à mes hanches, il continuait de chanter, terminant la chanson dans un ténor beaucoup plus grave qui convenait à sa voix. Une fois debout, il me prit le visage dans ses mains et l'inclina de manière à pouvoir faire pleuvoir des baisers sur mes joues, mon front et mon nez.

Lorsqu'il s'arrêta pour me fixer directement dans les yeux, un million d'émotions tourbillonnaient dans son regard bleu saphir - des émotions qui, j'en étais sûre, reflétaient les miennes. Mon cœur se gonflait alors que j'attendais qu'il me parle.

- Merci, mon ange. Je n'aurais pas pu rêver d'un meilleur cadeau de Noël.

22

Noël

Alexander

En ce matin de Noël, le soleil avait à peine dépassé l'horizon, mais j'étais couché dans mon lit et bel et bien éveillé. Je l'avais été pendant la plus grande partie de la nuit, car je n'arrivais pas à penser au fait que ma femme était enceinte.

D'ailleurs, elle dormait encore, le bras passé par-dessus sa tête. Je passais lentement les doigts sur le pli de son coude et lui effleurais un côté du visage. En descendant, ma main glissait vers ses seins et son ventre, entraînant le drap avec moi et exposant son corps nu. Je me baissais et posais ma tête sur son ventre. Même si on avait déjà vécu cette situation, il m'était difficile de croire que ma femme portait notre enfant.

Treize semaines.

Lorsqu'elle m'avait dit à quel stade elle en était, je ne pouvais pas expliquer la terreur que j'avais ressentie à l'idée de perdre un autre bébé. Pas maintenant. Pas encore. Les gens avaient tendance à oublier le père au cours de l'expérience d'une fausse couche, l'attention se portant sur la femme de manière logique. Lorsque Krystina avait perdu sa troisième grossesse, ça m'avait presque détruit. Je ne pouvais imaginer qu'aucun de nous deux n'ait à revivre tout ça.

Comme si elle avait senti mon appréhension, elle se réveilla. Je levais les yeux pour la voir me regarder. Ses yeux étaient endormis et elle m'adressa un sourire lent et paresseux.

- Salut, beau gosse, murmura-t-elle.

En remontant le long de son corps, j'écartais une mèche de son front et l'embrassais.

- Alors, bien dormi ?

- Oui, oui. Je veux dire que toute l'excitation de la nuit a rendu les choses difficiles. Je suis juste contente que tu saches enfin pour le bébé. Ça me tuait, de garder le secret pour moi toute seule.

Je fronçais les sourcils. Je ne voulais pas lui en vouloir de ne pas me l'avoir dit, mais elle avait eu tort de le faire. Je n'avais pas insisté hier soir parce que tout le monde était là. C'était une soirée pour la famille, les amis et les fêtes de fin d'année. Les explications devaient attendre.

Je relevais la tête sur un coude et la regardais droit dans les yeux. J'avais besoin de comprendre.

- Pourquoi me l'as-tu caché, mon ange ?

Elle fronçait les sourcils, le visage plein d'incertitude. Pourtant, il y avait aussi une quantité inexplicable de vulnérabilité qui n'avait pas été là auparavant - presque comme si elle avait peur de me dire pourquoi elle avait gardé ce secret pendant si longtemps.

- On a eu tellement de pertes, Alex. Et bien... c'est difficile à expliquer. Avec la troisième grossesse, il y a eu ce changement en toi. C'était plus que de l'énergie. Tu t'es impliqué comme tu ne l'avais pas fait avec les deux premières. Tu étais attaché au bébé autant que moi. Jamais je n'aurais pensé entendre quelqu'un comme toi roucouler sur mon ventre, dit-elle en riant. C'était tellement attachant, et même si je ne pensais pas que c'était possible, cela m'a fait t'aimer encore plus.

- On dirait que tu penses que c'était une mauvaise chose.

- Au contraire, non. J'ai adoré chaque minute. Cela nous a incroyablement rapprochés, à tel point que lorsque nous avons perdu le bébé, j'ai été écrasée par la réalité et j'ai voulu me cacher pendant un certain temps. Mais je n'ai pas pu - pas quand j'ai ressenti ta douleur comme si c'était la mienne. Tu as essayé d'être fort, mais je savais que ton cœur se brisait en mille morceaux. J'ai fait des recherches sur Internet, en essayant de comprendre qui, quand, comment et pourquoi moi. J'avais l'impression de t'avoir laissé tomber, comme si... elle s'arrêta net d'une voix brisée. Comme si je t'avais plaqué.

Ma mâchoire se serra. J'étais en colère de savoir qu'elle portait autant de culpabilité en elle.

- Ce n'était pas ta faute, Krystina. Tu le sais bien. C'est moi qui ne t'ai pas protégée. C'était...

- Non, Alex, dit-elle en posant un doigt sur mes lèvres pour me faire taire. Ce n'était pas ta faute. Ce n'était la faute d'aucun d'entre nous. Ce sont des choses qui arrivent, c'est tout.

Je lui saisis le doigt pour en embrasser le bout en espérant de toutes mes forces que cela ne se reproduise plus jamais.

- Je crois qu'une partie de moi savait que tu étais enceinte, lui avouai-je.

Elle cligna des yeux, confuse.

- Qu'est-ce que tu veux dire par là ?

- Il y avait des petits signes, et je connais ton corps. J'ai remarqué les légers changements au niveau de tes seins et à d'autres endroits, mais j'avais peur de l'exprimer à voix haute. Je ne peux pas l'expliquer. J'avais l'impression que si je disais quoi que ce soit, je tenterais le Diable. Ce salopard me déteste, alors j'ai pensé qu'il valait mieux ne pas oser quoi que ce soit par rapport à ça.

Je regardais fixement les profondeurs infinies de ses yeux marron. Ils brillaient de larmes et d'un amour incomparable. Elle tendait la main pour me brosser les cheveux, qui étaient en bataille d'un côté. J'attrapais son poignet et lui embrassais le centre de la paume. De cette manière, nous partagions un moment de gratitude et d'espoir, sans que ni l'un ni l'autre n'ait à dire quoi que ce soit. Nous n'avions pas besoin de le faire car nous savions ce que l'autre pensait. Cet espoir était fragile, et nous nous y accrochions tous les deux de manière précaire.

- Plus de mensonges, mon ange, même s'il s'agit simplement d'omettre la vérité. Tu le promets ?

- Je veux bien le faire si tu le fais aussi, me répondit-elle.

- D'accord. Je te le promets. Quand j'ai découvert que tu m'avais laissé dans le noir, je...

Je me perdais en essayant de lui expliquer tout ce que je ressentais. J'avais tellement de questions, mais je ne savais pas par où commencer. Je décidais donc de partir sur quelque chose de basique.

- Comment te sens-tu depuis ces trois derniers mois ?

- Honnêtement, pas mal du tout. J'ai eu des nausées matinales, mais elles ont pratiquement disparu maintenant. Je suis plus émotive. J'ai l'impression de pleurer pour tout, et je déteste pleurer. C'est épuisant. Oh, et je suis aussi très excitée. Il y a de quoi, ajouta-t-elle en roulant légèrement des yeux.

Les coins de ma bouche se crispaient.

- C'est vrai ?

- Oui. Ridiculement excitée. Je ne sais pas pourquoi, mais j'ai l'impression d'avoir envie de faire l'amour tout le temps avec cette grossesse, admit Krystina en passant un ongle sur mes pectoraux et le long de mon abdomen.

Je lâchai un souffle quand elle atteignit le V au niveau de mes hanches et qu'elle remontait son doigt.

- C'est pour ça que tu m'as tant fait allusion à la salle de jeux ? demandai-je.

- C'est possible, me répondit-elle avec espièglerie.

Secouant la tête, je soupirais en pensant au nombre de fois où j'avais tellement envie, moi aussi, de l'emmener dans la salle de jeux pour y libérer ma domination. Je voulais la posséder, lui ordonner de s'agenouiller et sentir ses ongles s'enfoncer dans mes cuisses tandis qu'elle me prenait dans sa bouche. Je voulais ses cris, ses supplications, sa douleur et son plaisir. Y renoncer, même temporairement, n'avait pas été facile, mais c'était nécessaire.

- Avec le recul, je suis content de n'avoir jamais cédé, mon ange. Tu en comprends les risques ?

Elle acquiesça.

- Oui, et je suis d'accord. On a traversé trop d'épreuves, et on n'a pas besoin de prendre de risques inutiles. Il y aura beaucoup d'occasions d'utiliser la salle de jeux après la naissance du bébé.

Après la naissance du bébé...

C'était réel. C'était vraiment en train de se produire.

Je sentais mes entrailles se resserrer, me sentant à la fois stupéfait et terrifié - stupéfait du miracle qui nous avait été donné et terrifié à l'idée de ne pas pouvoir protéger correctement ma femme et mon enfant.

De toute manière, il y aura toujours des risques. Cela me rappela le père biologique de Krystina qui rôdait en ville. Même si cela pouvait très bien ne rien signifier, ce n'était qu'un autre exemple des nombreuses choses dont je devais me préoccuper. Et puis il y avait les paparazzis. Les tabloïds allaient certainement se déchaîner dès qu'ils apprendraient que Krystina était enceinte, et cela m'effrayait de savoir que je n'étais peut-être pas prêt à protéger notre enfant de cette frénésie. Tout ce que je savais, c'était que je tuerais avant de permettre à quiconque de faire du mal à ma femme ou à mon enfant.

En me redressant, je posais une main sur le ventre de Krystina et la regardais avec attention. C'était la plus belle femme sur laquelle je n'avais jamais posé les yeux. Parfois, je me demandais si le destin ne m'avait pas jeté autant de merdes en pleine figure pour pouvoir la mériter.

Ma gorge s'obstrua sous le coup de l'émotion, et je faillis ne pas pouvoir parler. Son dévouement à la famille que nous étions sur le point de créer était écrasant, et il ne se passait pas un moment sans que je ne sois reconnaissant qu'elle ait choisi de se donner à moi.

Inspirant profondément, je lui prenais le visage dans mon autre main et laissais les mots de mon cœur s'écouler librement.

- Je t'ai remerciée hier soir, mais je veux te le redire. Merci pour ce cadeau, mon ange. Tu es vraiment mon passé et mon présent, et maintenant tu m'as donné notre futur.

À suivre...

https://dakotawillink.com/foreign-translations

LA PLAYLIST

Merci aux talents musicaux qui ont influencé et inspiré
La Pierre de Souhait.
Leur créativité et la magie des fêtes m'ont aidé à donner
vie à Krystina et Alexander.

Baby, It's Cold Outside de Dean Martin
It's Beginning to Look a Lot Like Christmas de Michael
Bublé
Song for a Winter's Night de Sarah McLachlan
Winter Sound de Of Monsters and Men
That's Christmas To Me de Pentatonix
Ave Maria de Tadeusz Machalski
Run Rudolph Run de Chuck Berry
Merry Christmas Baby de Bruce Springsteen & The E
Street Band
Have Yourself a Merry Little Christmas de Judy Garland
Silver Bells de Tony Bennett
Twelve Days of Christmas de Straight No Chaser

Pour écouter entièrement la playlist de Noël de Krystina,
qui comprend plus de 60 chansons,
recherchez la liste des chansons en tapant *Wishing Stone*[1]
dans la barre de recherche de Spotify !

L'AUTEURE

Dakota Willink, auteure new-yorkaise, a décroché le titre envié de USA Today Bestselling grâce à son talent indéniable. Elle excelle dans l'art d'écrire des histoires mettant en scène des héros tourmentés qui tombent amoureux de femmes impertinentes et indépendantes. Ses livres mettent l'accent sur les personnages et sont empreints d'émotion et de sensualité. Ils sont écrits avec beaucoup de réalisme et son imagination donne naissance en permanence à de nouvelles idées.

Elle affirme souvent avec humour qu'elle a survécu à sa première publication grâce au café et au vin. Fan inconditionnelle de Star Wars, elle entretient toujours le rêve de recevoir un jour sa lettre de Poudlard. Au quotidien, elle rehausse son style avec du rouge à lèvres et voue une fascination particulière aux feuilles de calcul Excel. Ses compagnons d'écriture à quatre pattes, deux Cavaliers espiègles, sont les joyeux agitateurs qui distillent la bonne humeur au sein de son foyer. Elle adore voyager avec son mari et débattre de questions sociales et économiques avec son fils et sa fille issus de la génération Z, qui possèdent de solides connaissances en politique.

En termes littéraires, Dakota affectionne particulièrement les romances contemporaines ou sombres, les thrillers politiques et psychologiques, ainsi que les autobiographies.

À ce jour, *La Pierre de Souhait* est son quatrième roman traduit en français. C'est également le quatrième volet de *la Série de Pierre* qui se compose d'*Un cœur de Pierre*, de *Pierre de gué* et de *Gravé dans la Pierre*.

NOTES

Chapitre 1

1. Centre de conférences de la ville de New York, dans l'arrondissement de Manhattan (notes de la traductrice).
2. Quartier situé dans l'arrondissement de Manhattan à New York également connu sous le nom de Clinton ou Midtown West.
3. Ville située sur le territoire de New Castle dans le comté de Westchester, dans l'État de New York, aux États-Unis.
4. Currier and Ives est un atelier d'impression par gravure américain fondé par Nathaniel Currier et James Merritt Ives établi à New York. Cette société a produit plus d'un million de gravures entre 1835 et 1907, dont les premières affiches lithographiées américaines en couleurs.

Chapitre 2

1. Si le pudding aux figues (figgy pudding, en anglais) est une recette anglaise, elle est mentionnée dans plusieurs chansons de Noël, comme « We wish you a Merry Christmas », « O, What Is Figgy Pudding? » et « So bring me some figgy pudding », par exemple.
2. Neiman Marcus est le nom d'un designer renommé aux États-Unis. C'est aussi l'une des plus vieilles chaînes de grand magasin des États-Unis lancée en 1907. Spécialisé dans le luxe, on en compte aujourd'hui 41 magasins dans tous les États-Unis.

Chapitre 4

1. Le mot « winter » signifie « hiver » en français.

Chapitre 5

1. L'IRS (Internal Revenue Service) est l'agence du gouvernement fédéral des États-Unis qui collecte l'impôt sur le revenu et des taxes diverses - sur l'emploi, impôt sur les sociétés et successions notamment - et fait respecter les lois fiscales concernant le budget fédéral des États-Unis.

Chapitre 11

1. Le New York Bight est l'identification géologique appliquée à une indentation à peu près triangulaire, considérée comme une baie, le long de la côte atlantique des États-Unis qui s'étend vers le nord-est de Cape May Inlet dans le New Jersey à Montauk Point sur la pointe est de Long Island.
2. *Christmas Vacation* en anglais.

Chapitre 15

1. Magasin de luxe situé à New York, dans la 5ème Avenue.

Playlist

1. Titre original de ce roman